Porte Bonheur

Les Éditions Porte-Bonheur se consacrent à l'édition de livres jeunesse de qualité. Soucieuse de servir un public de plus en plus exigeant et connaisseur, la maison privilégie des textes qui incitent à la découverte du plaisir de lire tout en nourrissant l'imaginaire.

Des auteurs et des illustrateurs de renom contribuent à l'épanouissement de cette nouvelle maison dans le paysage éditorial québécois.

Les Éditions Porte-Bonheur se développent autour de cinq collections :

ANTOINE
série d'albums illustrés

TRÈFLE À 4 FEUILLES
romans pour nouveaux lecteurs

PATTE DE LAPIN
romans pour lecteurs plus expérimentés

TALISMAN
romans réservés aux lecteurs aguerris

LA CLEF
romans destinés aux lecteurs adolescents

La maison publie aussi, occasionnellement, de beaux-livres hors-collection.

La trilogie de l'Orbe

TOME 3

ALLIANCES

Texte de
Guy Bergeron

Les Éditions Porte-Bonheur
une division des Éditions du Cram Inc.

1030, rue Cherrier, bureau 205
Montréal, Québec, Canada, H2L 1H9
Téléphone : 514 598-8547
Télécopie : 514 598-8788
www.editionscram.com

Illustration de la couverture
Olivier Héban

Conception graphique
Alain Cournoyer

Révision et correction
Hélène Bard

Dépôt légal — 1ᵉʳ trimestre 2008

Bibliothèque nationale du Québec
Bibliothèque nationale du Canada

Copyright 2008 © Les Éditions Porte-Bonheur

Gouvernement du Québec — Programme de crédit d'impôt pour l'édition de livres — Gestion SODEC. Les Éditions Porte-Bonheur sont inscrites au programme de subvention globale du Conseil des arts du Canada.

Les Éditions Porte-Bonheur bénéficient du soutien financier du gouvernement du Canada, par l'entremise du ministère du Patrimoine canadien, dans le cadre de son programme d'aide au développement de l'industrie de l'édition (PADIÉ).

Société de développement des entreprises culturelles
Québec 🔲🔲

Conseil des Arts du Canada — Canada Council for the Arts

Patrimoine canadien — Canadian Heritage

Catalogage avant publication de Bibliothèque et Archives nationales du Québec et Bibliothèque et Archives Canada

Bergeron, Guy, 1964 -

    La trilogie de l'orbe

    (La clef)

    Éd. originale du t. 1: Lac-Beauport, Québec : Arion, 2006.

    Sommaire: t. 1. L'orbe et le croissant -- t. 2. Les champions de Libra -- t. 3. Alliances.

    Pour les jeunes.

    ISBN 978-2-922792-56-0 (v. 1)
    ISBN 978-2-922792-57-7 (v. 2)
    ISBN 978-2-922792-58-4 (v. 3)

    I. Titre. II. Titre: L'orbe et le croissant. III. Titre: Les champions de Libra. IV. Titre: Alliances. V. Collection: Clef (Éditions Porte-bonheur).

PS8603.E684T74 2008   jC843'.6   C2008-940052-6
PS9603.E684T74 2008

Imprimé au Canada

La trilogie de l'Orbe

TOME 3

ALLIANCES

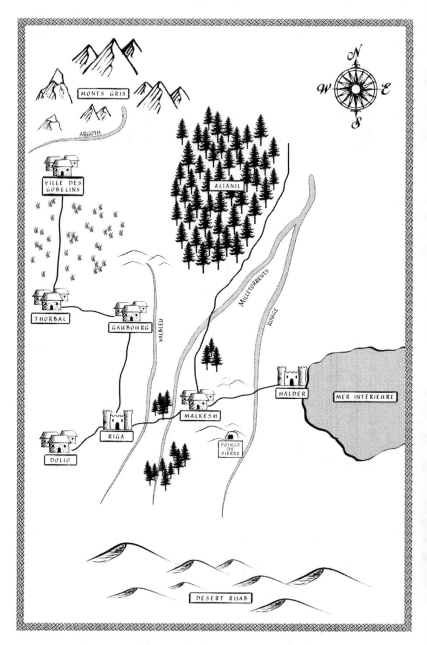

Visitez l'univers de Guy Bergeron à l'adresse suivante :

http://guybergeron.com

Remerciements

Le dernier tome de cette trilogie
est tout spécialement dédié
à ma famille et à ma belle-famille,
les meilleures qu'on puisse avoir.
J'ai en plus l'immense richesse d'être entouré
de beaucoup de très bons amis.
Ce livre est pour vous tous, avec tout mon amour.

Merci aux Éditions Porte-Bonheur, à Olivier pour
les magnifiques illustrations des pages couvertures et à tous
les collaborateurs ayant participé à l'édition de cette trilogie.

Un merci particulier à tous mes lecteurs pour m'avoir
accompagné jusqu'au bout de ce rêve ;
je vous remercie de votre fidélité.

n apercevant le cheval peinant à tirer la charrette, le long de la clôture de fer du cimetière, certains auraient pu croire qu'il s'agissait d'une créature revenue du monde des morts. La pauvre bête n'avait que la peau et les os. Son poil long et rugueux témoignait d'un manque flagrant de soin. La tête basse, elle clopinait, le bruit de ses sabots fissurés claquant contre le pavé de la route. Arrivé à l'arche de fer forgé marquant l'entrée du lieu sacré, le conducteur tira sur les rênes pour arrêter le cheval. La manœuvre était superflue, car l'animal, à bout de force, attendait seulement que les coups de fouet cessent pour s'immobiliser.

Deux hommes descendirent en vitesse de la charrette et pénétrèrent en catimini dans le cimetière, alors que le conducteur demeurait sur place pour faire le guet. Si on les découvrait ainsi en pleine nuit, on leur poserait des questions, ce qu'ils devaient absolument éviter. La milice de Gaubourg n'hésitait pas à appréhender tout individu suspect pour le traîner devant le mercenaire afin qu'il l'interroge. Ce vieux nain avait la réputation d'être intransigeant et sans pitié face à ceux qui enfreignaient les lois de sa ville. Il dirigeait la milice avec une poigne de fer et une intégrité exemplaire.

Les deux hommes, équipés de pelles, se faufilèrent subrepticement parmi les pierres tombales. Après quelques secondes, l'un d'entre eux sortit un bout de papier chiffonné de ses poches et consulta le croquis qui y était griffonné. Le ciel dégagé et la lune presque pleine lui permettaient de discerner les lignes grossièrement dessinées. L'homme qui leur avait donné ce plan aurait préféré y écrire les directives, mais il savait que ses hommes de main ne savaient ni lire ni écrire.

Les complices suaient à grosses gouttes malgré la fraîcheur de cette nuit de printemps. Personne n'aimait se retrouver au milieu d'un cimetière en pleine nuit, encore moins pour venir y profaner une sépulture. Tous avaient entendu des histoires sur des créatures d'outre-tombe surgissant du sol pour agripper la cheville de la malheureuse victime, puis l'entraîner sous terre et s'en repaître.

L'homme à la carte remit le papier dans sa poche et pointa la direction à suivre à son complice. Ils passèrent avec crainte devant une statue de pierre noire, représentant un cheval ailé qui se cabrait, puis devant d'autres monuments érigés à la mémoire des riches habitants de la ville. Ils parvinrent ensuite à une section du cimetière où les stèles finement sculptées faisaient place à de simples plaques de pierre où un nom était gravé. Ils repérèrent celle qu'ils cherchaient et se mirent à creuser sans plus attendre.

Bientôt, le chant des grillons fut couvert par le halètement des hommes qui peinaient à la tâche. Heureusement pour eux, le sol s'avéra assez meuble, et rapidement, ils durent descendre dans le trou qui s'approfondissait de plus en plus. Une des pelles frappa quelque chose de plus dur que la terre. Le *toc* annonça aux deux hommes que leur travail tirait à sa fin. Quelques pelletées de plus et ils distinguèrent la forme rectangulaire du cercueil qu'ils cherchaient. Ils parvinrent, non sans difficulté à le hisser hors du trou.

Ils remplirent ensuite la cavité et tentèrent d'effacer du mieux qu'ils le pouvaient les traces de leur passage. Il fallait se hâter, dans quelques minutes, les boulangers, marchands et autres lève-tôt commenceraient à arpenter les rues de Gaubourg pour vaquer à leurs occupations quotidiennes.

Ils quittèrent prestement le cimetière et, une fois le cercueil chargé sur la charrette, décampèrent aussi vite que le permettaient les pattes flageolantes de leur cheval. Les hommes ne connaissaient pas l'identité du corps qu'ils devaient livrer à leur contact et ils préféraient ne pas le savoir. On les avait payés pour qu'ils effectuent cette tâche ingrate, sans poser de questions. Pourtant, s'ils avaient su lire, ils auraient pu distinguer les quelques lettres gravées sur la pierre plate reposant au sol, à l'endroit où était enfouie la tombe qu'ils avaient profanée. Ces six petites lettres auraient suffi à leur annoncer le pire : KORPAK.

es deux amants n'auraient pu souhaiter une journée plus radieuse. Le soleil brillait de tous ses feux et nul vent ne remuait les feuilles qui se libéraient à peine de l'enveloppe de leurs bourgeons. L'air tiède se remplissait des effluves de la vie reprenant son droit, après s'être momentanément figée, le temps d'une saison. Le printemps, quoiqu'un peu tardif, laissait présager des journées encore plus chaudes. Les gens semblaient reprendre vie en même temps que la nature environnante. Aujourd'hui, c'était l'équinoxe, l'un des deux moments de l'année où le jour et la nuit étaient d'égale durée. Cette période était propice à la gaieté et aux célébrations de tout genre.

Il était coutume, pour les amoureux, d'échanger leurs promesses d'amour et de s'unir pour la vie à l'équinoxe, dans plusieurs communautés elfiques. Le mariage d'aujourd'hui ne ressemblait pourtant en rien au rituel d'union pratiqué par les elfes. Tout d'abord, il était présidé par un homme. De plus, il se tenait dans une communauté formée presque exclusivement d'humains. Peu de gens assistaient à la cérémonie, comme le souhaitaient les deux tourtereaux. On y retrouvait quelques amis formant un demi-cercle face à eux et au prêtre. Derek et Dora avaient choisi cette journée pour se marier afin de souligner leurs origines elfes, de culture ou de naissance. Quand ils annoncèrent à leurs amis leur intention de s'unir, personne ne fut vraiment surpris. Depuis qu'ils avaient fait connaissance et partagé ensemble des moments de tristesse et de joie, deux ans auparavant, en combattant les Noctiari et le monstre de la forêt d'Alianil, ils passaient tout leur temps libre ensemble à se promener main dans la main.

Derek avait même quitté le service du baron de Huntington, chez qui il faisait office de garde forestier et avait déménagé à Riga pour se rapprocher de son amoureuse. Les autorités de la ville accueillirent favorablement la venue d'un autre des champions de Libra dans leur communauté et lui offrirent la responsabilité de patrouiller les forêts adjacentes à la cité. Il avait accepté avec joie cet emploi qui lui permettait de fréquenter Dora, tout en passant le plus clair de son temps en forêt. Le jeune homme aurait difficilement supporté la vie citadine au quotidien.

Dora, de son côté, était demeurée au temple de Libra pour y parfaire ses connaissances et contrôler la magie divine que lui octroyait la déesse de la justice. Parfois, lors d'une de ses rares journées de congé, elle se précipitait pour rejoindre Derek en forêt. L'elfe, pourtant élevée en ville, ressentait de plus en plus l'appel de la nature et adorait ces balades en forêt, interpelée par le sang de sa race, coulant dans ses veines.

Le mariage se déroulait dans les magnifiques jardins du temple de Libra, situés dans l'immense cour intérieure. Feren observait avec un sourire en coin les deux amoureux qui se tenaient par la main aux côtés de Jolar, le grand prêtre de la déesse de la justice, qui présidait la cérémonie. Le magicien remarqua que son vieil ami avait subi l'assaut du temps lors des deux dernières années. Il se déplaçait lentement, le dos voûté, et se fatiguait plus rapidement que jadis. Le mage se promit de parler au prêtre et de lui offrir ses services. Ses recherches en nécromancie avaient beaucoup progressé récemment et il se proposait de guérir temporairement les souffrances de Jolar.

Son regard se porta ensuite, tour à tour, sur chacun des quelques invités présents. Galior se dressait à la gauche de Derek, dans sa livrée de garde du temple. Il avait astiqué son armure dorée, embossée de l'Orbe de la vérité, symbole de Libra, qui brillait comme un miroir sous les rayons du soleil matinal. Le guerrier occupait toujours le poste de chef des gardes du temple. Il donnait aussi un coup de main à la milice de la ville pour former leurs nouveaux membres au maniement des armes et leur enseigner la stratégie de combat. Il avait un peu pris la relève temporaire de l'ancien chef de la milice, un vieil homme qu'une crise de cœur avait terrassé quelques mois auparavant. Les autorités ne lui avaient pas encore désigné un remplaçant.

De l'autre côté se trouvait Seyla, l'elfe, amie d'enfance de Derek, ayant quitté la forêt d'Alianil pour l'occasion. C'était la première fois qu'elle s'aventurait hors de sa terre natale. De nature curieuse, elle ne manquait pas de questionner ses amis sur le style de vie des gens de la ville. Le temple de Libra l'impressionnait particulièrement. Il s'agissait de la plus grande construction qu'elle n'avait jamais vue. Jack, la vieille corneille, était perché sur son épaule, son œil valide scrutait les alentours de gauche à droite pour ne rien manquer de l'action.

À côté de la jeune elfe se tenait Anton, le fils d'Aginor, l'élu de la déesse de la justice. Le garçon, maintenant âgé de seize ans, dépassait en taille tous les autres invités, hormis Feren. Il possédait les larges épaules de son père, mais sa taille était beaucoup plus mince, et sa poitrine, moins développée.

Une poignée de prêtres et de miliciens complétait la liste des invités au mariage de Dora et Derek. Tous remarquèrent une absence de taille. Gorax, seul champion de Libra n'ayant pu se présenter à la cérémonie. Le nain résidait toujours parmi les siens, au Clan des poings de pierre, luttant pour repousser les hordes de gobelins qui occupaient les collines avoisinantes. Selon les dernières informations reçues, les créatures ne menaçaient plus d'envahir les cavernes des nains, mais ces derniers, décimés par la guerre qui durait depuis près de trois ans, ne parvenaient pas à chasser complètement l'envahisseur du territoire dont ils étaient autrefois les maîtres.

L'attention de Feren revint sur les mariés et sur Jolar, qui donnait la bénédiction de Libra aux amoureux. Comme il était coutume, Derek et Dora s'échangèrent un baiser sous les applaudissements des invités, qui s'empressèrent ensuite de les féliciter. La cérémonie avait été brève, à peine plus de quinze minutes.

Des tables recouvertes de nappes immaculées furent installées dans les jardins. Les amis y partagèrent un repas gargantuesque, gracieuseté de Jolar, qui se termina plusieurs heures plus tard. Les invités conversaient encore quand la lune apparut. Une coupe de vin à la main, Feren s'approcha du jeune éclaireur et de la prêtresse.

– J'ai passé une merveilleuse journée, commença-t-il. Merci de l'invitation.

– Allons, Feren, reprit Derek. La cérémonie n'aurait pas eu de sens si nous n'avions pas été entourés de nos meilleurs amis. Tu sais bien que nous te considérons comme tel.

– Merci. C'est réciproque. À quoi ressemblera votre vie maintenant que vous êtes mariés ? Prévoyez-vous quelques changements ?

— Pas vraiment, répondit Dora. Tout d'abord, nous nous accordons au moins deux semaines de repos. Nous partirons dans trois jours pour la forêt d'Alianil, puis nous aviserons. Seyla, quant à elle, partira dès demain. Je crois qu'elle se sent un peu perdue dans le tourbillon de la ville.

— Prenez votre temps, leur recommanda Feren, vous avez bien mérité votre repos.

— J'ai acheté une petite maison aux abords de la ville. Nous pourrons y emménager dès notre retour. Que dirais-tu d'aller la visiter avant que tu ne retournes à ta tour ? lui suggéra Derek.

— D'accord, mais d'abord, je dois m'entretenir un peu avec Jolar. Je reviendrai dès que ce sera fait, affirma le magicien en donnant une tape affectueuse sur l'épaule du jeune homme.

❄

Feren pénétra dans le temple où il rejoignit le grand prêtre dans une petite pièce adjacente à la salle des jugements. Les deux amis ne s'étaient pas vus depuis quelques mois et ils en avaient long à se raconter. Jolar s'informa de la formation d'Anton. L'automne dernier, le prêtre avait demandé à Feren de prendre avec lui le jeune homme pour quelques mois. Il considéra que le magicien parviendrait mieux que lui à faire en sorte qu'il améliore sa concentration. Le mage pourrait aussi lui montrer comment accéder à l'étincelle de magie que lui insufflait Libra. Ces techniques se pratiquaient chez les magiciens. Les prêtres, de leur côté, priaient pour obtenir des sorts divins ; Anton était une exception.

Jolar remplit la coupe de vin de Feren avant de faire la même chose avec la sienne.

— Alors, Feren, dis-moi comment se débrouille ton protégé.

— Le garçon a du talent, c'est indéniable, commença Feren, un sourire en coin. Il aurait pu devenir un excellent magicien ; malheureusement, il n'a d'autre ambition que de devenir prêtre, quel gâchis.

Jolar s'étouffa avec la gorgée de vin qu'il venait d'ingurgiter. Feren s'empressa de lui donner de grandes tapes dans le dos.

— Ça va, merci, dit Jolar d'une voix rauque. Ha, reprit-il, en essuyant ses yeux remplis de larmes, ton humour et ta franchise me manquent. Mis à part Aginor, personne n'ose blaguer en ma présence ou m'exprimer le fond de sa pensée. Le fait que je porte le titre de grand prêtre semble les impressionner.

— Ils veulent te traiter avec le respect dû à ton rang. Moi, ce n'est pas pareil, je ne fais pas partie de tes brebis, ajouta le magicien en souriant davantage, dévoilant ses dents blanches.

— Je crois que je ne m'habituerai jamais à ce traitement, ajouta Jolar. Je me demande même parfois si je ne commence pas à être un peu trop vieux pour cette fonction. Il me semble que j'ai de moins en moins de patience et d'énergie. Il serait peut-être temps que je pense à laisser ma place à un autre. Si seulement Vanciesse était encore là, je saurais l'Église entre bonnes mains.

Feren ne répondit pas et un lourd silence plana dans la pièce quelques instants. La mort de la jeune prêtresse dont Feren était tombé amoureux demeurait un sujet que ses amis évitaient quand il était dans les parages.

— Désolé, Feren, je ne voulais pas ressasser de mauvais souvenirs.

— Au contraire, ce nom ne me rappelle que de beaux souvenirs que je chérirai jusqu'à ma mort. J'ai accepté ce tour du destin depuis déjà longtemps. Jolar, il faut que tu me promettes une chose, ajouta Feren, le visage sérieux.

— Je t'écoute.

— Promets-moi que, si tu te retires, tu ne nommeras pas le chambellan comme nouveau grand prêtre.

Jolar s'esclaffa. Feren lui avait confié jadis qu'il n'aimait pas l'homme qui s'occupait de la discipline chez les novices.

Le magicien changea de sujet.

— Tu sais, Jolar, mes recherches en nécromancie ont bien progressé cette année. Je crois que je pourrais soulager tes douleurs et te redonner ta vitalité d'antan, pour un bout de temps, à tout le moins. Je pourrais…

Jolar l'interrompit en levant la main.

— Merci, mon ami, je sais que tu pourrais me redonner une part de ce que l'âge m'a pris, mais je préfère laisser agir la nature. Je respecte ton travail, mais tu sais bien que je n'endosse pas l'usage de la nécromancie, même quand c'est pour le bien. Pour me guérir, tu devrais prendre ton énergie d'une autre créature vivante, et ça, je ne puis l'accepter. Je me sentirais comme un parasite. J'ai presque soixante ans. Il est normal que je n'aie plus la même énergie et la même force qu'avant. Je crois qu'il nous faut accepter notre sort, quel qu'il soit. Je sais que tu ne partages pas mon point de vue, ajouta Jolar en voyant Feren secouer la tête, mais je laisse mon sort entre les mains de la déesse. Si elle veut me rappeler auprès d'elle dans un mois, dans cinq ans ou dans vingt ans, je me plierai de bonne grâce à sa volonté.

La conversation fut interrompue par trois coups discrets, frappés à la porte.

— Entrez, lança le grand prêtre.

La porte s'ouvrit sur la silhouette massive d'Aginor.

— Est-ce que je vous dérange ? demanda l'ancien guerrier.

— Pas du tout, reprit Jolar. Tu pourras donner ton opinion, notre discussion portait sur la vieillesse.

— La vieillesse ? Connais pas, répondit Aginor en s'avançant, souriant à belles dents. Tu sais, Jolar, je suis ton cadet d'au moins sept ans. À moins que tu ais toujours menti sur ton âge et que tu sois encore plus vieux que tu ne le dises.

Ce fut au tour de Feren de rire à gorge déployée.

— Feren, je suis content de te trouver ici, reprit le forgeron sur un ton plus sérieux. Je voulais te parler de mon fils. Depuis maintenant plus de six mois, Anton a emménagé chez toi pour parfaire ses connaissances. Je voulais savoir s'il se comportait correctement et s'il prenait au sérieux les enseignements que tu lui prodigues. Je sais bien qu'à son âge, je n'aurais pas très bien supporté la discipline qu'exigent des études comme les siennes.

— Rassure-toi, mon ami, ton fils est sérieux et dévoué. En plus des études contraignantes que je lui impose, il participe aux tâches domestiques sans jamais rechigner. Anton possède un esprit vif et un bon sens de la répartie. Nous nous entendons très bien. Je suis certain qu'il apprécie davantage sa situation qu'auparavant, alors qu'il était auprès d'un chambellan imbu de lui-même, toujours sur ses talons, et qu'il avait un prêtre d'une autre époque en guise de maître, ajouta Feren en lançant un regard taquin à son ami.

Jolar faillit s'étouffer de nouveau, avant de rire à gorge déployée, accompagné d'Aginor.

– Je suis soulagé de l'apprendre, ajouta ce dernier. Tu sais, il a été privé de sa mère très jeune et j'ai tenté de l'élever correctement. Ne connaissant rien à l'éducation d'un enfant, je me suis fié à mon instinct.

– C'est le lot de tous ceux qui sont parents pour la première fois, intervint Jolar en s'asseyant sur le coin du lourd bureau de chêne au centre de la pièce.

– J'imagine. C'est la première fois que je suis séparé de lui depuis si longtemps et j'avoue qu'il me manque. Les journées, et surtout les soirées, sont longues, seul à la maison, ajouta Aginor les yeux humides. De plus, je crois que le métier de forgeron dans une grande ville n'est pas pour moi.

– Ton discours me donne une idée, intervint le nécromancien. Je m'en veux de ne pas y avoir pensé plus tôt. Avec mes enseignements à Anton et l'entretien de ma propriété, j'ai malheureusement moins de temps disponible pour peaufiner ma magie. Quand Kélian habitait avec moi à la tour, c'était plus facile, mais maintenant, j'avoue que je suis un peu débordé. Que dirais-tu de demeurer à la tour avec nous et de remplir les mêmes fonctions que Kélian ? Tu t'occuperais des animaux, du jardin et de l'entretien de ma propriété en général. Ça te rappellera le temps où tu avais ta ferme. Anton devra demeurer avec moi un autre six mois au minimum. Après ce temps, nous aviserons. Qu'en dis-tu ?

— J'avoue que c'est tentant. Je te remercie infiniment pour ton offre généreuse.

— Je pense que c'est une bonne idée. Anton sera content et je pense que tu retrouveras tes repères à la tour de Feren. C'est un bel endroit, situé dans les méandres d'une rivière poissonneuse, précisa Jolar.

— Par contre, je ne pourrai pas te payer autant que ce que tu gagnais comme forgeron.

— Je n'ai pas besoin d'argent. Il m'en reste encore un peu du temps de mes vagabondages avec le vieillard à tes côtés, ajouta Aginor en faisant un clin d'œil au prêtre. En fait, c'est moi qui devrais te rémunérer pour la formation que tu donnes à mon fils.

— Jolar s'occupe de me donner un peu d'argent pour couvrir les frais occasionnés par mon pensionnaire et c'est amplement suffisant. Alors, c'est réglé ? demanda le magicien en lui tendant la main.

— Entendu, répondit Aginor en serrant vigoureusement la main tendue et en poussant un long soupir de soulagement.

Feren se demanda s'il avait vraiment eu une bonne idée ou si, avant sa visite, Aginor n'y avait pas déjà songé. *Je parie que, si je ne lui avais pas offert de venir travailler à ma tour, il me l'aurait demandé,* songea Feren.

es années écoulées depuis la bataille de Gaubourg n'avaient en rien atténué la rage et la soif de vengeance de Ramden. Lors de son combat contre les champions de Libra, il s'en était sorti in extrémis en se sauvant de la bataille, alors que les flammes du nécromancien Feren l'enveloppaient, lui causant d'atroces souffrances.

Au seuil de la mort, Ramden était parvenu à atteindre l'un de ses refuges, où avec l'aide de son apprenti, il avait pansé ses blessures et ruminé un plan lui permettant de prendre sa revanche contre les combattants de la déesse de la justice. Pour accélérer le processus de guérison, il avait sans remords sacrifié son apprenti, duquel il avait aspiré l'essence vitale pour la transférer dans son corps meurtri grâce à sa science. Avec de l'or, il était parvenu à attirer dans son repaire, maints jeunes gens, garçons et filles de tous âges, qu'il avait utilisés de la même manière, pour se guérir. Ramden avait maintenant atteint la limite de sa magie. Il devait se résigner à passer le reste de sa vie dans ce corps mutilé. Malgré toutes ses connaissances, le magicien des Noctiari n'était pas parvenu à guérir totalement. Ses muscles demeuraient rigides, restreignant sa dextérité. Ses doigts, autrefois agiles, parvenaient difficilement à exécuter les gestes pour lancer un sort. Les incantations les plus complexes exigeaient de lui deux fois plus de temps et de concentration qu'auparavant.

D'autres séquelles, celles-là plus visibles, affectaient le nécromancien. Sa peau était devenue épaisse et d'allure cireuse. Ses lèvres s'étaient transformées en une masse de chair difforme et disgracieuse. Ses sourcils et ses cils n'avaient jamais repoussé et son crâne rougi ne comptait plus que deux petites touffes de cheveux à l'arrière. Finalement, son œil gauche était partiellement fermé, comme si la peau de son arcade sourcilière avait fondu.

Le magicien portait toujours des gants et une cape avec un capuchon ramené sur sa tête pour cacher au maximum ses difformités.

Le feu de la vengeance le rongea bien plus au cours de ces deux années que la boule de flammes qui avait fait de lui un homme diminué. L'obsession de la mort des champions de Libra ne le quittait plus. Rien d'autre ne lui importait. Il avait gardé quelques contacts avec des Noctiari, mais sans plus. L'organisation moribonde ne comptait plus qu'une poignée de loyaux serviteurs avoués. Le magicien savait qu'il ne pourrait compter uniquement sur eux pour mener à terme son projet de vengeance.

Son cerveau malade avait mis au point un plan pour atteindre ses objectifs. Non seulement les champions de Libra allaient-ils payer de leur vie l'affront qu'ils lui avaient fait subir, mais ceux qui abritaient leur temple verraient leur sang rougir le sol. Ramden réservait aussi une petite surprise au nommé Feren. Sa mort serait lente et douloureuse.

Le magicien serra les poings et les dents en visualisant le moment de sa revanche. Pour y arriver, il aurait besoin de beaucoup d'or, et également de quelques alliances stratégiques. Pour l'argent, Ramden ne s'en faisait pas outre mesure. Il était l'un des seuls chefs des Noctiari toujours en vie. Il connaissait l'emplacement de plusieurs caches où l'organisation avait entassé des richesses au fil des ans.

Le nécromancien se força à se concentrer sur le moment présent. Il lui restait beaucoup de travail à accomplir avant la réalisation de son plan. Déjà, la première partie s'était déroulée sans anicroche. Ses trois hommes de main, les seuls qu'il conservait à ses côtés, s'étaient bien acquittés de leur tâche. Se glissant de nuit dans le cimetière de Gaubourg, ils avaient récupéré la dépouille de Korpak, ancien ami de Ramden, qui dirigeait avec lui les Noctiari dans cette ville. Korpak, un puissant guerrier, avait péri aux mains des champions de Libra lors de l'attaque de leur quartier général. Le même combat qui avait vu Ramden presque immolé par les feux du magicien adverse. Ses hommes lui avaient rapporté le corps, toujours dans son cercueil, comme il leur avait demandé.

Ce soir-là, il ouvrit difficilement la trappe du plancher de la cuisine de la petite maison lui servant de refuge et descendit péniblement les quelques marches de bois conduisant à la cave. Une parole lui suffit à activer deux globes qui répandirent une lumière blafarde sur les murs de terre. L'air y était humide et vicié.

Le magicien s'avança vers le cercueil qui reposait sur des chevalets de bois. Une faible lueur en émanait ; un sort de Ramden préservait le corps de son ami. Il se pencha au-dessus de celui-ci et observa d'un œil critique l'état du cadavre. Il était assez bien conservé, considérant qu'il reposait sous terre depuis deux années.

Le chemisier de Korpak, presque intact, recouvrait le torse de l'homme et son ventre plat. Le nécromancien savait que tous ses organes avaient depuis longtemps pourri. Il entreprit la répugnante tâche de dévêtir le corps du macchabée. Quand il eut terminé, il se rendit compte que peu de muscles gonflaient la peau qui affichait maintes lésions.

— Cher Korpak, dit-il en se penchant jusqu'à ce que son visage soit à quelques centimètres de celui de son ancien ami. Tu me seras utile pour mener à bien ma mission. Même dans la mort, tu m'aideras à exercer ma vengeance. Pour y arriver, je dois d'abord récupérer un petit objet.

Bérédith demanda à son serviteur d'aller lui chercher un peu de vin. La poussière accumulée dans ses vieux livres lui asséchait la gorge. Au centre de la table, devant lui, s'entassaient plusieurs bouquins reliés de cuir, de dimensions diverses. À sa droite, une fiole de verre remplie d'huile transparente lui faisait office de loupe afin qu'il puisse lire les plus petits caractères. Depuis une dizaine d'années, sa vue s'était considérablement altérée à force de décrypter des ouvrages et des parchemins, à la faible lueur d'une chandelle ou d'une petite lampe à l'huile.

Sa bibliothèque faisait l'envie de plus d'un magicien. Le vieil homme avait consacré sa vie à l'étude de la magie, même s'il ne pratiquait pas l'art lui-même. Âgé d'une soixantaine d'années, Bérédith n'avait jamais eu à travailler, sauf quelques contrats de copie de livres qu'il avait acceptés. Ce travail de scribe lui permettait d'effectuer un autre exemplaire d'un ouvrage et de le garder dans son imposante bibliothèque. Enfant unique d'une famille aisée, il avait hérité du domaine et du manoir à la mort de son père, alors qu'il n'avait que vingt ans. L'argent légué par sa famille lui permit d'assouvir sa soif de connaissance sur la magie. Il avait bien essayé d'apprendre quelques notions de l'art sous la gouverne d'un magicien qu'il avait engagé, mais on lui avait cavalièrement signifié qu'il ne possédait pas l'intelligence nécessaire pour comprendre et maîtriser les subtilités de la magie. Bérédith continua néanmoins ses recherches pour en apprendre le plus possible sur le sujet qui le passionnait.

Après quelques années, il dut se résoudre à congédier la presque totalité des personnes qui travaillaient sur son domaine, car les coffres de la famille se vidaient à une vitesse folle. Il se portait acquéreur de tous les livres traitant de magie qu'il pouvait trouver. Il fit même l'acquisition de quelques objets enchantés. Au fil des ans, il fut contraint de vendre toutes les terres lui appartenant.

Aujourd'hui, il ne possédait plus que le manoir qui tombait en ruine. Il avait toutefois eu la sagesse de conserver Hector à ses côtés. Le serviteur était entré à son service vingt ans auparavant.

Lors d'une de ses rares balades en ville, Bérédith était tombé sur le corps inanimé d'Hector en bordure de la route. Des voleurs de grand chemin l'avaient détroussé, violemment battu et laissé pour mort. Bérédith l'avait recueilli chez lui et l'avait soigné. Hector recouvrit peu à peu la santé et promit à son bienfaiteur de le servir pour le reste de sa vie, si tel était sa volonté. Le maître du manoir sauta à pieds joints sur l'occasion. Il renvoya le serviteur et la cuisinière qui travaillait encore au manoir, transférant les deux tâches sur les épaules d'Hector. Ce dernier ne désappointa jamais l'homme qui lui avait sauvé la vie.

Maintenant au milieu de la quarantaine, il employait toute sa considérable énergie au service de Bérédith, sans jamais se plaindre de sa charge de travail ou du salaire ridicule qui lui était versé. Il faisait le ménage et la cuisine, entretenait du mieux qu'il le pouvait le manoir, s'occupait des courses toutes les deux semaines, en plus de répondre à tous les caprices de son maître. Sans lui, Bérédith aurait été bien perdu.

Hector revint prestement avec une coupe de vin. Il trouva le propriétaire des lieux penché sur un vieux livre, son long nez aquilin touchant presque les pages jaunies.

– La nuit est tombée depuis plusieurs heures, maître Bérédith. Vous devriez aller vous coucher et reprendre votre lecture au matin. Il fera plus clair.

– Je suis trop excité, mon cher Hector, je ne pourrais pas dormir. Après toutes ces années, je crois que je l'ai enfin découvert, lança le propriétaire des lieux, manifestant un enthousiasme dont son serviteur n'avait jamais été témoin.

– Qu'avez-vous donc trouvé ?

– Je ne veux pas en parler tout de suite, Hector. Tout ce que je peux te confier, c'est que, si ma théorie est bonne et que je mets la main sur l'objet que je convoite depuis plusieurs années, nous n'aurons plus besoin de nous soucier de problèmes d'argent pour le reste de notre vie. Je pourrai engager d'autres serviteurs pour t'aider et remettre le manoir en bon état. Je pourrai même acquérir une quantité considérable d'objets magiques et de livres.

— Voilà qui semble prometteur, ajouta Hector d'un ton qu'il voulait enjoué, même s'il ne croyait qu'à moitié les affirmations du vieil homme.

— Dire que tous les sages et magiciens le croyaient perdu à jamais, détruit depuis près de mille ans. Ces hommes qui se croient plus intelligents que les autres ne sont même pas parvenus à le retracer. Je rirai dans ma barbe quand je leur exhiberai sous le nez, eux qui ne me croyaient pas assez intelligent pour apprendre la magie. Je leur montrerai… Ce n'est pas par manque d'intelligence, mais par manque de formation. On ne peut devenir magicien que si la personne qui nous enseigne son art a les capacités de nous le faire comprendre, non ? Ils verront bien. Si près de nous… Les dieux nous sont favorables, mon ami.

— Ce sera tout ? demanda le serviteur, un peu désorienté par les propos décousus de son maître.

— Oui, mon bon Hector, tu peux aller te coucher, je n'aurai plus besoin de tes services ce soir. Je te veux en forme et reposé demain matin, tu en auras besoin.

Hector salua le vieil homme et se retira pour la nuit. En marchant dans le corridor qui le menait à sa chambre, il se questionna sur le sens des paroles de Bérédith. Il finit par hausser les épaules et chassa ces questions de sa tête. Il verrait bien en temps et lieu.

Dans une petite maison isolée, à plus de cinquante lieues de là, l'image de Bérédith s'estompa progressivement, remplacée par les réflexions de la flamme d'une bougie, tout près de la boule de cristal. Un sourire malicieux se dessina sur la bouche déformée du magicien.

***

Hector fut tiré du sommeil juste avant l'aube par la clochette lui signalant que son maître le demandait. À regret, il quitta sa couette chaude pour poser ses pieds nus sur le plancher de pierre glacé. Il avait l'impression d'être entré sous ses draps quelques minutes auparavant. Le sommeil s'accrochait encore à lui, alourdissant ses paupières.

Le valet se vêtit en hâte et gagna le bureau de Bérédith. Ce dernier l'attendait, fébrile, parcourant la pièce de long en large. Quand il aperçut son serviteur, il vint le rejoindre en toute hâte. Hector remarqua que de profonds cernes s'étaient creusés sous les yeux du vieil homme, probablement dû à la nuit blanche qu'il venait de passer.

— Ah ! Hector, fit-il avant se s'arrêter pour scruter son valet, fronçant les sourcils.

Le silence plana quelques secondes avant que le propriétaire ne continue.

— Franchement, Hector, tu aurais pu te raser et te peigner avant de te présenter devant moi.

– Je… je suis désolé. J'ai entendu la clochette et je croyais qu'il pouvait y avoir une urgence. J'étais encore au lit. Je m'excuse, balbutia le valet, le regard fuyant.

Bérédith éclata d'un grand rire, tel que son serviteur n'avait pas entendu depuis bien des années.

– Je te taquine, mon bon Hector. Je m'en veux de te priver de ton sommeil bien mérité, mais j'ai une mission à te confier.

– Une mission ? Que voulez-vous dire ?

– Je crois savoir comment dénicher l'objet que je cherche depuis si longtemps, commença le vieil homme en baissant le ton, comme s'il craignait d'être entendu. J'ai découvert où se trouve un second objet qui, en conjonction avec d'autres indices que je possède ici, me permettra de récupérer un trésor très convoité. Je voudrais donc que tu récupères ce petit quelque chose qui me conduira peut-être au but que je me suis fixé il y a bien longtemps.

– Bien, où devrais-je me diriger ? demanda Hector , un brin d'hésitation dans la voix.

– Il te faudra gagner la ville de Malkesh.

– Malkesh ? C'est bien à trois jours de marche ?

Hector n'avait jamais mis les pieds dans cette ville, il n'en connaissait que ce qu'il en avait appris à travers quelques bribes de conversation glanées ici et là.

En fait, la carte qu'Hector s'était faite du monde couvrait le manoir où il travaillait depuis plus de vingt ans, et Sarvillon, un petit hameau situé à environ deux heures de marche vers le nord. C'est là qu'il était né et où il effectuait les achats pour son maître.

— Peut-être deux jours et demi, si tu presses le pas. J'y serais bien allé moi-même, mais je me fais vieux et mes forces déclinantes ne me le permettent pas. Je te demande beaucoup, je le sais. Si mes théories s'avèrent exactes, et je suis presque certain qu'elles le sont, je ferai de toi un homme riche. Juste un petit peu moins riche que moi, bien sûr, précisa Bérédith en souriant.

— Quand dois-je partir et que dois-je faire, arrivé à Malkesh ? demanda Hector en réprimant un bâillement.

— Tu dois te rendre à l'échoppe d'un marchand nommé Julot. Il achète et vend de la marchandise de toutes sortes. Il n'exige pas d'être nécessairement payé en argent. S'il envisage une bonne affaire, il recourt souvent au troc. Arrivé en ville, tu pourras t'informer pour connaître l'emplacement de sa boutique. Il te faudra y acquérir l'objet que je convoite : une statuette de chat.

Bérédith fit une pause pour reprendre son souffle.

— Va d'abord me préparer une tasse de thé et sert-en une par la même occasion. Je te raconterai le reste par la suite.

Tout avait été si vite ; deux heures après son réveil, Hector marchait sur la route avec son baluchon, en direction de Malkesh. Il lui fallait mettre la main sur cette statuette à tout prix. Bénédith lui avait donné la majeure partie de tout ce qui lui restait d'économies, c'est-à-dire à peu près rien. Le serviteur devrait déployer des trésors d'ingéniosité pour trouver gîte et couvert pendant les cinq ou six jours de l'aller-retour, tout en conservant suffisamment d'argent pour acquérir l'objet.

Son maître lui avait aussi confié son bien le plus précieux, à part le manoir, une petite bourse sur laquelle avait été jeté un sort d'invisibilité. Pour qu'elle apparaisse, son porteur n'avait qu'à prononcer le mot *richesse* et *pauvreté* pour qu'elle disparaisse. Les routes n'étaient pas sûres. Plusieurs bandits n'hésiteraient pas à voler un homme qui avait une bourse, bien en vue à sa ceinture. Pour ne pas attirer l'attention, Hector portait des vêtements sales et usés. Bénédith avait insisté pour que son valet s'habille tel un mendiant.

Hector se pencha et regarda à l'endroit où devait pendre le petit sac, comme pour s'assurer que la magie fonctionnait bien. Évidemment, il ne vit rien, et pourtant, il sentait le poids, à sa ceinture, des quelques pièces qui la remplissaient. Le serviteur repassa dans sa tête la description de la statuette que son maître lui avait fournie : l'objet, long comme deux mains, était sculpté dans le bois. Ses yeux se composaient de deux pierres vertes de peu de valeur. L'animal était représenté en marchant, la tête de côté, et la queue pointée vers le ciel. Sous sa patte avant gauche se lisait une seule lettre gravée, un *G* stylisé, représentant la première lettre du nom de l'artiste l'ayant créé. Bérédith n'avait pas jugé nécessaire de lui dévoiler ce nom.

Un vent froid fouettait le visage d'Hector et le temps gris laissait présager des averses. Il remonta son capuchon sur sa tête et pressa le pas. Au début de son périple, quand les murs du manoir furent loin derrière lui, il ne cessa de jeter des coups d'œil rapides dans les fourrés qui bordaient la route, s'attendant à tout moment à subir une attaque de brigands. À mesure que les lieues défilaient sous ses pieds, sa crainte d'être attaqué s'estompa. Il tentait de maintenir une foulée rapide et régulière. Ses jambes, peu habituées à subir un tel traitement, lui firent vite savoir que le rythme imposé ne leur convenait pas du tout. En fin d'après-midi, il sentit une crampe à l'un de ses mollets. Il fut obligé de s'arrêter pour faire une pause. Il choisit un rocher pour s'asseoir, puis il tira une longue gorgée de sa gourde. Il n'avait pas rencontré beaucoup de gens sur la route, seulement deux marchands avec des bœufs tirant des charrettes, et un groupe de trois jeunes hommes qui l'avaient salué poliment au passage, avant de poursuivre leur chemin.

Peu avant la nuit, à mesure qu'il progressait vers l'est, il vit une grosse maison se profiler à l'horizon. En s'approchant, il constata avec satisfaction qu'il s'agissait d'une auberge érigée en bordure de la route. Hector n'était pas équipé pour dormir à la belle étoile par cette froide nuit printanière. Un bon repas chaud et un bon lit lui feraient le plus grand bien. Il était fourbu et ses jambes se refusaient à aller plus loin pour aujourd'hui.

Le valet poussa la porte de l'auberge et fut assailli par l'odeur d'huile des lampes allumées sur les murs, mélangée au parfum du tabac à pipe et de la nourriture. Son ventre gargouilla. Il ne s'était accordé qu'un peu de pain et de fromage depuis le début de la journée. La salle, remplie de tables et de chaises, était presque pleine. Hector se fraya un chemin vers le bar où se tenait une femme à la poitrine et la taille opulente. Elle le regarda s'avancer en plissant les yeux.

— Bonjour, madame, commença Hector quand il fut arrivé au comptoir. Combien en coûte-t-il pour une chambre et un repas ?

— C'est une pièce d'argent pour une paillasse dans le dortoir et le souper. La boisson n'est pas comprise, répondit-elle d'un ton bourru en essuyant ses mains potelées sur son tablier.

Les yeux d'Hector s'arrondirent. Il ne pensait pas qu'il en coûtait aussi cher pour se loger et se nourrir dans une auberge. Il fit un calcul rapide. Une pièce d'argent par nuit ; il fallait compter un minimum de cinq nuits à l'extérieur. Cinq pièces d'argent pour se loger et un seul repas, alors qu'il ne possédait pas plus de dix pièces dans sa bourse magique. Il se demandait comment coûterait la statuette. Il espérait que ce serait certainement plus que cinq pièces d'argent.

– Vous n'avez pas assez d'argent, c'est ça ? demanda l'aubergiste de sa voix forte.

Hector se sentit rougir de honte. Plusieurs personnes accoudées au comptoir étaient témoins de leur échange verbal.

– Si, se défendit-il. Mais pas beaucoup plus, ajouta-t-il faiblement.

– Lozar, vieille épave, tu as encore renversé ta bière sur le plancher, cria l'aubergiste, faisant sursauter le valet par la même occasion. Prends une guenille et éponge ton dégât. À moins que tu ne sois déjà trop saoul pour marcher.

Un homme grisonnant, la barbe longue, s'avança en grognant vers l'aubergiste. Elle lui lança une guenille sale qu'il reçut en pleine figure. Il grimaça, mais ne protesta pas. Il retourna à sa table pour nettoyer le plancher. La femme le regarda longuement pour s'assurer qu'il faisait le travail correctement. Elle secoua la tête et regarda de nouveau Hector.

– Bon, tu ne m'as pas l'air d'un ivrogne comme Lozar, sinon tu aurais d'abord commandé une bière.

Voici donc mon offre. C'est à prendre ou à laisser. Je te fournis un repas que tu iras prendre dans l'écurie. C'est là que tu coucheras. La paille est fraîche et tu seras à l'abri du vent et de la pluie. En retour, tu nettoieras les stalles des chevaux et tu les panseras avant de partir demain matin. Qu'en penses-tu ?

– Ce sera parfait, merci beaucoup, se résigna Hector.

La femme disparut à la cuisine où le valet l'entendit invectiver quelqu'un. Elle revint quelques instants plus tard avec un bol plein de ragoût fumant et une demi-miche de pain.

– Pour l'eau, tu trouveras une pompe à l'extérieur.

Sur ce, elle contourna le comptoir et zigzagua dans la salle pour débarrasser les tables et prendre les commandes des clients. Hector quitta l'auberge et pénétra dans la petite écurie située à la droite du bâtiment principal, un peu en retrait. Quatre chevaux l'observèrent d'un œil intéressé. Il ne restait que deux stalles vides. Hector s'installa dans l'une d'elles et dévora son repas. Quand il eut terminé, il se massa les jambes, puis le sommeil le gagna rapidement, la marche de la journée ayant sapé ses énergies.

CHAPITRE III

LE CHAT DE GÉZOP

ector parvint finalement à Malkesh à la fin de son troisième jour de marche, épuisé et affamé. Les gens à qui il s'informa se faisaient distant et peu sympathiques. Il dut demander plusieurs fois des renseignements avant de repérer l'échoppe de Julot. Elle était adossée contre un bâtiment de pierres de trois étages. Ses murs se composaient de planches, blanchies à la chaux. Une minuscule enseigne en bois ballottait au gré du vent sur une tige de métal, fixée à la devanture du commerce. On pouvait y lire : *Julot, bibelots et œuvres d'art* en lettres rouges, grossièrement dessinées.

Se fiant à l'apparence un peu délabrée des lieux, Hector en déduisit que ce marchand ne devait pas rouler sur l'or. *Tant mieux,* se dit-il. *Il me sera peut-être plus facile de négocier un bon prix s'il manque d'argent.* Heureux d'avoir atteint son but, il accéléra le pas et se dirigea vers la porte. Avant d'entrer, il s'arrêta le long du mur.

— Richesse, marmonna-t-il pour ne pas être entendu des passants.

La petite bourse apparut et il se hâta de l'ouvrir pour compter l'argent qu'il lui restait. Il avait économisé le plus possible, couchant dans des écuries et des granges et se nourrissant du minimum pour lui permettre de conserver assez d'énergie pour parvenir le plus tôt possible à destination. Les pièces d'argent tombèrent une à une dans la paume de sa main gauche. *Sept pièces, c'est tout ce que j'ai. J'imagine que, si mon maître m'a donné un total de dix pièces pour couvrir l'achat de la statuette et mes frais, il devait penser que sept pièces seraient amplement suffisantes pour acquérir l'objet convoité,* pensa-t-il. Confiant, il pénétra dans l'échoppe.

À l'intérieur, des brûleurs d'encens diffusaient une odeur âcre. Hector plissa le nez et regarda autour de lui. Les étagères et présentoirs qui l'entouraient croulaient littéralement sous le poids d'une multitude d'objets hétéroclites. Au fond de la petite pièce toussotait un homme dans la cinquantaine, au teint basané, à la chevelure longue et grasse ramenée à l'arrière et maintenue par une lanière de cuir. Une barbe de plusieurs jours noircissait son visage déjà foncé. À son oreille droite pendait un anneau doré. Il observa Hector, son regard le balayant des pieds à la tête. Un rictus de mépris relevait le coin gauche de ses lèvres charnues.

– Si vous avez de l'argent, vous êtes le bienvenu. Si vous n'en avez pas, quittez ma boutique sur-le-champ. Ce n'est pas un endroit pour les vagabonds, lança l'homme en se levant et en croisant les bras sur son ventre rebondi.

Hector se rappela qu'il était vêtu comme un mendiant. Il ne se laissa pas démonter par l'allure belliqueuse du marchand. Il ne devait pas non plus montrer qu'il cherchait la statuette, car le l'homme lui demanderait sûrement le double du prix.

– J'ai de l'argent. Pas des masses, mais j'espère que se sera suffisant pour acheter un cadeau à ma sœur qui va se marier dans une semaine, mentit le valet. Je sais que j'ai l'air d'un vagabond, mais ce n'est que pour décourager les bandits de grand chemin. Ils n'oseraient pas attaquer un pauvre gueux, ils n'y gagneraient rien, s'empressa de répondre Hector qui sentait le besoin de justifier sa tenue négligée.

– Bien sûr, répondit le marchand, visiblement sceptique. J'ai ici des objets pour tous les goûts et toutes les bourses. Par exemple, ici, j'ai un magnifique coffret à bijoux sertis de pierres. Je peux vous faire un bon prix. J'ai aussi cette sculpture d'un couple elfe se tenant par la main. Admirez le travail de précision de l'artiste.

Hector n'écoutait l'homme que d'une oreille distraite. Subrepticement, il cherchait désespérément l'objet justifiant son périple à Malkesh. Il remarqua que le marchand ne le quittait pas des yeux, sans doute craignait-il que ce vagabond ne lui dérobe quelque chose. Finalement, dans un coin, Hector vit une statuette de chat. La sculpture répondait à la description faite par Benédith. Le valet attendit que le marchand s'en approche un peu, puis, d'un geste qu'il voulait nonchalant, il prit la statuette et la retourna de tous les côtés. Son cœur se mit à battre la chamade quand il discerna, sous une des pattes, la lettre *G*, comme lui avait décrit son maître.

— C'est combien, pour ce chat ? Ma sœur aime bien les chats. Je crois qu'elle apprécierait.

— Bon choix, c'est une belle statuette. Du beau travail. Admirez aussi les pierres vertes faisant office d'yeux. Ce sont de véritables émeraudes. Je vous fais un bon prix et vous la laisse pour vingt pièces d'argent.

Hector faillit s'étouffer.

— Vingt pièces ? C'est beaucoup trop cher. D'abord, je sais que ces pierres ne sont pas de vraies émeraudes. Ce sont des granielles. Elles sont très communes dans le sud et ne valent pas grand-chose.

Le valet se félicita d'avoir demandé le plus de renseignements possible à Bérédith avant de le quitter. Le vieil homme l'avait renseigné sur la nature des pierres ornant la statuette.

— Vraiment ? Vous croyez ? demanda Julot en feignant la surprise.

— Je vous en offre six pièces d'argent, reprit Hector.

— À six pièces, je suis perdant, s'offusqua le marchand, dont le ton monta d'une octave. Je l'ai achetée beaucoup plus cher. Douze pièces, c'est la meilleure offre que je puisse faire.

— Sept, c'est aussi ma meilleure offre.

— C'est trop peu.

— Dans ce cas…

Hector reposa la statuette sur l'étagère où il l'avait prise, salua le marchand et se dirigea vers la porte.

— Bon, d'accord, cria Julot. Je vous la laisse à dix pièces parce que vous m'êtes sympathique. C'est le prix que je l'ai payée. Je ne fais pas d'argent.

— Désolé, je vous ai dit que sept pièces représentaient mon offre finale. Je n'en démordrai pas.

— Mais comment voulez-vous que je vive si je revends les objets que j'acquiers moins cher que le prix que je les ai payés ? Vous voulez ma ruine.

— Ce n'est tout de même pas de ma faute si vous avez payé cette chose trop cher en croyant qu'elle était sertie d'émeraude.

Le marchand se rendit compte que son client venait habilement de retourner l'un de ses mensonges contre lui.

— D'accord, d'accord, marché conclu, bougonna le marchand. Va pour sept pièces. De toute façon, personne ne veut de cette statuette. Je l'ai acquise il y a plus d'un an, quand j'ai…

Le marchand se racla la gorge, coupant ainsi sa phrase. Il ne voulait pas que son client sache comment il s'était procuré la statuette. Il pourrait aller porter plainte à la milice. Il ne voulait absolument pas croupir de nouveau dans les prisons froides et humides de la ville.

❋

Hector éprouvait des sentiments ambivalents. D'un côté, il se réjouissait d'avoir mis la main sur l'objet. D'un autre côté, il avait vidé sa bourse magique et il se demandait comment il parviendrait à se loger et à se nourrir. Finalement, il haussa les épaules et quitta Malkesh en direction du manoir de Bérédith. Il maintint un rythme rapide toute la journée, pressé d'arriver à destination.

La nuit tomba avant qu'il ne parvienne à atteindre une petite ferme où il avait été hébergé deux jours auparavant. Hector s'arrêta et résolut de passer la nuit à la belle étoile. Il établit son bivouac en bordure de la route. Derrière lui, les troncs d'arbres de la forêt se dressaient à quelques pas seulement. Ainsi protégé du léger vent qui soufflait de l'ouest, il fouilla dans son baluchon et en sortit les dernières provisions qui lui restaient, un bout de pain rassis et un bout de saucisson sec. Il s'enroula ensuite dans la vieille couverture grise avec laquelle il avait confectionné son baluchon.

Hector venait à peine de s'endormir lorsque des voix le tirèrent de son sommeil. Il se frotta les yeux et vit la lumière de lanternes sur la route. Les voix étaient celles de trois ou quatre hommes qui parlaient fort et semblaient se diriger vers lui. Le valet se recroquevilla dans sa couverture, espérant ne pas être aperçu. Il ne voulait pas dévoiler sa présence tant qu'il ne connaîtrait pas leurs intentions. Son inquiétude s'accentua lorsqu'il parvint à discerner leurs propos. Apparemment, il s'agissait de bandits, car ils échangeaient sur leur dernier larcin, riant de la peur qu'ils avaient vue dans les yeux de leur victime. Ils éclatèrent même de rire en se rappelant avoir vu le sang gicler de la gorge tranchée de l'une de leur victime, éclaboussant l'un d'eux.

Le valet se fit le plus petit possible. Les trois hommes, il les distinguait bien maintenant, passèrent à sa hauteur. Le cœur d'Hector bondit lorsque la lumière d'une des deux lanternes que transportaient les bandits tomba sur lui. Il n'attendit pas qu'ils réagissent. Il bondit sur ses pieds et s'enfuit, aussi vite qu'il le pouvait dans la forêt. Il entendit les passants se lancer à sa poursuite. Après quelques secondes qui lui parurent des heures, ses poursuivants abandonnèrent la partie et revinrent sur leurs pas.

Craignant une embuscade de leur part, Hector décida de demeurer dans la forêt et d'avancer parallèlement à la route. Il marcha longtemps, trébuchant sur les souches et les branches cassées qu'il ne voyait pas dans l'obscurité. Il continua jusqu'à ce que ses paupières se ferment d'elles-mêmes. Peu avant l'aube, il se coucha sur quelques branches de sapin entassées et s'endormit. Le froid et l'humidité le réveillèrent à plusieurs reprises, car il avait abandonné sa couverture lors de sa fuite.

À l'aurore, Hector se réveilla en sursaut et, inquiet, il tâta la poche de son manteau. Il glissa la main à l'intérieur et en ressortit la statuette. Il soupira de soulagement en la voyant intacte. Il dut se résigner à jeûner, car il avait épuisé ses provisions. Il savait ne pouvoir dénicher ni baie ni noix en cette période de l'année dans la forêt. Vers midi, le serviteur décida de rejoindre la route. Il se sentait plus en sécurité dans les bois, mais sa progression était beaucoup plus lente. De plus, sur le chemin, il parviendrait peut-être à apercevoir une maison ou une ferme où il pourrait offrir ses services en échange de sa pitance.

Hector marcha toute la journée sur la terre poussiéreuse, accablé par la chaleur du jour. La veille, il avait dû quémander sa pitance à une ferme. On lui avait donné un quignon de pain et de l'eau. Curieusement, il ne rencontra pas âme qui vive. Il se tenait toutefois sur ses gardes, inquiet de subir une attaque des bandits qu'il avait croisés. Ceux-ci n'hésiteraient pas à le tuer pour lui voler la statuette du chat.

Le valet arriva vers la fin de l'après-midi à l'auberge où il avait dormi, lors de la première nuit de son voyage. Son ventre grommelait. Il avait l'impression que son estomac vide ballottait à chaque pas qu'il faisait.

Encouragé à la vue de l'auberge et par la perspective d'un repas chaud, Hector pressa le pas. À l'intérieur, le climat contrastait avec le soir où il s'était présenté dans la grande salle. La pièce était presque vide. Deux hommes accoudés au bar discutaient. À leur allure, Hector jugea qu'il s'agissait de marchands parlant affaires. À une table, somnolant au-dessus de sa chope de bière, se balançait de l'arrière vers l'avant Lozar, l'alcoolique qu'il avait rencontré. Derrière le comptoir se tenait toujours la plantureuse aubergiste, occupée à nettoyer le plancher à l'aide d'une serpillière. Hector se présenta au comptoir. Les deux marchands cessèrent leur discussion pour observer le nouveau venu en haillons.

— Bonjour, madame.

L'aubergiste leva ses petits yeux noirs, dissimulés derrière ses joues rondes.

— Oui ? demanda-t-elle.

— Votre auberge est un peu moins pleine que la dernière fois que je suis venu.

Hector espérait que, par cette phrase, la femme le reconnaîtrait. Il vit les yeux de l'aubergiste s'éclairer.

— Ah oui, je me souviens de vous. Vous êtes passé il y a moins d'une semaine, n'est-ce pas ? Cherchez-vous encore à échanger vos services contre gîte et couvert ?

— Si cela vous convient, j'en serais heureux.

— Je me souviens que vous aviez fait un travail décent à l'écurie. Malheureusement, celle-ci est vide. Des voleurs de grand chemin rôdent sur la route à la nuit tombée et le flot de voyageurs a considérablement diminué. Je pense que peu de gens viendront à l'auberge ce soir. Seuls les gens demeurant tout près se risqueront.

— J'ai moi-même dû me sauver de bandits, sur la route, tout près de Malkesh, énonça Hector. Peut-être s'agit-il des mêmes. Je les ai semés en fuyant dans la forêt.

— C'était une sage décision, intervint l'un des marchands. Ces vauriens terrorisent tous les passants et attaquent les voyageurs qui leur semblent des proies faciles. Aux dernières nouvelles, ils campe-raient à environ cinq lieues d'ici. J'imagine que votre escapade en forêt vous aura permis de les contourner.

L'aubergiste posa un index potelé sur ses lèvres pulpeuses.

— Peut-être que je pourrais en profiter pour faire un grand ménage. Voici ce que je vous offre. Vous lavez tous les planchers, autant dans la grande salle que dans les chambres à l'étage et vous récurez à fond tous les pots de chambre. En échange, je vous offre le repas ce soir et demain matin, en plus d'une chambre pour passer la nuit.

– C'est plus que ce que j'espérais. Je vous remercie de votre générosité. Je suis prêt à commencer quand vous voudrez.

– Parfait, au travail, ajouta l'aubergiste en lui tendant la serpillière.

✸

Enfin arrivé, pensa Hector lorsqu'il aperçut le manoir apparaître progressivement à travers le brouillard qui s'était étendu sur la région peu après le coucher du soleil. Le serviteur était exténué et affamé, ses jambes flageolantes le supportant difficilement. Quand il parvint à la porte, celle-ci s'ouvrit brusquement. Bérédith apparut dans l'embrasure, se frottant les mains, son appréhension était visible sur son visage, dont les traits montraient qu'il était fatigué. Le vieil homme avait probablement peu dormi au cours des derniers jours.

– Ah ! Mon bon Hector. Enfin de retour. Tu as une mine horrible, tu sembles exténué.

– On ne peut pas dire que vous paraissez frais et dispos vous-même, osa dire Hector en souriant. Rassurez-vous, j'ai de bonnes nouvelles.

— Entre, entre, ne restons pas à l'extérieur, ajouta Bérédith en plissant les yeux et en scrutant les environs pour s'assurer que personne n'avait suivi son valet.

Le maître du manoir guida son serviteur jusqu'à la cuisine, où il remplit deux coupes de vin. Hector attrapa un moreau de fromage séché traînant sur le comptoir et l'avala d'une bouchée. Il ne fit pas languir plus longtemps le vieil homme. Il sortit de son manteau la statuette qu'il avait récupérée chez Julot et l'offrit à Bérédith. Ce dernier s'empara du chat, les mains tremblantes d'excitation.

— Tu as réussi. Tu as réussi, répéta-t-il d'une voix éteinte par l'émotion. Enfin, je la tiens dans mes mains. Viens avec moi à la bibliothèque, Hector. Je vais répondre aux nombreuses questions que tu dois te poser depuis que je t'ai parlé de la statuette.

Le vieil homme saisit la main de son serviteur, l'attirant à sa suite. La fatigue du voyage pesait sur Hector. Maintenant qu'il était parvenu à destination et qu'il avait accompli la tâche lui ayant été désignée, il sentait une lassitude s'emparer de lui. Le jeûne des derniers jours contribuait à son état. Bérédith, par contre, semblait revigoré. Il marchait d'un pas presque léger dans le corridor les menant à la bibliothèque. Hector se rendit compte que sa vue, elle, ne s'était pas améliorée quand il le vit s'y prendre à deux fois pour saisir la poignée de la porte. Ils pénétrèrent dans la grande pièce chargée de parchemins et de bouquins. Bérédith referma la porte derrière eux.

– La statuette du chat de Gézop. Depuis le temps que je rêvais de la posséder.

– Vous m'avez affirmé qu'à l'aide de la statuette, vous parviendriez à trouver un autre objet qui vous apportera la richesse. Est-ce exact ?

– Pas tout à fait, mon fidèle Hector. En fait, l'item qui me… qui *nous* rendra riche est ici.

Hector se gratta la tête, confus.

– Si l'objet convoité est ici, pourquoi cette expédition à Malkesh ?

Bérédith se contenta de rire. Il leva la statuette d'une seule main et au grand désarroi de son serviteur, l'abattit sur le coin du bureau en bois massif occupant le centre de la pièce. La statuette se brisa en deux.

– Maître, qu'avez-vous fait ? s'écria Hector, le visage livide.

Sourire aux lèvres, Bérédith récupéra les deux pièces de la statuette. Hector vit qu'elle était creuse. Le vieil homme extirpa un petit objet rond du ventre du chat.

– À croire que notre chat a des boules de poils, ricana Bérédith. Voici l'objet que je cherchais. Je suis le seul à avoir découvert où il avait été caché, et ce, en recroisant les informations que j'ai pu glaner ici et là au cours des années.

Il prit la chose entre son pouce et son index. Hector vit qu'il s'agissait d'une petite sphère métallique, de la grosseur d'une pièce d'argent.

– Gézop, celui qui a créé la statuette, était un prêtre qui se passionnait pour les félins. Quand il s'est su au seuil de la mort, il a dissimulé cet objet pour éviter qu'il ne tombe entre des mains qu'ils jugeaient indésirables, expliqua le vieil homme en approchant la sphère tout près de ses yeux défaillants.

– C'est cette sphère que vous cherchiez tout ce temps et qui doit vous procurer la richesse ?

– Oui. Cette sphère, mon cher Hector, est nommée l'œil de Culcuth, le dieu de la mort. C'est un artéfact qui possède de grands pouvoirs magiques dont je n'ai qu'une vague idée de l'étendue. On raconte qu'une parcelle de l'énergie divine de Culcuth réside dans l'objet. Gézop était un prêtre culcuth. À son époque, le culte se différenciait diamétralement de celui que nous connaissons de nos jours. De fait, Gézop était pris dans une tempête fanatique au sein de son Église. De nos jours, ce culte se fait discret. On y prône des valeurs malsaines se rapprochant de la nécromancie. Le culte se rapproche de plus en plus des idéaux prônés par l'Église cousine de Ragok, dieu de la souffrance et de la douleur.

Pourtant, lorsque Gézop était jeune, l'Église de Culcuth tentait de convaincre les gens de vivre de façon vertueuse, leur assurant ainsi un passage sans heurt dans les plaines de l'Ether, où se retrouvent les âmes des défunts. Le prêtre fut pris dans un conflit au sein de son Église. Quelques prêtres, comme lui, véhiculaient les anciennes valeurs, alors que la majorité des fidèles de Culcuth, surtout des jeunes, souhaitait effectuer un virage à cent quatre-vingts degrés. Avant de mourir, Gézop dissimula le bien le plus précieux de l'Église dans une statuette qu'il fit sortir du temple en catimini. Je connais plusieurs hommes qui seraient prêts à tuer pour s'emparer de cet objet.

– Vous avez appris cette histoire dans vos livres ? demanda Hector qui, fasciné par le récit de son maître, en oubliait presque sa fatigue.

– En partie. Pour le reste, j'y suis allé par déduction.

– Comment un objet d'une telle valeur a-t-il pu aboutir chez un marchand de peu d'envergure comme Julot et comment avez-vous appris qu'elle s'y trouvait ?

– J'aimerais bien entendre la réponse à cette question, lança une voix n'appartenant ni à Bérédith ni à son serviteur.

Hector se retourna, car il était dos à la porte de la bibliothèque. Celle-ci avait été ouverte sans bruit et un homme vêtu d'une robe à capuchon dissimulant ses traits se tenait tout juste à l'intérieur de la pièce.

– Qui… qui êtes-vous ? balbutia Bérédith.

– Je me nomme Ramden. Ne cherchez pas dans vos souvenirs enténébrés par votre vieillesse, vous ne me connaissez pas.

– Que voulez-vous ? reprit le vieil homme d'une voix que la peur rendait chevrotante.

– Je pense que vous le savez très bien. C'est un bel objet que vous cachez derrière votre dos. Je souhaite l'acquérir. Je sais que vous n'êtes pas magicien, donc vous n'en avez pas besoin.

– Comment avez-vous su ?

– J'étais moi-même à la recherche de l'œil de Culcuth depuis fort longtemps. En m'informant ici et là, je me suis aperçu qu'une autre personne posait des questions visant à localiser le chat de Gézop. Mes recherches m'ont conduit vers vous, puis ma bonne vieille boule de cristal m'a permis de vous épier à distance. J'ai bien ri de vous entendre vanter votre intelligence.

Hector se dandinait d'un pied à l'autre, ne sachant pas comment réagir.

– Bien, reprit Bérédith, en tentant de se montrer calme et en contrôle. Que m'offrez-vous en échange ?

L'homme porta la main à sa ceinture d'où il tira une courte baguette de bois blanc qu'il pointa vers le vieil homme.

— Pour vous remercier d'avoir récupéré la main sur l'œil de Culcuth à ma place, je vous offre une mort rapide et sans douleur.

Un éclair jaillit de sa baguette et vint frapper Bérédith à la poitrine, le projetant contre une étagère qui s'écroula sur lui. Ne se souciant pas de sa sécurité, Hector courut vers l'homme qui lui avait jadis sauvé la vie. Il parvint à soulever suffisamment l'étagère qui s'était vidée de ses livres pour dégager le corps de son maître. Il ne put que constater son décès. Il se retourna juste à temps pour apercevoir une main aux doigts crochus comme des serres le saisir à la gorge. Instantanément, il sentit ses forces le quitter. Curieusement, sa dernière pensée en fut une de regret. Il n'avait pas eu le temps de prendre un bon bain et un bon repas avant de mourir. Il se surprit à avoir ces pensées futiles, alors que la noirceur éternelle l'enveloppait dans son linceul.

— Pfeuh ! fit Ramden en crachant sur le corps desséché d'Hector. Il restait bien peu d'énergie dans ce minable serviteur.

Le nécromancien se dit qu'il venait de franchir une autre étape de son plan. Il imaginait Feren, Jolar et leurs amis fiers comme des paons et imbus d'eux-mêmes, croyant avoir débarrassé le monde de la menace des Noctiari. Ils étaient sûrement loin de se douter qu'il ne leur restait plus longtemps à vivre.

e souffle tiède et odorant du printemps ravivait les arbres et les champs aux abords de la tour de Feren. Au début de la saison, la crue des eaux, provoquée par la fonte des neiges dans les lointaines montagnes, avait gonflé la rivière toute proche, donnant un visage sauvage et belliqueux au cours d'eau, qui en d'autres temps, serpentait paresseusement. Lentement, de jour en jour, Aginor avait vu les flots se retirer vers leur lit habituel, comme pour se reposer d'une colère printanière.

L'endroit avait plu à l'ancien guerrier dès qu'il était arrivé. Il retrouvait enfin la campagne. La rivière, les landes et les champs environnants, les grands chênes et les noyers entourant la propriété de Feren l'avaient séduit. Déjà, des pointes vert tendre perçaient les bourgeons des grands arbres, prenant la relève des quelques feuilles séchées et rabougries de la dernière année.

Aginor prit une grande respiration, emplissant ses poumons d'air tiède et pur. Il avait déjà hâte à l'été pour voir ce paysage vêtu de ses plus beaux atours.

Depuis qu'il avait aménagé à la tour avec Feren et Anton, il n'avait pas chômé. Il s'était mis à la tâche dès le premier jour, prenant plaisir à effectuer les maints travaux que le mage lui confiait. Le vieux champion de Libra possédait encore beaucoup d'énergie et son stage de deux ans en tant que forgeron à Riga lui avait permis de garder tout le tonus de ses muscles imposants. Kélian avait beaucoup aidé Feren lors de son séjour à la tour, mais Feren se rendit vite compte qu'Aginor était dans une classe à part. Ayant vécu une bonne partie de sa vie sur une ferme, il avait appris à se débrouiller dans presque toutes les situations. Il démontrait des compétences très respectables, comme jardinier, menuisier, et éleveur de bétail. L'ancien guerrier se levait à l'aube et passait le plus clair de la journée à l'extérieur, ne s'arrêtant que pour manger. Feren avait d'abord tenté de le ralentir. Il ne voulait pas que le père d'Anton se tue à la tâche, puis il avait cessé de lui en parler, réalisant qu'Aginor était heureux de son travail au grand air. Fini pour lui les longues journées à se roussir les poils à la forge, fini le charbon salissant tout à son contact. Fini aussi le bruit assourdissant du marteau s'abattant sur l'enclume et les étincelles qui lui brûlaient les avant-bras. Enfin, Aginor était en paix et vraiment heureux.

En plus de son travail qu'il adorait, le vieux guerrier jouissait de ce qui lui avait le plus manqué au cours des derniers mois, la présence de son fils.

Côtoyer Anton quotidiennement était une vraie bénédiction pour lui, et ce, même s'ils ne se voyaient que quelques heures par jour, chacun étant très occupé par ses tâches respectives.

Par un soir calme et doux, les trois résidents de la tour s'attablèrent à la cuisine pour le repas du soir, comme d'habitude. Aujourd'hui, la corvée de nourriture revenait à Feren. Aginor et Anton se débrouillaient assez bien en cuisine, mais il n'égalait pas Feren. Les repas qu'il préparait faisaient toujours la joie de ses deux invités. Aujourd'hui, il leur avait préparé un ragoût consistant, élaboré à partir de pommes de terre et de navets. Il y avait ajouté des cubes de bœuf et avait savamment épicé le tout pour lui donner un goût exquis. Le magicien avait aussi pris le temps de cuire quelques pains, de même qu'une tarte aux noix et au miel.

Le repas du midi était habituellement frugal et peu élaboré ; ils consacraient plus de temps au repas du soir. Évidemment, en ce temps de l'année, les ingrédients frais se faisaient rares. Il ne restait que quelques légumes plissés en réserve. Les fruits étaient épuisés depuis longtemps. Tous attendaient anxieusement que poussent les laitues, carottes, concombres et melons. Le temps des semences approchait à grands pas. C'était d'ailleurs le sujet de conversation à la table ce soir-là.

Aginor avait rédigé une liste de ce qu'il désirait semer, aussitôt que les rayons du soleil auraient suffisamment réchauffé la terre. Après avoir terminé sa part de tarte et repoussé son assiette, l'ancien guerrier, repu, sortit un bout de papier froissé de l'une de ses poches.

– Merci, pour le délicieux repas, Feren. C'était vraiment succulent. Tu sais que, d'ici deux ou trois semaines, il sera temps de semer les graines. J'ai fait une petite liste de suggestions de semences. Tiens, jettes-y un œil et dis-moi ce que tu en penses.

Le nécromancien prit la feuille des mains de son ami et la parcourut rapidement. Il arqua les sourcils en voyant le nombre de graines différentes qu'avait prévu acheter Aginor.

– C'est bien intéressant, mais mon jardin n'est pas assez grand, nous aurons trop peu de chacun de ses légumes.

– C'est vrai, c'est pourquoi, avec ta permission, j'augmenterai la superficie de ton jardin. Ce n'est pas l'espace qui manque. De cette façon, tu n'auras plus besoin de te rationner au printemps et tu ne seras pas obligé d'acheter tes légumes à Riga.

– D'accord, Aginor, je m'en remets entièrement à tes connaissances et à ton jugement.

– Je voudrais te présenter ma proposition.

– Je t'écoute, dit Feren en repoussant à son tour son assiette.

– Nous devrions aussi agrandir ton étable pour y garder plus d'animaux. Si tu as l'argent pour les matériaux, je m'occupe de la construction.

– Je ne suis pas certain que ce soit une bonne idée.

– Pourquoi ? En ajoutant quelques poules, un couple de moutons et un ou deux veaux, tu deviendrais beaucoup plus autonome pour tes provisions. Ne crains rien, je m'occuperai des bêtes. Il est certain que l'achat de ces animaux te coûtera un peu d'argent, mais il suffit d'y aller petit à petit. Pas besoin de remplir l'étable dès cette année. Le bâtiment sera là, assez grand si tu décides d'aller de l'avant.

Anton regardait tour à tour son père et Feren, suivant avec attention la conversation.

– L'argent ne pose pas de problème pour acquérir les matériaux et il est vrai qu'on m'offre parfois des animaux en paiement des services que je rends aux fermiers des alentours, concéda Feren. Pourtant, je continue à penser que ce n'est pas une bonne idée.

– Je réitère ma question, alors, insista Aginor. Pourquoi ?

– Papa, intervint Anton, Feren est chez lui et c'est à lui de prendre les décisions en ce qui concerne sa propriété. Tu n'as pas à le questionner.

– Ça par exemple, ajouta le vieux guerrier en riant. Le fils qui fait la leçon à son père. Tu as bien raison Anton. Ce n'est pas à moi à dire à Feren comment s'occuper de ses affaires. Je m'excuse, mon ami.

— Allons, Aginor, reprit le magicien. J'espère que tu me connais suffisamment pour savoir qu'il en faut plus pour m'offusquer. Je vois du bon dans ton idée. Quelques mois auparavant, tout juste avant qu'Anton n'arrive, j'ai aidé des fermiers établis dans les coteaux, au sud, car une poignée de gobelins s'attaquait à leur bétail. Je suis parvenu à chasser les quelques créatures. Par la suite, les fermiers m'ont offert un porcelet en récompense. J'ai refusé et ils m'ont promis que, si je changeais d'idée, je n'aurais qu'à leur demander et qu'ils me le donneraient avec plaisir.

— Un porcelet, c'est excellent. C'est facile à nourrir et ça s'engraisse rapidement.

— Bref, le point que je veux apporter est qu'il est vrai qu'il me serait facile d'acquérir des bêtes. La raison de ma réticence est tout autre. À tout moment, je peux être appelé à quitter ma tour, soit pour aller aider un fermier, un marchand ou même qui sait si Jolar ne fera pas appel à mes services dans un avenir plus ou moins rapproché. Il se peut que j'aie à m'absenter plusieurs jours, voire plusieurs semaines. Pour l'instant, vous demeurez ici toi et Anton et je sais que je peux compter sur vous pour vous occuper des bêtes en mon absence, mais que se passera-t-il dans un an ou même six mois ? D'ici là, Anton aura complété son apprentissage ici. Je doute qu'il demeure à la tour avec moi par la suite. Jolar le rappellera sûrement auprès de lui. Je ne connais pas les plans que la déesse a échafaudés pour lui, mais je crois que, si Anton part, les chances sont bonnes pour que son père le suive. Est-ce que je me trompe ?

— Cher Feren, commença Aginor d'un ton exagérément solennel. Tu es vraiment plus sage que tu en as l'air et je m'incline devant ton raisonnement.

Anton et Feren ricanèrent.

— Je dois t'avouer, continua Aginor en reprenant un ton plus sérieux, que je n'ai pas encore songé à ce qui arrivera quand Anton aura terminé sa formation ici. Que fera Anton alors ? Que ferais-je moi-même ? Nous n'en savons encore rien.

Il regarda son fils qui se contenta de hausser les épaules.

— Coupons la poire en deux, suggéra Feren. Il est vrai que mon étable est petite et tombe presque en ruine. Je vais acheter les matériaux pour la rénover et l'agrandir un tout petit peu. Ça n'engage à rien. Tu pourras prévoir la construction de manière à ce qu'il soit facile de lui donner de l'expansion dans quelques années, si tel est mon choix. Qui sait, peut-être que d'ici là, j'aurai décidé de vivre une vie d'ermite, reclus dans ma tour, rigola Feren.

— Parfait. Bonne idée, fit le vieux guerrier en se frottant les mains. De toute façon, il devenait urgent de refaire le toit de chaume du bâtiment.

— C'est réglé, termina Feren avant de se tourner vers Anton. Mon jeune ami, je te donne congé demain.

Nous irons à Riga avec la charrette pour aller chercher ce dont nous aurons besoin. Il te faudra être debout tôt pour préparer le cheval. Aginor, complète ta liste de semences, et inscrits-y ce dont tu auras besoin pour la construction du bâtiment. De mon côté, je vais vider mon coffre de toutes les pièces qu'il contient pour assouvir tes idées de grandeur.

Le père et le fils rirent de bon cœur. Ils savaient bien que Feren ne se ruinerait pas en achetant quelques semences et quelques planches. À la mort de son mentor, Melfor, il avait hérité de suffisamment d'argent pour ne pas se soucier de cet aspect pour encore plusieurs années.

Deux jours plus tard, Feren et Anton se rendirent au laboratoire en milieu d'avant-midi. À l'extérieur, ils entendaient les coups de marteau d'Aginor s'attaquant avec entrain à la réfection de la grange. Le magicien avait repoussé du mieux qu'il le pouvait les meubles le long des murs, dégageant un espace circulaire au centre de la grande pièce.

— Pas de théorie ce matin, Anton, commença-t-il en se frottant les mains. Pour aujourd'hui, on oublie l'algèbre, la biologie, l'astronomie et tout le reste. Nous allons travailler ta magie.

— Ouais ! s'écria le jeune homme enthousiaste. Ce sont mes leçons préférées. Que désires-tu que je fasse apparaître ? Un animal, une colonne de feu ?

– J'avais pensé à autre chose.

– Tu veux que je travaille un nouveau sort ? demanda Anton, excité.

– Il est vrai qu'avec ton don, tu peux façonner tes sorts à ta guise. Tes possibilités sont presque illimitées. Il ne te faut qu'un peu d'imagination et beaucoup de concentration. C'est pourquoi nous allons travailler sur cet aspect. Sans la concentration, le magicien ou le prêtre n'est rien de plus qu'un homme ordinaire. Seule l'application d'une stricte discipline mentale peut le conduire au sommet de son art.

– Je sais tout ça, répondit Anton. Tu m'imposes suffisamment d'exercices de méditation que j'en ai compris l'importance.

– Tu auras la chance de le prouver, ajouta le nécromancien avec un sourire aux coins des lèvres. Nous allons commencer par voir si tu peux maintenir un sort facile, alors que je tente de te déconcentrer. Peux-tu évoquer ce globe de lumière que tu sembles bien maîtriser ?

– L'Orbe de Libra, oui, c'est facile. C'est un des premiers sorts que Jolar m'a appris. C'est plus qu'une sphère de lumière, il me permet en plus de discerner les mensonges.

– Dans ce cas, je surveillerai mes paroles. Vas-y.

En un clin d'œil, une sphère lumineuse apparut dans la main droite du garçon. La dernière fois que Feren l'avait vu lancer ce sort, Anton avait dû se concentrer beaucoup plus et l'Orbe avait mis plus de temps à apparaître. Le magicien se félicita de l'amélioration du contrôle de son élève.

– Pas mal, dit-il. C'est un bon début.

– Merci.

– Il faut avouer que tu as comme professeur le meilleur magicien du monde.

Anton se retourna vivement vers Feren et fronça les sourcils. Le magicien éclata d'un grand rire.

– Je constate, à ta réaction, que ton sort parvient effectivement à discerner les mensonges.

Le garçon rit à son tour et la lumière de sa sphère vacilla quelque peu.

– Attention, Anton, garde ta concentration, peu importe ce qui arrive.

– Désolé, je vais me concentrer davantage.

– Maintenant, reprit Feren, il te faudra maintenir la luminosité de ta sphère. Ne te soucie pas de ce que je fais, ne te concentre que sur ton sort.

Le magicien murmura quelques paroles. Une brise souffla à l'intérieur de la pièce, se changeant rapidement en vent violent, fouettant les cheveux longs d'Anton dans sa figure. Ce dernier ne broncha pas et maintint sans effort la lumière de sa sphère. Feren marmonna à nouveau quelques paroles et une flèche incandescente apparut à trois mètres d'Anton, puis fonça sur lui. Le nécromancien vit les yeux du garçon s'arrondir, mais il ne bougea pas et ferma les yeux, faisant fi du trait lumineux qui lui traversa le corps sans le blesser.

– Bien, continua Feren. Évidemment, il s'agissait d'une illusion et non pas d'un véritable projectile. Tente de garder les yeux ouverts en tout temps. Si tu perds de vue ton ennemi, ne serait-ce qu'une fraction de seconde, cette erreur risque de t'être fatale.

Anton opina de la tête sans dire un mot. L'Orbe de Libra brillait toujours au creux de sa paume droite. Sans plus attendre, Feren se lança dans une autre incantation. Trois petites créatures volantes prirent forme. Anton vit qu'il s'agissait de moustiques géants dont le corps était long comme son auriculaire. Le bourdonnement de leurs ailes diaphanes remplit la pièce lorsqu'ils se mirent à tournoyer. Feren croisa les bras, apparemment peu inquiet de subir les piqûres des insectes. Anton éleva sa main droite et la lumière de sa sphère éloigna temporairement les moustiques qui se dirigèrent vers Feren. Quand ils tentèrent de se poser sur lui, une odeur d'herbe, qu'Anton ne put identifier, émana du corps du magicien. Les insectes ne semblèrent pas apprécier et ils reprirent leur vol, fonçant derechef sur Anton qui éleva à nouveau sa sphère de lumière pour les éloigner. Cette fois, les petites créatures ne se laissèrent pas détourner si facilement d'un éventuel repas. Anton tenta sans succès de les chasser de sa main libre. L'une d'entre se posa sur son épaule et planta son dard à la recherche d'une veine.

– Ouch ! s'écria Anton. Ce sont des vrais.

La lumière de sa sphère vacilla et vint bien près de s'éteindre.

– Garde ta concentration, tonna Feren.

– Mais ça fait mal…

– Fais ce que je te dis.

Anton se força à maintenir son sort, tout en délogeant de sa main gauche le moustique qui l'avait piqué. Il dansait sur place, se penchant et se relevant brusquement pour éviter ses assaillants ailés, son bras gauche travaillant frénétiquement pour les chasser.

Pendant plus de deux minutes, il courut dans la pièce, sans cesse poursuivi par les créatures qui avaient maintenant chacune goûté à son sang. Feren se garda bien d'intervenir. Anton suait à grosses gouttes et la lumière de sa sphère n'était réduite qu'à une simple lueur. Aux endroits où il avait été piqué, sa peau démangeait et brûlait. Le jeune homme se força à se calmer, même s'il continuait de fuir tout autour de la pièce. La lueur de l'Orbe gagna en intensité. Finalement, Anton arrêta sa course, subissant du même coup trois piqûres supplémentaires. Une lueur blanche émana du jeune homme et les trois moustiques chutèrent au sol, leurs ailes brûlées et leurs corps desséchés par la chaleur. La sphère brillait toujours à la main d'Anton.

— Bravo, s'écria Feren. Bien joué.

Anton se souciait peu des commentaires de son professeur, occupé qu'il était à gratter ses démangeaisons. Le jeune homme ressentait une grande fatigue. Ils entendirent soudain la porte d'entrée s'ouvrir avec fracas à l'étage inférieur et une voix proférant des blasphèmes à en faire rougir un nain. Feren reconnut la voix d'Aginor. Il s'élança vers l'escalier de pierres en colimaçon, Anton sur ses talons. Le magicien retrouva le vieux guerrier dans la cuisine, enroulant un torchon autour de sa main gauche.

— Stupide vieil homme, se complimenta Aginor.

— Aginor, ça va ?

— Oui, je me suis coupé la main alors que ma scie a glissé sur une planche. J'étais distrait, je crois.

— Laisse-moi m'occuper de ta blessure, dit Feren en prenant la main d'Aginor et en retirant le torchon déjà maculé de sang.

Anton, inquiet, se pencha par-dessus son épaule. Feren découvrit une coupure très profonde traversant l'index et le pouce. Le sang coulait à flots. Le magicien ferma les yeux et sollicita sa magie. Il lui fallait utiliser l'un des nouveaux sorts qu'il avait mis au point. Aginor vit son sang coaguler, puis ses plaies se refermer. Quand ce fut fait, Feren poussa un long soupir et rouvrit les yeux. Anton remarqua que les épaules du nécromancien étaient voûtées et que ses yeux avaient perdu de leur éclat, comme s'il était pris d'une grande lassitude.

– Serais-tu devenu prêtre sans que je le sache ? demanda Aginor, surpris. Je n'ai jamais entendu parler d'un magicien qui puisse guérir les gens de la sorte. Seuls les prêtres peuvent, par la magie conférée par leur dieu, apporter la guérison.

– Pas un magicien ordinaire, mais un nécromancien oui, expliqua Feren. C'est l'un des sorts que j'ai récemment développés, il découle des études de mon mentor, que j'ai poursuivies après sa mort. Toutefois, les lancer me coûte très cher, car j'utilise beaucoup de mon énergie vitale. Je dois utiliser ce sort avec parcimonie.

– J'aurais pu le guérir moi-même, intervint Anton en se grattant. Tu n'aurais pas dû.

– Tu es fatigué par l'exercice que je t'ai imposé tout à l'heure et il était important d'agir rapidement. Je crois que tu auras besoin de toute l'énergie qu'il te reste pour guérir les démangeaisons et la douleur causée par les piqûres qui t'ont été infligées.

– Merci, mon ami, ajouta le vieux guerrier. Il semble en effet que toutes ces journées passées dans ton laboratoire auront servi.

– Tu ne crois pas si bien dire, j'ai aussi élaboré quelques autres petites surprises, dont un sort qui me permet de me plonger dans un état catatonique, simulant la mort, et duquel je peux sortir à volonté.

— Ah, quelle en est donc l'utilité ? demanda Anton.

— Pour être franc, je n'en ai pas la moindre idée, répondit Feren en riant, mais qui sait, peut-être que cela me sera utile éventuellement. Allons, reprit-il en donnant une claque amicale dans le dos d'Anton. Il est temps de préparer le repas du midi. Si je me souviens bien, c'est à ton tour, jeune homme.

L'adolescent grimaça. Feren ne sut si c'était dû à ses piqûres ou au fait qu'il devait s'occuper de la corvée des repas pour la journée.

amden chevauchait sur une jument brune en direction de la ville de Thorbal. Un guerrier portant ce nom avait fondé la cité quelque trois cents ans auparavant. Elle se situait à trois jours de cheval à l'ouest de Gaubourg.

Il s'agissait jadis d'un lieu de rassemblement de mercenaires ; sa vocation avait changé au fil des ans. C'était aujourd'hui une bourgade de plus de mille habitants qui se consacraient à l'agriculture, réputée pour ses artistes forgerons. On y concevait des armes et des armures d'une légèreté et d'une solidité sans pareilles. Encore plus, les forgerons de la ville créaient maints outils et objets qui étaient autant d'œuvres d'art.

Toutefois, le nécromancien ne se rendait pas à Thorbal pour y acquérir l'une des spécialités locales, mais plutôt pour y rencontrer un personnage qui risquait de jouer un rôle primordial dans le plan de vengeance qu'il avait échafaudé. Il espérait obtenir un rendez-vous avec le grand prêtre de Culcuth, un homme nommé Pollus. Ramden avait eu beaucoup de difficulté à débusquer le grand prêtre. Il avait dû en appeler de tous ses contacts au sein des Noctiari.

L'Église du dieu de la mort n'était pas bien vue de la majorité des gens. Déjà que la Faucheuse en elle-même effrayait la plupart d'entre eux, ils voyaient d'un mauvais œil les préceptes cruels et pernicieux véhiculés par ses prêtres, de moins en moins nombreux. Pour éviter la persécution, ces derniers devaient vivre reclus ou encore tenir secrète leur allégeance. Les adeptes de Culcuth ne respectaient en rien la vie et n'hésitaient pas à tuer ou à martyriser sans raison les gens. Ils étaient craints, certes, mais haïs de la population, et ce, partout où ils résidaient.

Ramden était bien au courant de ces faits, alors qu'il approchait la basse muraille de pierres entourant la ville, qui ne devait pas s'élever à plus de trois mètres de haut. Il passa lentement sous l'arche de la porte est, qui demeurait ouverte à toute heure du jour ou de la nuit. Aucun garde ne lui posa de questions sur les raisons de sa présence en ville ; d'ailleurs, il n'en aperçut aucun.

Le magicien ne perdit pas de temps. Il se rendit à l'endroit que ses sources lui avaient désigné comme étant le lieu de convergence des prêtres de Culcuth à Thorbal. Il descendit de cheval face à un bâtiment de pierres blanches. La porte de bois rouge renforcée de bandes de fer forgé était ouverte, laissant pénétrer les chauds rayons du soleil d'après-midi. Au-dessus de la porte, une enseigne fraîchement peinte en rouge et jaune annonçait le nom et la vocation du commerce :

L'arc de fer, Armes et armures. Ramden attacha les guides de sa monture à la barre de bois fixée à la devanture du commerce et pénétra dans l'ombre du bâtiment. À l'intérieur, il vit sur sa droite une multitude de pièces de toutes formes et de toutes grandeurs : les cuirasses, les cottes de mailles, les hauberts et les camails étincelaient à la lumière du jour pénétrant par les grandes fenêtres de la façade. À sa gauche, présentée sur des tables et armoires, s'étendait la collection d'armes. Un coup d'œil rapide du magicien lui permit d'identifier des épées longues et courtes, des hallebardes, des fléaux d'armes, des dagues, des arbalètes et maints autres objets dont il ne connaissait pas le nom. Même s'il n'était pas féru d'armes et armures, Ramden dut avouer qu'il était impressionné par la beauté de la marchandise offerte.

Finalement, il avança à pas mesurés vers le fond de l'établissement ou une grande table de chêne se dressait. Derrière elle, il aperçut un homme assis sur un tabouret, le dos voûté, qui l'observait un peu de côté, sous ses arcades sourcilières prononcées, garnies de sourcils très minces et presque droits. Ramden s'arrêta devant la table et glissa son capuchon vers l'arrière. À la vue du visage ravagé, un des étroits sourcils du marchand s'arqua presque imperceptiblement. Le magicien dut reconnaître que l'homme avait du cran. La vue de son visage provoquait généralement des réactions plus fortes.

— Bonjour, monsieur, commença le marchand. Bienvenue dans ma boutique. Puis-je vous aider à choisir parmi notre marchandise ?

— En fait, je ne cherche ni arme ni armure.

— Ah bon. Dans ce cas, j'ai bien peur que vous ne vous soyez trompé d'endroit. Mais peut-être pourrai-je vous indiquer où chercher. Je connais bien Thorbal, j'y demeure depuis près de vingt ans.

— Ce serait très aimable à vous, ajouta Ramden d'une voix mielleuse. Je suis à la recherche d'une personne.

— Quel est son nom ?

— Elle se nomme Pollus.

Ramden était habile à percevoir les sentiments ressentis par autrui, même chez les plus stoïques. Le marchand fit un effort louable pour cacher sa surprise et conserver un visage impassible.

— Désolé, mon cher monsieur. Je ne connais personne de ce nom et je ne peux vous aider. Je vous souhaite bonne chance dans vos recherches.

Le nécromancien remarqua que le débit des phrases du marchand s'était considérablement accéléré, témoignant de sa nervosité. Dès lors, Ramden sut qu'il se trouvait au bon endroit.

— Peut-être le connaissez-vous sous un autre nom ou encore par son titre, ajouta-t-il en déposant doucement sur la table une demi-douzaine de pièces d'or. On le nomme grand prêtre ou parfois même le Faucheur.

— Je ne le connais pas, répliqua sèchement le marchand. Maintenant, si vous ne voulez rien acheter, je vous invite à quitter mon commerce, vous me faites perdre un temps précieux.

Ramden ne se laissa pas démonter si facilement. Sourire en coin, il sortit de sous sa cape un petit sac duquel s'éleva le tintement de pièces d'or. De sa main gauche, il déposa six autres pièces sur la table.

— Je suis sûr que vous pouvez m'aider, continua-t-il sur un ton toujours calme. Je dois absolument le rencontrer. J'ai une offre des plus intéressantes à lui proposer. Il vous remerciera de l'aide que vous m'avez apportée quand il saura. Faites-moi confiance.

— Je vais m'informer. S'il est à Thorbal, je devrais obtenir des renseignements, répondit le marchand, son regard alternant entre le sac de pièces et les yeux du magicien.

Il s'avança pour prendre le sac, mais Ramden posa l'une de ses mains difformes sur la sienne. Le nécromancien était sûr que l'homme savait déjà où se cachait le grand prêtre.

— Je tiens à remettre ce sac d'or à Pollus moi-même. Vous pouvez garder les pièces sur la table. C'est bien plus qu'il ne vous en faut pour… disons… couvrir vos frais de recherche.

– Bien, revenez demain à midi et je vous dirai si mes recherches ont été fructueuses, ajouta le marchand en saisissant les pièces d'or alignées sur la table.

– Merci beaucoup, j'apprécie votre gentillesse, ajouta Ramden, un soupçon d'ironie pointant dans sa voix.

※

Le marchand pointa du doigt le corridor plongé dans l'obscurité qu'il venait de dévoiler, derrière la porte secrète dans son arrière-boutique. Comme convenu, Ramden s'était présenté à L'Arc de fer à midi tapant. Le marchand, accompagné d'un homme de forte stature, l'avait conduit sans un mot tout au fond du magasin. Derrière un rideau épais s'ouvrait une petite pièce. Le marchand s'était rendu vers le mur le plus éloigné. Le magicien n'avait pu discerner le mécanisme qu'il avait actionné pour ouvrir une porte dissimulée.

Calmement, Ramden pénétra dans la noirceur et le marchand referma aussitôt la porte derrière lui. Le magicien demeura quelques instants immobile, s'attendant au pire. Finalement, il fit apparaître au creux de sa main une flamme qui ne le brûla pas, lui permettant d'éclairer la pièce. Il se trouvait dans un corridor ne s'étendant que sur environ deux mètres, puis une nouvelle porte se dressait. Ramden remarqua une poignée de cuivre. Il la saisit et tira sur l'huis qui glissa sans bruit sur ses gonds bien huilés.

Il franchit le pas et déboucha dans une grande pièce sans aucune décoration. Des torches illuminaient l'endroit. D'une pensée de Ramden, la flamme dans sa main qui dansait, bercée par les courants d'air, vacilla et s'éteignit. L'ameublement de la pièce se résumait à une très grande table de bois entourée d'une quinzaine de chaises, d'un autel de pierre sur lequel était gravée une faux, symbole de Culcuth. À la droite de l'autel, un trône de bois à haut dossier, finement sculpté, au siège et aux bras recouverts de velours pourpre contrastait avec l'allure austère de l'endroit. Un homme était assis sur le trône, une jambe nonchalamment passée par-dessus l'un des bras. Il semblait indifférent aux propos d'un second homme, qui l'entretenait. Apercevant Ramden, il prit une posture plus convenable, et d'une main levée, intima l'ordre de se taire à l'autre homme. D'un petit geste de la main, il signala au magicien de s'approcher. Ramden s'avança, les talons de ses bottes claquant sur le plancher de pierres nues.

– Bonjour, commença l'homme sur le trône, sur un ton hautain. Je suis Pollus, grand prêtre de Culcuth le très grand. Adressez-vous à moi en me nommant par mon titre : le Faucheur.

Ramden inclina poliment la tête, dissimulant parfaitement l'agacement qui montait en lui face à l'arrogance du prêtre.

– J'espère que la noirceur du corridor ne vous a pas trop effrayé, continua ce dernier. Quoiqu'à voir votre visage, je pense que vous devez vous sentir plus à l'aise dans le noir, là où l'apparence n'a pas d'importance, ajouta le prêtre, riant de sa blague de mauvais goût.

– Il n'y a pas que là où l'apparence n'a pas d'importance, répondit mystérieusement Ramden en se forçant à garder son calme.

Pollus fronça les sourcils, tentant d'interpréter la réponse de son vis-à-vis. S'agissait-il d'une menace, d'un propos ironique ou simplement d'une phrase oiseuse ? L'homme se tenant toujours à ses côtés s'éclaircit la gorge pour rappeler sa présence.

– Ah oui, j'oubliais. Je vous présente Lothon, mon bras droit.

Le magicien inclina légèrement la tête, saluant le prêtre qui lui rendit son salut.

– Je tiens à préciser immédiatement que nous ne pourrons rien pour votre apparence, poursuivit Pollus. Vos blessures sont trop vieilles et trop importantes.

– Rassurez-vous, reprit Ramden avec un sourire, je ne viens pas vous consulter à ce sujet. Le but de ma visite est de tout autre acabit.

– On m'a confié que vous vouliez peut-être effectuer un don au culte, est-ce exact ? Êtes-vous un adepte de Culcuth ?

– Un don ? s'enquit le nécromancien. Ah ! Vous voulez sûrement parler du sac de pièces d'or que j'ai montré au marchand.

Ramden sortit le sac en question de sous sa cape et le lança vers Lothor, qui s'empressa de l'ouvrir pour compter les pièces, toutes d'or.

– Vous y trouverez trente-cinq pièces. C'est en effet ma petite contribution à votre Église, simplement pour vous remercier de me recevoir.

Pollus se tourna vers son acolyte qui hocha la tête, confirmant les propos du visiteur.

– Je ne suis pas un des partisans de Culcuth, comme d'aucun autre dieu d'ailleurs. Je me nomme Ramden et je suis un nécromancien, membre de l'organisation moribonde des Noctiari.

– Un nécromancien ? Voici qui est intéressant. Un magicien consacrant son art à la mort. Nous avons donc beaucoup de choses en commun. Que puis-je pour vous ?

– Je vous retourne la question, Faucheur. Que puis-je pour vous ?

– Que voulez-vous dire ?

– Je m'explique, reprit Ramden. J'ai une offre à vous faire qui nous procurerait un bénéfice mutuel.

– Et comment un nécromancien pourrait-il bien aider le culte du dieu de la mort ? demanda Pollus en se curant les ongles, conservant un ton condescendant.

— Vous avouerez que les fidèles de Culcuth ont déjà été plus nombreux et plus actifs. Ses prêtres osent à peine déclarer leur allégeance au seigneur de la mort en public. Vous devez vous dissimuler dans des endroits comme celui-ci en rêvant aux jours passés, où votre culte était florissant.

— Quoi ? Quelle impertinence, je vous avertis... commença Pollus en se levant d'un bond.

— Jadis, votre Église roulait sur l'or, poursuivit Ramden, ne se souciant pas des objections du grand prêtre. À la suite de votre virage idéologique, il y a plusieurs siècles, vous avez petit à petit perdu de votre influence et de votre richesse pour n'être aujourd'hui considéré que comme un culte de second ordre. Je parie que vos coffres sont à sec, sans quoi ce ne sont pas quelques pièces d'or qui m'auraient permis de rencontrer le digne représentant de Culcuth.

Le visage de Pollus s'était empourpré de colère. Ramden se rendit compte qu'il avait atteint la limite de sa tolérance, c'est pourquoi il se hâta d'enchaîner avant que le Faucheur et son bras droit ne fassent appel à la magie de leur dieu contre lui.

— Je crois, Faucheur, que vous êtes l'homme idéal pour remédier à la situation, il ne vous manque qu'une petite étincelle. Je rage de penser que votre digne culte soit presque oublié, alors que d'autres Églises florissantes, comme celle de Libra, imposent hypocritement leur volonté à de plus en plus de gens en prônant des valeurs qu'ils appliquent seulement quand elles font leur affaire. Les adorateurs de la déesse de la justice se dressent ouvertement contre les enseignements du dieu de la mort. Je les connais, ils se félicitent de leur popularité grandissante et rient des prêtres de Culcuth, comme s'ils se croyaient à l'abri de la mort. Pourquoi Culcuth ne retrouve-t-il pas la place qu'il mérite dans notre monde ? Tous les hommes, elfes et nains ne meurent-ils donc pas ? Je ne suis pas un fidèle de votre dieu, je vous l'ai déjà mentionné. Néanmoins, cela ne m'empêche pas de le respecter, de même que les valeurs que véhiculent ses prêtres.

Pollus s'était calmé et son visage avait repris une couleur normale, même si un feu couvait toujours dans son regard fixé sur le nécromancien.

– Vous êtes venu bien prêt de connaître mon courroux, magicien. Pourtant, je discerne beaucoup de vérité dans vos propos. Comme je méprise ces arrogants de la déesse de la justice, lança Pollus avec colère en serrant les dents et les poings.

Ramden demeura impassible ; pourtant, il souriait intérieurement. Il était parvenu à amener le grand prêtre là où il voulait, tout en lui enlevant un peu de sa superbe.

– Je vous propose de remédier à la situation en ébranlant le culte de Libra, tout en redonnant à Culcuth sa place au soleil.

– Dites-moi, Ramden, quelles sont vos motivations pour ainsi vouloir aider le culte ? demanda le Faucheur, soupçonneux. Mon petit doigt me dit que vous ne le faites pas par altruisme.

– Je vous ai mentionné que je suis un nécromancien. Par le fait même, je me sens proche des valeurs véhiculées par Culcuth.

Pollus arqua les sourcils, démontrant son scepticisme. Ramden continua sans en tenir compte.

– Je dois avouer qu'en plus, la réussite de mon plan nous apporterait un bénéfice mutuel. Avec le coup porté à Libra, je pourrais remettre sur pied notre organisation qui a récemment souffert aux mains des fidèles de la déesse de la justice et je deviendrais le chef incontesté des Noctiari qui regagneraient, sous ma gouverne, leur puissance perdue.

Ramden se garda bien de préciser qu'il ne s'agissait là que de motivations secondaires. Pollus aurait sûrement vu d'un mauvais œil le fait que la vengeance soit son but premier.

– Et que proposez-vous ? demanda le grand prêtre.

– Nous allons attaquer la ville de Riga et brûler le temple de Libra.

Pollus demeura bouche bée avant d'éclater d'un grand rire en rejetant la tête vers l'arrière.

— Vous êtes fou. Attaquer Riga, sans armée, sans arme. Comment pensez-vous tuer les miliciens de Riga ? Vous croyez qu'en nous voyant nous lancer à l'assaut de la ville, ils vont tous s'écrouler et mourir de rire ? Vous me faites perdre mon temps. Sortez d'ici.

— S'il vous plaît, laissez-moi terminer. Vous pourrez ensuite juger de ma folie, lança Ramden sur un ton autoritaire, qui chassa le sourire peint sur le visage de Pollus. Nous pouvons lever une armée avec qui les guerriers de Riga et les prêtres de la déesse ne pourront rivaliser.

— Et où allez-vous dégoter une telle armée ? Des soldats vont pousser de la terre et nous les récolterons à l'automne avant de partir en guerre ? ironisa le Faucheur.

— Vous n'êtes pas très loin de la vérité, ajouta Ramden en étirant ses lèvres difformes en un rictus qui se voulait être un sourire. Premièrement, je peux compter sur une cinquantaine d'hommes parmi les anciens Noctiari. Ils connaissent les stratégies de combat et sauront mener nos troupes. De votre côté, vous avez sûrement quelques prêtres pouvant se joindre à l'aventure. De plus, je me propose de rallier à notre cause les gobelins des alentours. Je sais qu'ils se sont soumis depuis plusieurs années à l'autorité d'un seul chef. Un gobelin nommé Azad, qu'on dit intelligent et fort. Nous n'avons qu'à le convaincre d'endosser notre cause.

– Même si vous parvenez à convaincre ce gobelin de se joindre à nous, nous ne serons pas en nombre suffisant pour attaquer la ville.

– C'est bien vrai, ajouta Ramden en se frottant les mains.

Le magicien avait remarqué que le prêtre avait utilisé le terme *nous*, signifiant qu'il se voyait déjà dans le plan du nécromancien.

– J'ai fait mes recherches sur votre culte et sur son dieu. J'ai lu un passage sur une cérémonie visant à créer un être tout à fait unique. Celui que l'on désigne comme la main de Culcuth.

Pollus écarquilla les yeux.

– Je connais tout de cette cérémonie ; pourtant, je n'ai jamais entendu dire qu'elle ait été réussie.

Ramden poursuivit sur sa lancée. Les deux prêtres étaient pendus à ses lèvres.

– Les pouvoirs d'un tel être, la main de Culcuth, combinés à la magie de vos prêtres et à ma nécromancie, pourraient être utilisés pour lever une armée de morts-vivants que nous lancerions à l'assaut de la ville. Comme vous le disiez précédemment, nous ferions pousser nos soldats de la terre des cimetières. Je vous le demande, que feront alors les miliciens et les citadins de Riga, face à une armée qui ne connaît ni la peur ni la douleur ?

Le Faucheur se passa une main sur le visage.

— Voilà qui est très intéressant, je ne vous le cache pas. Pourtant, je compte trop de *si* dans votre plan. Une telle action serait possible *si* nous convainquons les gobelins de se joindre à nous et *si* nous parvenons à créer la main de Culcuth, ce dont je doute. Je vous l'ai mentionné, à ma connaissance, cette cérémonie n'a jamais été complétée avec succès.

— Encore là, vos doutes sont fondés, concéda Ramden en fouillant de nouveau sous sa cape. Personne n'a réussi à mener à terme la cérémonie. Pourquoi ? Personne n'avait cet objet en main.

Le magicien sortit l'œil de Culcuth qu'il tint à bout de bras.

Pollus fut pris de vertige. La sphère semblait l'appeler, l'attirer, lui laissant entrevoir un pouvoir presque sans limites. Il avait l'impression que Culcuth occupait la pièce, se tenait à leurs côtés. Ses jambes devinrent molles et il dut s'appuyer sur l'un des bras du trône.

— Cet objet est sacré, commença-t-il. J'y perçois la présence de mon dieu. Est-ce possible… serait-ce… ajouta-t-il le souffle court.

— Vous avez deviné, Faucheur. Vous avez devant vous l'œil de Culcuth qui, croit-on, a été insufflé d'une parcelle du pouvoir du dieu de la mort. N'y voyez-vous pas un signe ?

– Que le grand Culcuth soit loué. Je crois que l'aube d'un nouvel âge éclairera notre Église, ajouta Pollus en se tournant vers le prêtre, qui, subjugué par les événements, regardait tour à tour Pollus et l'artéfact, ne sachant trop que penser.

CHAPITRE VI

CHARGE DANS LES COLLINES

alior se retourna sur sa selle pour observer sa troupe qui avançait en deux rangées ordonnées. Le guerrier s'était mis en marche quelques jours auparavant, à la tête d'un groupe de cinquante miliciens de Riga, tous montés à cheval. Ce contingent important représentait environ le quart des effectifs de la milice. On les avait envoyés pour aider le Clan des nains du poing de pierre dans sa guerre contre les gobelins. Jamais on n'avait vu pareille troupe franchir les limites de la ville. À leur départ, les gens s'étaient assemblés pour les saluer et leur souhaiter bonne chance.

Galior était difficilement parvenu à convaincre les dirigeants de la ville du bien-fondé d'une telle entreprise. Il avait insisté sur le fait que trop peu d'hommes de la milice avaient connu le combat et la patrouille hors de la ville. Au début, les autorités s'étaient opposées à son projet, craignant pour la vie de leurs citoyens qui prendraient part à l'expédition. Galior avait affirmé que le manque d'expérience de ses hommes risquait de causer encore plus de morts au sein de la population, car ils ne possédaient pas les bases nécessaires pour protéger les leurs advenant une attaque de la ville. L'avenir allait lui donner raison. Il ajouta que les nains avaient besoin de leur aide et qu'ils leur en seraient reconnaissants. Il spécifia qu'une alliance entre Riga et le Clan serait avantageuse pour les deux parties, sur les plans militaire et économique. Finalement, les dirigeants acceptèrent après que Jolar eut consenti à envoyer deux prêtres de Libra avec la troupe et lorsque Galior promit de limiter au maximum les affrontements. Le contingent devait aussi revenir en ville au plus tard dans deux semaines. Galior choisit lui-même les miliciens qui l'accompagneraient dans sa mission, s'assurant d'un bon dosage entre les hommes d'expérience pouvant encadrer les autres guerriers peu habitués au combat.

Le guerrier reporta son regard vers l'avant, où les collines délimitant le territoire des nains se profilaient à l'horizon.

— Dans combien de temps atteindrons-nous les grottes du Clan ?

Galior se retourna vers Olson, le jeune prêtre de Libra qui chevauchait à ses côtés.

— Ne m'étant jamais aventuré jusque-là, il m'est difficile d'évaluer très précisément la distance, mais je crois que nous arriverons peut-être demain.

— Les nains ont-ils demandé notre aide ? demanda le jeune homme.

— Non, répondit Galior, ils sont trop fiers pour cela. C'est Jolar qui a appris, je ne sais comment, que les nains avaient réussi depuis déjà plusieurs mois à repousser les gobelins loin des portes de leurs cavernes, mais qu'ils n'arrivent pas à les chasser définitivement des collines. Aucun nain ne peut quitter les cavernes sans risquer d'être embusqué par une horde d'ennemis. La guerre qui dure depuis plus de deux ans a passablement réduit le nombre de nains. J'espère que notre arrivée leur permettra de respirer et de reprendre le contrôle du territoire qu'ils occupent depuis des centaines d'années.

— J'ai bien hâte de visiter leurs demeures, on raconte qu'elles sont d'une beauté incroyable. Je me demande comment ils réussissent à transformer des cavernes en chefs-d'œuvre. J'ai aussi entendu parler de leur sale caractère. On les dit bourrus, mais sympathiques et accueillants.

Le champion de Libra sourit, amusé par l'enthousiasme du jeune prêtre.

— Ce sont des gens qui ont généralement un grand cœur, répondit-il. Si tu deviens l'ami d'un nain, tu le seras pour toujours. Il n'hésitera pas à sacrifier sa vie pour sauver la tienne, sans rien demander en retour. Par contre, si tu t'en fais un ennemi, il n'y aura aucun endroit où tu pourras te réfugier pour fuir. Ils sont aussi tenaces que robustes.

— Ce peuple m'intrigue vraiment, ajouta le prêtre en observant les collines qui se profilaient à l'horizon.

Galior considéra le jeune homme. Il chevauchait à ses côtés depuis le début du voyage et le guerrier en était rapidement venu à apprécier sa compagnie. Il était exubérant, enjoué et ouvert d'esprit. Il adressa une prière silencieuse à Libra, souhaitant qu'il survive à sa première mission. Il songea qu'en cas de bataille, il lui faudrait garder les prêtres à l'arrière et éviter de les exposer au danger ; leurs pouvoirs de guérison sont trop importants pour la troupe. Déjà, Siméon, un prêtre dans la trentaine, que Galior connaissait depuis des années, se tenait à l'arrière de la troupe, comme il lui avait demandé. Le guerrier préférait garder le jeune près de lui, bien à l'œil, et le plus expérimenté, à l'arrière.

Le soleil plongeait à l'ouest, dardant ses rayons à l'horizontale, aveuglant les cavaliers de Riga. Galior donna l'ordre de s'arrêter et de monter le campement pour la nuit. Il désigna personnellement les miliciens devant effectuer les tours de garde. Après l'érection de leur tente, Olson et Siméon se retirèrent à l'intérieur pour réciter leurs prières à la déesse.

Après le souper, autour d'un des feux de camp, Olson questionna Galior sur les aventures qui l'avaient opposé aux Noctiari au cours des dernières années. Pendant près d'une heure, le guerrier répondit avec patience aux questions du jeune prêtre. Finalement, Galior se leva et s'étira.

— Allez, il est temps de se coucher. Demain, nous devrions atteindre notre destination, les cavernes des

Poings de pierre. Peut-être aurons-nous à combattre pour nous y rendre. Prions la déesse pour que tout se passe bien. Bonne nuit, Olson.

Le jeune prêtre rendit son salut à son chef, puis se leva à son tour pour aller rejoindre Siméon dans la tente. Ce dernier dormait déjà, ses ronflements perçant le silence de la nuit. Olson se glissa sous sa couverture. Il ne trouva pas le sommeil rapidement ce soir-là. Ce n'était pourtant pas à cause des respirations bruyantes de son confrère ni de la peur du combat. Il avait la tête pleine de toutes ces histoires dont Galior avait parlé. Il s'imagina lui-même, chevauchant au secours des nains, terrassant les gobelins, autant par la force de son bras que par celle de la magie octroyée par Libra. À la longue, ses fantaisies se transformèrent en rêves qui le portèrent vers un sommeil paisible.

❈

Les élévations, d'abord basses et herbeuses, devenaient plus rocailleuses et mois fertiles à mesure que la troupe pénétrait plus profondément dans les collines. Les aventuriers chevauchaient en escaladant ou négociant des pentes de plus en plus abruptes. Galior se demandait si les chevaux pourraient longtemps porter ses hommes sur un terrain si accidenté. Les descentes s'avéraient de plus en plus périlleuses. Il savait que ces portions du voyage présentaient des risques importants de blessures pour les bêtes.

Ce matin-là, Galior avait enfilé sa rutilante armure dorée, embossée sur sa poitrine des symboles de sa déesse vénérée. Sur son sein droit se distinguait le Livre des Lois, et sur le gauche, l'Orbe de la vérité. On représentait généralement Libra tenant ces deux objets. Il n'avait pas porté son armure brillante depuis longtemps, ses dernières missions exigeant de lui de demeurer secret et dissimulé. À la tête d'un détachement de cinquante hommes, il fallait oublier la discrétion. Les sabots des chevaux claquaient constamment contre les roches et les pierres parsemant les collines.

Galior porta sa main ouverte à ses sourcils pour cacher les rayons qui l'aveuglaient. Il distinguait du mouvement au loin. Droit devant, deux cavaliers galopaient à sa rencontre. L'un d'eux hissa un foulard bleu au bout de sa lance. Le guerrier sut alors qu'il s'agissait de ses deux éclaireurs. Les hommes en armure de cuir légère s'arrêtèrent devant leur chef pour lui transmettre leur rapport.

— Nous avons vu une troupe de nains un peu plus loin, cria le premier en stoppant son cheval, arrivé à la hauteur de Galior. Ils sont attaqués par des gobelins qui les dépassent du double en nombre. Les nains semblent tenir le coup pour l'instant, mais ils perdent constamment du terrain. Nous nous sommes dit qu'il était important de venir vous en avertir immédiatement plutôt que de demeurer sur place pour en apprendre plus.

— Bien sûr, vous deviez venir m'en aviser, vous avez bien fait. Néanmoins, il aurait été préférable que l'un de vous demeure sur place pour observer le développement du combat. Il aurait pu nous donner des informations très importantes à notre arrivée.

Les épaules de deux gardes s'affaissèrent légèrement, marquant leur déception. Ils étaient jeunes, et même si Derek les avait bien formés, ce qui faisait d'eux d'excellents pisteurs, ils apprivoisaient encore leur travail. Galior interpréta correctement leur langage corporel.

— Ne vous en faites pas, mes amis, ce n'est qu'un petit conseil. De toute façon, ce qui est fait est fait et il n'y a rien qu'on puisse y changer, vous auriez pu décider de demeurer tous les deux plus longtemps là-bas, mais vous avez fait le bon choix en accourant. Le temps est important maintenant. Dites-moi, à combien d'effectifs estimez-vous les forces qui s'opposent ?

— Je dirais environ une trentaine de nains et le double de gobelins, répondit sans hésiter l'éclaireur qui n'avait pas encore parlé, un tout jeune homme dont la lèvre supérieure était assombrie par une moustache naissante.

— Bien, à quoi ressemble la morphologie des lieux de la bataille ?

— Il s'agit d'une petite vallée. À l'ouest, de ce côté-ci, on peut y accéder par une pente gazonnée. Je crois que c'est de là que viennent les gobelins, Au nord et à l'est s'élèvent de basses collines et au sud, un mur de pierres et de rochers qui se dressent sur plus de dix mètres de haut.

— Combien de temps pour nous y rendre en imposant un léger galop ?

— Environ cinq minutes.

— Bon travail, mes amis. Demeurez à mes côtés pour me guider jusqu'à ce que nous nous lancions à l'assaut des gobelins.

Galior se tourna ensuite vers Olson, chevauchant toujours à ses côtés.

— Va rejoindre Siméon à l'arrière et porte-lui le message suivant : en aucun cas je ne veux que vous vous engagiez physiquement le combat contre l'ennemi. Demeurez à distance. Vous pouvez utiliser les sorts à longue portée que vous avez, mais ne vous lancez pas dans la mêlée pour secourir les blessés. D'autres soldats les porteront vers vous pour que vous les guérissiez du mieux que vous le pourrez. Économisez autant que possible vos sorts de guérisons, à moins que ce ne soit une question de vie ou de mort. Il sera toujours temps de les utiliser à la fin du combat sur les soldats qui en auront le plus besoin. Est-ce clair ?

Olson hocha la tête, la déception de ne pas demeurer auprès de Galior lors du combat se lisait sur son visage. Malgré tout, le guerrier savait que ses ordres seraient respectés, la discipline étant une vertu prônée par les membres du temple de Libra. Galior se retourna vers le reste du groupe qui l'observait avec anxiété.

– Nous allons aider une troupe de nains aux prises avec des gobelins, cria-t-il. Suivez-moi. Galop léger.

La longue filée de cavaliers se mit en branle derrière leur chef et les deux éclaireurs. Différentes expressions se distinguaient sur le visage des miliciens. Pour certains anciens, une flamme illuminait leurs regards, pour les jeunes, il s'agissait d'appréhension mêlée à l'excitation. Si quelques-uns ressentaient la peur, ils se gardèrent bien de la laisser paraître.

La troupe descendit la colline, puis entreprit l'ascension d'une autre ; les deux éclaireurs guidaient la colonne de soldats à travers les rochers et les crevasses. Comme prévu, les miliciens de Riga arrivèrent en moins de cinq minutes à proximité du site de la bataille, juste en deçà du sommet de l'une des collines. Galior leva une main et aussitôt, les hommes à sa suite arrêtèrent leurs montures. On pouvait entendre les bruits des armes qui s'entrechoquaient et les cris de douleurs des blessés plus bas. Le chef de la troupe ne perdit pas de temps à discourir longuement. Les quelques secondes d'arrêt qu'il s'accorda pour leur adresser quelques paroles permirent néanmoins aux chevaux de reprendre un peu leur souffle.

– Vous vous souvenez des signes à suivre pour exécuter mes ordres ? Si vous avez un doute, copiez les gestes des vétérans parmi vous. Nos amis du Poing de pierre ont besoin de nous. Prenez vos lances, nous allons tenter de charger nos ennemis si le terrain et la disposition des gobelins le permettent. D'ici à ce que nous engagions le combat, gardez les yeux rivés sur moi. Je vous donnerai les consignes à suivre. Aux armes, formation en deux colonnes. Que Libra vous protège !

Sur ces paroles, il enfila son heaume doré surmonté d'une queue de cheval teinte en rouge et tourna bride, lançant sa monture au galop, imité par ses hommes. Arrivé au haut de la pente, Galior vit que celle-ci s'étendait jusqu'au bas de la petite vallée. Ils pourraient pousser leurs chevaux au maximum. Rapidement, il analysa la situation. Les nains reculaient vers le haut mur de pierre pour protéger leurs arrières, alors que les gobelins les attaquaient autant de face que sur les flancs, formant un étau se refermant rapidement sur leurs adversaires. Le guerrier choisit de diriger ses hommes, de manière à soulager deux des trois fronts d'attaque des gobelins, faisant confiance aux nains pour s'occuper de l'autre.

À mi-pente, il leva le bras droit, la main ouverte, et abaissa son bras vers l'avant, signalant à la colonne de droite de foncer sur les gobelins le plus près d'eux, du côté est. Changeant ses guides de main, il leva ensuite son bras gauche, qu'il abaissa du même côté, orientant cette colonne vers l'arrière de la ligne d'ennemis, du côté nord. Les nains et gobelins entendirent le tonnerre des sabots sur la pelouse et plusieurs d'entre eux se retournèrent, oubliant momentanément le combat. Galior sortit son épée de son fourreau et la leva dans les airs. Ses hommes se regroupèrent pour ne plus former deux colonnes, mais trois lignes en largeur qui couvraient une grande partie de la pente. Les chevaux, poussés à pleine vitesse, avaient les naseaux grands ouverts et la gueule pleine d'écume.

– Pour Libra et pour le Poing de pierre, cria Galior à pleins poumons.

Son cri fut repris par ses hommes qui abaissèrent leurs lances et les fixèrent dans leurs faucres, ce petit crochet fixé à leurs armures, permettant de maintenir leurs lances lors du choc de la charge. Les gobelins se retournèrent pour affronter leur nouvel ennemi, mais cette volte-face ne leur fut pas d'un grand secours. N'eut été du fait que les hommes de Riga durent ralentir un peu leur monture pour ne pas traverser complètement les rangs gobelins et blesser les nains combattant au-delà, la première charge aurait suffi à démanteler leurs positions. Néanmoins, plusieurs gobelins périrent lors de la charge du groupe de Galior.

Ce dernier fit voler quelques têtes avec des coups puissants de sa longue épée. Armés de gourdins, de faux et d'épées courtes, les gobelins n'étaient pas équipés pour résister à une charge de cavalerie. Les hommes de Riga laissèrent tomber leurs lances devenues presque inutiles en combat rapproché et tirèrent leurs épées, tout comme leur chef.

Du côté nord, le second groupe de Riga atteignit l'arrière des gobelins, auquel il infligea de lourdes pertes. Revigorés par l'arrivée de cette aide inattendue, les nains redoublèrent d'ardeur, forçant leurs adversaires à reculer. De soixante, le nombre de gobelins chuta à quarante, puis à trente. La déban-dade s'ensuivit, plusieurs des gobelins prirent la fuite dans toutes les directions. Les cavaliers de Riga rattrapèrent la plupart d'entre eux et les éliminèrent sans merci. Galior porta sa main droite, rouge du sang de ses adversaires sur son heaume, signalant à ses hommes de se regrouper. L'un d'eux porta un petit cor à ses lèvres dont il tira une note unique. Tous les cavaliers retournèrent auprès de Galior, formant de façon ordonnée, trois rangées derrière lui.

— Qu'on transporte les blessés vers Olson et Siméon.

Rapidement, Galior scruta sa troupe. On lui reporta qu'il avait perdu deux hommes lors de la charge, et trois chevaux blessés avaient dû être abattus. Pour les autres, quelques blessures que guériraient les prêtres grâce à leurs sorts. Le chef de la troupe se tourna alors vers les nains, qui, malgré l'aide qu'on leur avait apportée, demeuraient méfiants, hache à la main.

Soudain, plusieurs d'entre eux furent écartés sans ménagement pour laisser le passage à un des leurs qui s'avançait en grommelant.

— Hors de mon chemin, vous autres, laissez-moi passer, cria un nain d'un ton bourru,

Les lèvres de Galior s'étirèrent en un large sourire qui découvrit ses dents blanches et droites. Il s'empressa de mettre pied à terre, et accourut vers le nain qui sortit des rangs.

— Gorax, mon ami. Je suis content de te revoir vivant.

— Ah ! Galior. Je crois que si ton aide inespérée était survenue cinq minutes plus tard, tu m'aurais découvert sans vie, comme la majorité de mes frères d'armes.

Les deux guerriers se serrèrent amicalement la main.

— Que Libra soit louée, est-ce que vos prêtres pourraient nous aider ? Quelques-uns des nôtres sont mal en point, affirma Gorax.

— Bien sûr. Olson ! Siméon ! cria Galior, ne guérissez que ceux dont la vie est en danger. Gardez vos sorts autant que possible pour nos amis nains gravement blessés et dont la vie est en danger.

Gorax, peux-tu demander aux tiens de transporter vos blessés près d'eux ? Ils feront tout ce qui est en leur pouvoir pour les aider.

Cet échange entre les deux amis eut pour effet de rassurer les nains qui s'avancèrent peu à peu face aux hommes. Des mains furent tendues, puis serrées avec reconnaissance. Les deux groupes se mêlèrent et les discussions commencèrent çà et là.

— Quel miracle vous a conduit ici dans ce moment de détresse ? demanda Gorax en enlevant son casque ébréché par une arme ennemie, puis en passant une main sur son front couvert de sueur.

— Jolar et moi avons réussi à convaincre les dirigeants de la ville de réquisitionner un détachement pour vous venir en aide. D'après les informations recueillies par le grand prêtre, vous éprouvez quelques difficultés à repousser les gobelins hors de votre territoire.

— C'est vrai, même si les portes de nos cavernes ne sont plus menacées, nous nous heurtons encore à plusieurs bandes de gobelins assoiffés de vengeance. Ils n'attaquent que quand ils se savent en nombre supérieur. Le Clan a perdu beaucoup de ses meilleurs guerriers pendant la guerre et nous sommes à peine assez forts pour nous défendre. On dit que les Noctiari les fournissent constamment en vivres et en armes.

– Je pense que vous n'avez plus à vous soucier de l'aide des Noctiari. Les gobelins sont seuls maintenant, sans appui de l'extérieur, précisa le guerrier de Riga.

– Mmmh ! Je m'aperçois que plusieurs nouvelles importantes ne sont pas parvenues jusqu'à nos cavernes. Dis-moi, Galior, quels sont vos plans ? Repars-tu immédiatement vers la ville ?

– Si tu le veux bien, nous resterons avec vous pour vous aider pendant quelques jours.

– Ce n'est pas à moi de décider, c'est au thain, notre chef suprême. Je suis sûr que votre aide sera la bienvenue. Rassemble tes hommes. Aussitôt que les premiers soins auront été apportés aux blessés, nous vous guiderons vers nos demeures. Je te présenterai au thain et nous échangerons nos nouvelles autour d'une bonne bière.

– Ce n'est pas de refus. Nous sommes impatients de visiter ces fameuses cavernes qui ont fait votre renommée.

CHAPITRE VII

LE RITUEL

lus d'une semaine s'était écoulée quand Ramden revient à Thorbal. Aidé par ses deux hommes de main, il avait emporté avec lui le corps de Korpak, son ami défunt, avec qui il avait jadis contrôlé la destinée de la ville de Gaubourg.

Aujourd'hui, fébrile, il était allé au rendez-vous que lui avait donné Pollus. Ensemble, ils devaient tenter de compléter le rituel sacré qui ramènerait Korpak à la vie et en ferait l'outil du dieu de la mort.

Ramden se retrouva dans la même pièce où il avait rencontré le Faucheur pour la première fois. L'air humide saturait la chambre. Le magicien se tenait à la gauche du grand prêtre, alors que Lothar, le supérieur de Pollus, se tenait à sa droite. Devant eux, sur l'autel de pierre, reposait le corps à moitié décomposé de Korpak. Des candélabres avaient été installés de chaque côté de l'autel et diffusaient une lumière.

Derrière Pollus s'élevait un lutrin sur lequel reposait un énorme livre recouvert de cuir, de même qu'un brasero allumé, duquel s'échappait une odeur âcre. Une tige de métal, dont l'extrémité reposait sur les charbons ardents, en dépassait. Ramen se demanda pourquoi. Il fut tiré de ses pensées quand la porte de la pièce s'ouvrit. Six personnes, toutes vêtues de longues robes noires, pénétrèrent en silence dans la chambre sacrée. Des capuchons recouvraient leur tête et des masques noirs, vernis, reflétaient la lumière des chandelles et dissimulaient leur visage. De minuscules ouvertures leur permettaient de voir et de respirer. Ramden ne pouvait distinguer aucune parcelle de leur peau. Aux courbes visibles sous une des robes noires, il put discerner qu'au moins une de ces personnes était une femme.

— Prenez place, leur ordonna le grand prêtre de Culcuth.

Sans un mot, les nouveaux venus se placèrent autour de l'autel, leur main gauche gantée touchant la pierre où gisait Korpak. Leur respiration était bruyante derrière leur masque.

— Mes amis, commença Pollus. Nous allons réaliser aujourd'hui la plus grande des cérémonies de notre religion. Demandons à notre dieu de nous bénir par sa présence et de nous accorder une faveur sans précédent en effectuant le rituel de la main de Culcuth. Considérez-vous comme choyés d'être la pièce maîtresse de ce grand moment de l'histoire. Aujourd'hui, nous allons raviver la flamme du culte de Culcuth. Fini la dissimulation et la honte. Notre église reprendra la place qu'elle occupait jadis et deviendra l'un des cultes les plus forts et les plus craints.

Pollus baissa la tête et observa un moment de silence. Lothon recula de quelques pas et saisit le lutrin d'une main. Il posa l'autre de façon révérencieuse sur le livre. Il transporta le tout avec une lenteur que Ramden trouvait insoutenable et vint le déposer devant Pollus. Il reprit ensuite sa place, à la gauche de son supérieur.

Le Faucheur ouvrit le livre et tourna la première page, puis se tourna vers Ramden.

— Avant de commencer le rituel, nous devons nous assurer que Culcuth est bien à l'écoute de nos prières.

— Comment le saurez-vous ? demanda le nécromancien.

— Vous verrez, répondit le prêtre en souriant.

Il s'adressa ensuite aux autres personnes présentes.

— Maintenant, mes amis… Joignons nos prières pour qu'elles ne forment qu'une seule voix qui s'élèvera fortement jusqu'aux oreilles de notre dieu vénéré.

Pollus entama alors une longue prière où il vantait les mérites du dieu de la mort et lui demandait de leur faire grâce de sa présence. Quand la prière se termina, Ramden entendit un bruit provenant de

Lothon, un peu comme un hoquet. Il se pencha un peu vers l'avant pour observer le prêtre se tenant de l'autre côté du Faucheur. Ce dernier tourna également la tête dans sa direction. Lothon avait les yeux clos et semblait respirer avec difficulté. Des spasmes déformaient son visage. Bientôt, tout son corps se mit à trembler. Ramden comprit qu'il était en transe. Pollus se tourna vers le magicien, les yeux brillants d'excitation.

– Culcuth a entendu notre prière. Il nous a jugés dignes de son attention et il est descendu parmi nous. Il a choisi Lothon comme réceptacle. Nous pouvons commencer le rituel.

Le grand prêtre tourna une page de son ouvrage et prit une profonde inspiration. Il commença ensuite à lire le texte qui y était inscrit. Ramden ne comprenait aucune de ses paroles, le prêtre s'exprimant dans une langue aux accents gutturaux qui lui était inconnue. Les paroles sacrées du livre laissaient au nécroman-cien une impression d'ancienneté, comme si le langage utilisé remontait à la nuit des temps. Il observa Lothon, dont les tremblements avaient cessé, mais qui demeurait les yeux clos ; sa respiration était toujours saccadée. Les six prêtres disposés autour de l'autel n'avaient pas bougé d'un iota, leur gant noir toujours en contact avec la pierre froide.

Le ton de Pollus changea. Il récitait la moitié du texte et chantait l'autre moitié. Il continua ainsi plusieurs minutes, tournant régulièrement les pages du livre sacré. Soudainement, Lothon tomba à genoux, la tête basse. Ses épaules frêles s'élevaient et se rabaissaient au rythme de son hyperventilation. Ramden se dit que la cérémonie tirait à sa fin. Il remua, impatient de constater le résultat. Le Faucheur continuait de lire, sans qu'il n'y ait aucun autre signe de Culcuth.

Les minutes s'écoulèrent, se transformant en heure. La sueur perlait sur le front du grand prêtre et sa voix s'éraillait. Veines et nerfs saillissaient de sa gorge. Les autres prêtres ne bougeaient toujours pas. Ramden se demanda s'ils avaient été changés en pierre, tant leur immobilité était parfaite. Finalement, Pollus arriva aux dernières pages de l'ouvrage. Son chant s'accéléra et sa voix monta d'une octave. Il continua d'accroître le rythme, poussant les capacités de ses cordes vocales à leur limite jusqu'à ce qu'il atteigne le ton recherché. Ramden pouvait percevoir les ondes d'énergie qui remplissaient la pièce.

Finalement, Pollus se tut. Un silence lourd s'installa. Le magicien eut l'impression que le dieu de la mort occupait la pièce et qu'il jugeait ses serviteurs pour déterminer s'ils seraient à la hauteur du miracle demandé. Il devina que la colère de Culcuth serait terrible si ce n'était pas le cas. Le temps semblait suspendu. Lothon, toujours agenouillé, ne bougeait plus du tout.

Le grand prêtre releva la tête, qu'il avait respectueusement baissée au terme de sa prière. Il se tourna vers Ramden.

— Il est temps pour vous d'imprégner de vos sorts l'œil de Culcuth, commença-t-il d'une voix éteinte. Ceux-ci seront donnés à la main de Culcuth, qui pourra les utiliser à son gré. Leur puissance sera décuplée.

Ramden hocha la tête et sortit de ses manches amples le précieux artéfact. Une lueur rougeâtre émanait de l'objet magique. Il prit tout son temps et s'appliqua pour lancer la dizaine de sorts sur l'œil de Culcuth. Il voulait s'assurer qu'il faisait les bons gestes et prononçait les bonnes paroles. Chaque fois qu'une de ses incantations était terminée, elle était happée par l'artéfact qui devenait de plus en plus brillant.

Quand le magicien eut terminé, l'œil de Culcuth était devenu transparent, et en son centre, tel un cœur, battait une lumière rouge. Pollus tendit la main. Ramden hésita un moment avant de le lui donner. Le grand prêtre souleva l'objet au-dessus de sa tête, la paume vers le haut.

— Oh ! Grand Culcuth ! Vois l'offrande de tes serviteurs. Nous t'offrons cette pierre sacrée dans laquelle repose une partie de ton pouvoir. Nous te la rendons. Reprends-la, si tel est ton désir ou encore prends nos vies en sacrifice si tu le préfères, mais je t'en conjure, accorde-nous ta bénédiction en nous aidant à créer la main de Culcuth pour ta plus grande gloire.

Un des prêtres, celui le plus près de Pollus, s'écroula. Les autres tressaillirent.

– Gardez vos positions, ordonna le Faucheur. Culcuth nous a entendus.

Un second prêtre chuta au sol, telle une marionnette dont on aurait coupé les fils. Il fut suivi d'un troisième, puis d'un quatrième. Ramen se doutait bien que le dieu de la mort venait de rappeler ses serviteurs à lui. Un cinquième s'effondra. Il ne restait qu'un prêtre de plus petite taille, celui que le magicien devinait être une femme. Sa main touchant l'autel tremblait. Elle connaissait son destin et en éprouvait une grande peur.

Elle tourna son visage masqué vers Pollus et leurs regards se croisèrent. Le grand prêtre cligna rapidement des yeux et hocha la tête. La femme lui rendit son salut, puis, frappée par la volonté de Culcuth qui exigeait son sacrifice, elle s'écroula à son tour. Ramden vit les yeux de Pollus s'emplir de larmes. Il devina que le prêtre avait été proche de cette prêtresse. Le magicien avait remarqué autre chose au cours de la cérémonie. Chaque fois qu'un des prêtres tombait, une faible lueur blanche illuminait l'autel et le corps de Korpak se transformait. Les muscles et la peau s'étaient régénérés à chaque mort des prêtres. Le corps de

Korpak fut guéri par le sacrifice. Sa peau, maintenant grise et cireuse, ne montrait plus aucune lésion.

L'air demeurait lourd et Ramden percevait toujours la présence du dieu de la mort parmi eux. Il ne restait plus que lui, Pollus et Lothon, qui était toujours agenouillé.

— Oh ! Culcuth, reprit Pollus de sa voix éraillée. Tu as accepté le sacrifice de tes fidèles. Je te prie d'accéder à notre demande par cette dernière offrande.

Lothon se redressa péniblement. Ramden vit qu'il avait ouvert les yeux ; toutefois, son regard fixe et sa pupille dilatée laissaient deviner qu'il était toujours en transe et qu'il ne contrôlait plus son corps. Pollus lui remit l'œil du Culcuth et le prêtre se dirigea vers l'autel. À la grande surprise de Ramden, il grimpa sur l'autel et se coucha sur le dos, par-dessus le corps de Korpak, serrant l'artéfact contre sa poitrine. Au début, le nécromancien ne remarqua rien de spécial, puis il se rendit compte que le corps de Lothon se fondait très lentement dans celui de son ancien ami. La lumière rouge continuait de battre à l'intérieur de la pierre et gagnait en intensité.

Bientôt, le corps du prêtre s'incorpora totalement dans celui de Korpak. Seule, la lumière rouge continuait de battre en s'enfonçant dans la poitrine du guerrier. Quand elle eut atteint l'endroit où devait battre le cœur, sa course s'arrêta et la lueur s'estompa.

Au même moment, les flammes du brasero prirent de l'ampleur et se teintèrent de vert.

– Ce sera bientôt terminé, confia Pollus en se tournant vers le brasero.

Il saisit la tige de métal qui en sortait. La poignée devait être froide, car il ne sembla ressentir aucune douleur à son contact. Il en montra le bout chauffé à blanc à Ramden. Ce dernier vit qu'elle se terminait par un symbole qu'il n'eut pas le temps de distinguer. Le grand prêtre s'approcha de l'autel et appliqua, sans plus de cérémonie, le fer brûlant contre le front de Korpak.

Un cri inhumain fit sursauter Ramden qui ne put en identifier la provenance exacte. Il avait l'impression que le son tournait autour de l'autel avant de descendre vers le guerrier gisant. Pollus retira la tige de métal et la jeta au loin. Le corps, auparavant inanimé, eut un soubresaut et la bouche de Korpak s'ouvrit. Le cri descendit encore, de sorte que le son émanait maintenant de la gorge du cadavre. Sans aucun effort, le guerrier se redressa en position assise sur l'autel et cligna des yeux. Ramden vit une lueur rouge illuminer pendant quelques secondes son regard, avant que ses yeux ne reprennent leur couleur brune qu'il avait de son vivant. Au centre de son front, il distingua la marque que lui avait faite le fer rouge. Une main squelettique noire apparaissait sur la peau grisâtre du guerrier.

Ce dernier bougea la tête de gauche à droite, apparemment confus.

– Où suis-je ? demanda-t-il d'une voix rauque et caverneuse.

– Vous êtes dans le temple de Culcuth, dans la ville de Thorbal. Aussi paradoxal que cela puisse paraître, le dieu de la mort vous a ramené à la vie.

Korpak porta une main à sa gorge, là où le molosse conjuré par Dora lui avait arraché la jugulaire. Il grimaça, bien qu'il ne ressente plus aucune douleur. En fait, il se sentait fort et en santé. Un brouillard obscurcissait toutefois ses pensées et il parvenait mal à se souvenir de quoi que ce soit. Son regard se porta sur Pollus, puis sur Ramden. À la vue du magicien, il fronça les sourcils. Cet homme lui disait quelque chose. Ses pensées s'éclaircirent quelque peu.

– Ram…den ? questionna-t-il.

– Oui, mon ami, c'est bien moi. Je suis content de ton retour parmi nous.

– Que s'est-il passé ?

– Vous êtes mort il y près de deux ans et avec l'aide de votre ami et de Culcuth, nous vous avons ramené à la vie, répondit Pollus sans plus de tact. Nous avons réussi un rituel visant à créer l'outil suprême de la volonté du dieu de la mort. Vous n'êtes plus Korpak, vous êtes maintenant la main de

Culcuth, comme le montre le signe sur votre front.

Le guerrier effleura du bout des doigts la cicatrice brûlante et trouva étrange de ne ressentir aucune douleur. Il se redressa avec agilité et vint se tenir grand et droit devant Pollus. Le prêtre effectua instinctivement un pas vers l'arrière, Korpak le dépassait d'une tête et le fixait de haut.

— Culcuth... je me souviens avoir entendu sa voix au loin, très loin. Intrigué, je me suis dirigé vers cette voix qui s'est faite de plus en plus forte. Puis, je me suis senti aspiré et j'ai ressenti une vive douleur. Je ne sais trop comment l'expliquer, ajouta-t-il, pensif, le regard lointain. Comme si mon âme était un objet qu'on aurait saisi et serré, puis bousculé de tous les côtés avant de le jeter au loin sans ménagement. La poigne était forte et la douleur terrible.

Il ferma les yeux, tentant de chasser le douloureux souvenir.

— Oui, je me rappelle, ajouta-t-il en ouvrant les paupières. Culcuth m'a parlé, il a dit qu'il avait une mission pour moi et que je devais la compléter sous peine de subir une éternité de torture. Il a ajouté que, là-bas, des gens m'expliqueraient. Je suppose qu'il parlait de vous deux.

— Mes meilleurs prêtres ont donné leur vie pour que nous puissions réussir le rituel, reprit Pollus. Par leur sacrifice, vous êtes de retour parmi les vivants, mais vous êtes bien plus que ce que vous étiez auparavant. Vous êtes beaucoup plus fort, plus agile et plus résistant. Grâce à vous et au plan de Ramden, nous allons redonner au culte du dieu de la mort toute l'importance qu'il avait jadis.

Korpak se tourna vers Ramden.

— Je me souviens vaguement de ma mort sous les crocs d'un chien, mais rien de plus. Je sais aussi que tu étais à mes côtés. Que s'est-il passé ?

— Nous avons été attaqués par surprise dans notre manoir à Gaubourg et nous avons été défaits. Moi, aux mains d'un nécromancien duquel je suis parvenu à m'échapper de justesse. Mes cicatrices sont les vestiges de ce combat.

Korpak hocha la tête avant de poser une autre question.

— Et pour moi ?

— Tu combattais un guerrier et une prêtresse a sournoisement fait apparaître un chien de guerre qui s'est jeté à ta gorge. Du moins, c'est ce qu'on raconte, car je n'étais plus là quand ces événements se sont produits. Tu es mort au bout de ton sang, je pense.

— Une prêtresse et un guerrier ? demanda Korpak qui ne se souvenait pas de cet épisode. Pourquoi nous ont-ils attaqués ?

— Ils voulaient reprendre le manoir et surtout chasser les Noctiari de Gaubourg. Le groupe se fait appeler les champions de Libra.

À cette mention, la lueur rouge réapparut dans les pupilles du guerrier et un rictus déforma ses traits. Ramden pensait que sa dernière heure était arrivée, tant la haine et la colère irradiaient de son ancien ami.

— Libra, grogna-t-il. Je me rappelle.

Il poussa ensuite un cri à glacer le sang, alors que ses mains se serraient et se desserraient. Il leva le bras droit, le poing fermé. Ramden ferma les yeux. Il entendit le bruit du métal sur la pierre et il se risqua à ouvrir un œil. Korpak venait de renverser le brasero, les braises enflammées s'éparpillaient sur le sol. Le guerrier se retourna ensuite et il poussa de toutes ses forces sur l'autel constitué d'un bloc de pierre massif. Les muscles de ses jambes et de ses bras saillirent sous sa peau grisâtre. Il parvint à basculer la pierre qui se brisa en deux en frappant les dalles du plancher.

Soudainement, Korpak s'effondra au sol, hurlant de douleur. Il avait porté ses larges mains à la cicatrice sur son front. Il se roula par terre pendant près d'une minute, criant à pleins poumons. Finalement, la douleur sembla s'estomper et Ramden vint porter assistance au guerrier gémissant. Il l'aida à se relever, l'autre tremblait de tous ses membres.

— Culcuth vous a puni, commença calmement Pollus. Vous vous êtes attaqué à son autel sacré, l'autel qui vous a redonné vie. Mon dieu n'acceptera pas d'incartades de votre part. Il faudra vous contrôler et conserver vos énergies pour les combats à venir.

Vous en aurez besoin. Sinon, nous vous renverrons parmi les morts et Culcuth torturera votre âme pour l'éternité.

Korpak jeta un regard noir au prêtre qui n'échappa pas à Ramden, mais il s'abstint de tout commentaire. Le nécromancien tenta d'orienter la conversation sur un autre sujet.

— Lors de la cérémonie, je t'ai investi de quelques-uns de mes sorts. À en croire Pollus, notre ami ici présent, qui est le digne représentant de Culcuth, tu pourras utiliser ces sorts d'une seule pensée. Nous ne pouvons toutefois savoir si cette utilisation est illimitée. Nous le découvrirons peu à peu.

— Quelle est cette mission que je dois accomplir ?

— J'ai élaboré un plan pour lever une armée et attaquer Riga. Nous allons pénétrer dans la ville et raser le temple de Libra qui s'y dresse. Nous ferons d'une pierre deux coups. Premièrement, nous aiderons Culcuth à reprendre la place qui lui revient en portant un dur coup au culte de la déesse de la justice, et deuxièmement, nous prendrons notre revanche sur ces arrogants champions de Libra en les tuant et en reformant notre ancienne organisation. Grâce aux pouvoirs te venant de ma magie et de celle de Culcuth, tu exerces un contrôle total sur les morts. Tu peux les ramener à la vie et les lancer contre nos adversaires. Ces morts-vivants constitueront la première partie de notre armée. Quelques-uns de nos anciens confrères Noctiari se joindront à nous, ils sont déjà avertis et n'attendent que mon signal. Ensuite, Pollus va nous fournir une douzaine de prêtres et finalement, nous recruterons tous les gobelins de la région. Pour y parvenir, j'aurai besoin de toi, il nous faudra convaincre leur chef de se joindre à notre cause.

Ramden sourit et Korpak l'imita.

— Compte sur moi, dit le guerrier.

CHAPITRE VIII

LES CAVERNES

ommes-nous bientôt arrivés ? demanda Olson en se dressant sur ses étriers pour tenter d'apercevoir, plus loin en avant, la grande entrée des grottes des Poings de pierre.

— Bientôt, grogna Gorax qui supportait difficilement le manque de patience du jeune prêtre.

— Ne fais pas attention à lui, reprit Galior en souriant à l'attention d'Olson. C'est un vieux grognon, mais il a un cœur d'or.

Gorax grogna derechef.

— Je dois avouer que je partage l'impatience de mon jeune ami, reprit le guerrier de Riga. Nous avons tellement entendu parler de la beauté de vos cavernes.

— Nous y serons dans une heure. Vous voyez la colline, devant nous, celle dont le sommet est coiffé d'un piton rocheux arrondi ? Nous devons la contourner. Les grandes portes sont de l'autre côté.

Olson pensa qu'ils auraient pu y être depuis longtemps, n'eut été de l'entêtement des nains. À la suite de la bataille, Galior avait offert aux nains de les faire monter en croupe sur leur monture, pour leur sauver la longue marche de retour. Gorax s'y était fortement opposé.

— Nous sommes victorieux et nous devons nous présenter devant les nôtres comme tels, même si c'est en grande partie dû à votre intervention. De quoi aurions-nous l'air si on nous arrivions aux portes autrement que sur nos deux jambes ? Ils penseraient que nous sommes trop faibles pour marcher ? Vous êtes des cavaliers, demeurez sur vos chevaux et suivez-nous.

— Vous pourriez monter avec nous sur nos chevaux jusqu'à ce que nous approchions des cavernes, avait suggéré Olson. Nous vous laisserons descendre avant d'arriver. De cette façon, nous sauverons à la fois du temps et votre honneur.

Le regard sombre que lui avait alors jeté Gorax avait suffi à le convaincre que son idée déplaisait au chef du groupe de nains.

Après de longues minutes à marcher sous un soleil de plomb, la troupe s'engagea dans un défilé. De hauts murs abrupts s'élevaient de part et d'autre du sentier. Galior constata toute la finesse des nains. En construisant leurs portes au bout du défilé, les nains pouvaient bloquer facilement une attaque dirigée contre leurs cavernes, l'ennemi ne pouvant passer qu'une douzaine de front, pas plus. De chaque côté, au pied des murailles, les têtes exsangues de gobelins, fichées au bout de piques, servaient d'avertissements aux visiteurs mal intentionnés. Galior leva la tête vers le haut des murs rocailleux.

— Dis-moi, Gorax, je comprends que ce défilé empêche l'ennemi de passer en trop grand nombre vers vos portes, mais qu'en est-il du sommet de ces murs ? Quelques archers se tenant de chaque côté pourraient causer votre perte lorsque vous vous y engagez. Comment faites-vous pour protéger le sommet ?

— Nous n'avons pas besoin de le protéger, il se protège tout seul. Là-haut, les rochers calcaires sont en pointe, et ils sont coupants comme le fil de ma hache. De plus, c'est un véritable labyrinthe de pics et de crevasses. Nul ne peut s'y aventurer seul, encore moins en groupe. Et si jamais, par malheur, quelqu'un y parvenait, nous avons aménagé des trappes à l'intérieur de nos cavernes nous permettant d'accéder à quelques points stratégiques au sommet. Nous avons aussi des guetteurs dans des petites tours presque invisibles pour les gens qui ne connaissent pas l'endroit.

— Hum ! Impressionnant, ne put qu'ajouter Galior.

— Oh !

Le guerrier se tourna vers Olson qui venait de marquer sa surprise. Il vit les yeux du prêtre exorbités et sa bouche béante. Il suivit son regard, porté vers l'avant, et vit finalement ce qui avait causé son étonnement.

La troupe venait de franchir une courbe du défilé qui les avait empêchés de voir loin devant. Pour la première fois, des yeux d'humains se posaient sur les majestueuses portes des cavernes du Clan des poings de pierre. Devant s'élevait une gigantesque statue de nain qui semblait sortir à demi de la muraille lisse et blanchâtre, taillée dans la colline.

Galior réalisa que le pic rocheux que lui avait pointé Gorax était en fait la tête de la titanesque statue de guerrier nain. Ses yeux sans âge semblaient guetter au loin l'arrivée d'ennemis potentiels. Sur sa tête, un casque avec une pièce couvrait son nez, sans ornement autre qu'une série de pierres noires, ceinturant son front. Les détails du visage étaient sidérants. On imaginait presque l'ondulation de sa longue barbe de pierre qui descendait jusqu'à une large ceinture ornée d'une boucle représentant un poing fermé. De chaque côté de la tête, le sommet de la colline formait les épaules de la statue, leur donnant un aspect légèrement voûté. De longues tresses descendaient aussi bas que sa barbe. Il était représenté vêtu d'une tunique sans manches recouverte d'une cuirasse finement ciselée.

À mesure qu'ils s'approchaient, les gens de Riga remarquèrent d'autres détails. Sur ses bras nus et musclés se distinguaient des veines saillantes et même des poils. Dans sa main droite, le guerrier tenait une hache à double lame au manche court. À son bras gauche, les sculpteurs avaient taillé un petit bouclier rond. Ses jambes écartées lui donnaient une allure de stabilité et de robustesse. Dans le triangle formé par celles-ci apparurent les immenses portes doubles fabriquées en chêne et renforcées de centaines de barres de fer forgé.

Tous demeurèrent bouche bée pour quelques minutes, Galior y compris. Il avait peine à imaginer toutes les années et le nombre d'ouvriers requis pour réaliser un tel projet. Il leva les yeux au ciel pour observer à nouveau le visage du guerrier de pierre. Il réalisa alors que ce qu'il avait pris pour des pierres noires, sur le casque, c'était en fait des ouvertures d'où les nains pouvaient lancer maints projectiles sur l'ennemi entassé près des portes.

Un craquement se fit entendre, suivi du cliquetis d'un treuil que l'on active. Les immenses portes s'ouvrirent très lentement, à contrecœur sembla-t-il aux guerriers de Riga. Nains et hommes s'arrêtèrent pour observer les deux battants basculer petit à petit vers l'intérieur, faisant place à un espace noir comme la nuit. Quand les portes furent complètement ouvertes, Gorax signala aux hommes de Riga de mettre pied à terre, puis il alla se positionner entre Galior et Olson qui, les yeux ronds comme des pièces d'or, observait encore la statue qui les dominait, haute comme la colline.

Une troupe de dix nains armés de pied en cap surgit de la noirceur et vint se placer devant l'entrée.

– Qui se présente ainsi devant les portes des Poings de pierre ? Des vainqueurs ou des vaincus ?

Galior devina qu'il s'agissait d'une question protocolaire qui devait être posée lors de chaque ouverture des portes.

– Des vainqueurs, cria Gorax d'une voix forte et profonde, la fierté pointant dans son ton. Nous sommes accompagnés de l'outil de notre victoire. Des soldats de Riga qui ont combattu les gobelins à nos côtés. Ils sont menés par l'un de mes amis, Galior, aimé de la déesse Libra et guerrier vaillant ayant maintes fois prouvé sa valeur au combat. Allez annoncer au thain que nous aimerions qu'il nous accorde une audience. Nous avons des nouvelles importantes à lui transmettre.

Le nain qui les avait hélés se tourna vers l'un des siens et fit un signe de la tête. Ce dernier se retourna et entra en toute hâte dans la caverne pour porter le message au thain.

– Soyez les bienvenus, reprit-il, frères de clan et gens de Riga. Entrez donc et laissez-nous vous montrer notre reconnaissance pour votre aide, en profitant de notre hospitalité.

– Pardonnez ma question, noble nain, demanda Galior, mais qu'en est-il de nos chevaux ?

— Ne craignez pas pour vos montures. Nous avons une écurie, à l'intérieur, assez grande pour toutes vos bêtes. Il nous reste aussi un peu de fourrage et de l'eau pure en abondance.

— Dans ce cas, intervint Gorax, suivez-moi.

Sur ces mots, il se dirigea d'un pas rapide vers la porte, toujours flanqué de Galior et d'Olson. Lorsqu'ils passèrent entre les gigantesques jambes de la statue formant l'embrasure de la porte, Olson leva les yeux vers le plafond.

— Allons, jeune homme, lui lança Gorax. Ce n'est pas très convenable de regarder ainsi sous la tunique d'un nain.

Les nains autour s'esclaffèrent tous d'un grand rire qui résonna contre les murs de pierre de la caverne. Olson sentit ses joues s'empourprer. Il était heureux que la pénombre dissimule son malaise.

La salle principale s'ouvrit devant eux, gigantesque. Une armée de trois cents cavaliers aurait pu s'y tenir, sans être à l'étroit. Des torches disposées à intervalle régulier sur les murs brûlaient, laissant s'échapper des filets de fumée noire qui étaient aussitôt happés par des conduits de ventilation taillés dans le roc. Les nains avaient ingénieusement créé un réseau de cheminées permettant à l'air de circuler à l'intérieur de la caverne. Les hommes de Riga furent surpris d'y respirer un air sec et sain.

Les murs, sculptés par maintes générations de nains, étaient lisses. La caverne ne ressemblait en rien à ce qu'on se serait cru en droit d'attendre. Galior et ses miliciens eurent plutôt l'impression de pénétrer dans une vaste cathédrale. Des colonnes, grosses comme les plus gros des troncs d'arbres, finement ciselées d'une multitude de figures et de motifs, s'élevaient vers la voûte et se perdaient dans la noirceur. Ils se dressaient sur une demi-douzaine de rangées, aussi loin que le regard pouvait porter. Les murs de pierre étaient agrémentés de grandes tapisseries, le sol, de tapis et de meubles de toutes sortes et de toutes tailles.

Des nains vinrent prendre les chevaux par la bride, puis ils disparurent dans un des nombreux corridors qui s'ouvraient de part et d'autre de la colossale entrée.

— Dis à tes hommes de ne pas s'aventurer seul dans les corridors, avertit Gorax. Ils risqueraient de ne jamais retrouver leur chemin. Il existe des milliers de passages et de galeries qui s'ouvrent sur plusieurs niveaux. Un non-initié s'y perdrait à coup sûr.

Galior n'eut pas à transmettre la mise en garde, ses hommes ayant assurément entendu les commentaires du nain.

— Suivez-moi, ajouta-t-il. Un peu plus loin, nous trouverons des tables et des chaises pour tous. Nous allons vous apporter un petit quelque chose à grignoter, accompagné d'une bonne chope de bière fraîche. Tu verras, Galior, les nains du Clan du poing de pierre sont les meilleurs brasseurs, crois-en mon expérience. Tu pourras me donner des nouvelles de nos amis de Riga pendant que nous attendons une réponse du thain.

– Je ne dis pas non pour la nourriture, et surtout pour la bière. La chevauchée et le combat nous ont asséché le gosier, répondit Galior en faisant signe à ses hommes de le suivre.

❀

La troupe de Riga dut attendre au lendemain matin avant de recevoir des nouvelles du thain. Pour la nuit, les nains leur avaient installé des lits de camp dans la caverne principale. Aucun des cavaliers ne s'endormit affamé ou assoiffé, leurs hôtes insistant pour qu'ils goûtent à chacun des plats ou tonneaux de bière qu'ils apportaient. Entre temps, Galior avait eu tout le loisir d'informer Gorax de toutes les péripéties des champions de Libra face aux Noctiari, soulignant fièrement les déboires de l'organisation au croissant argenté.

Un message envoyé par le thain fut porté à Gorax., l'enjoignant de venir le rencontrer et d'amener avec lui le chef des hommes de Riga pour un bref entretien. Aussitôt, le nain et Galior se dirigèrent vers les appartements du thain, situés à un niveau inférieur.

Avant d'y arriver, ils durent descendre un immense escalier de pierre en colimaçon, puis traverser nombre de salles, toutes décorées différemment. Galior ne tarda pas à s'avouer totalement perdu dans les dédales de cavernes et de corridors. Après plusieurs minutes, il entendit un chuintement qui devint de plus en plus fort à mesure qu'ils avançaient. Le guerrier finit par reconnaître le son d'une rivière au débit rapide. Gorax tourna à droite à un embranchement et ils s'éloignèrent du cours d'eau.

— C'est bien le son d'une rivière que j'entendais ? On la croirait tout près.

— En effet, c'est la grande rivière Ashava. Elle a creusé la pierre calcaire au fil des millénaires, pour se frayer un chemin sous les collines sur des centaines de lieues. Elle est notre plus importante source d'eau, laquelle est claire et pure, mais très froide. Dans nos cavernes, d'autres petites rivières viennent gonfler son débit pour la transformer en fleuve souterrain.

Les amis firent le reste du chemin en silence. Après avoir négocié maints virages et traversé plusieurs carrefours, ils arrivèrent à une grande porte de bois que flanquaient de chaque côté deux nains en armure. Leurs haches étaient aussi grandes qu'eux et ils tenaient leurs armes croisées en travers de la porte. En apercevant Gorax, ils firent un pas de côté pour laisser libre accès à la pièce derrière. Ils adressèrent aux deux visiteurs un salut respectueux, mais ne prononcèrent aucune parole.

À la grande surprise de Galior, Gorax poussa la porte et pénétra à l'intérieur de la pièce sans même frapper ou s'annoncer. Le nain se retourna, devinant la pensée de son ami.

– Chez les nains, quand quelqu'un nous demande de le visiter, nous n'avons pas besoin de nous annoncer. J'ai toujours considéré comme un peu bête de devoir frapper pour annoncer sa présence, alors qu'on sait pertinemment que la personne nous attend.

Galior dut accepter cette logique implacable. La pièce n'était pas aussi grande que Galior l'avait imaginée ; à peine de la place pour le grand lit, une grande armoire, une table de bois entourée de quatre chaises massives, et deux fauteuils, sans plus. Néanmoins, la chambre débordait de richesses. Des pierres précieuses, incrustées dans tous les meubles retournaient sur les murs mille reflets irisés. Un coffret en or massif, entrouvert sur une des étagères, débordait de sculptures d'argent et de bronze. Une immense pierre bleue de la taille du poing de Galior reposait sur un piédestal à la tête du lit. Fait inusité pour une pièce taillée dans la pierre, un foyer était encastré dans un des épais murs. Le guerrier de Riga se demanda comment on pouvait allumer un feu dans un tel endroit, sans le remplir de fumée. Pourtant, des flammes dansaient joyeusement dans l'âtre, témoignant d'une circulation d'air adéquate.

Dans un des fauteuils se tenait un nain âgé, mais encore robuste. Ses longs cheveux et sa barbe grise, de même que son visage ridé, témoignaient de son âge avancé, alors que ses épaules larges, son dos droit et ses bras musclés auraient pu appartenir à un nain dans la force de l'âge. Des yeux gris acier fixaient Gorax et Galior. Ce dernier soutint sans broncher le regard intimidant du thain, attendant que Gorax le présente.

— Thain, je vous présente Galior, chef des gardes du temple de Libra et leader de la troupe de miliciens de Riga. Comme vous le savez déjà, ses hommes nous ont porté secours alors que les gobelins nous avaient tendu une embuscade. Sans leur aide, beaucoup moins de nains auraient regagné nos cavernes. Galior, voici Nodin, thain, chef de l'ensemble des nains de cette région. Il a autorité sur cinq autres clans, mais réside ici depuis le début de la guerre avec les gobelins.

— Je suis honoré de vous rencontrer, commença Galior en courbant la tête en guise de salut.

— Pourquoi êtes-vous venus dans nos collines ? demanda le vieux nain sans plus de préambule, d'un ton dur et froid, rappelant le son de deux pierres rugueuses frottées l'une contre l'autre.

Galior releva un sourcil, surpris du ton agressif de Nodin.

— Nous sommes venus vous aider dans votre…

— Nous n'avons pas besoin de vous, le coupa aussitôt le thain. Gorax et les siens n'auraient pas dû accepter votre aide. De vrais nains valeureux et fiers seraient parvenus à repousser une poignée de gobelins sans l'aide d'étrangers.

– À vrai dire, nous ne leur avons pas demandé leur avis avant de charger l'ennemi, reprit le guerrier de Riga, qui fut, cette fois-ci, coupé par Gorax.

– Il est vrai qu'ils ne nous ont rien demandé, trancha Gorax en s'avançant d'un pas vers le vieux nain. Malgré son visage rouge de colère, son ton demeura pausé. Pourtant, si j'avais rencontré ces hommes avant le combat, je n'aurais pas hésité à accepter leur aide, quitte à passer pour un lâche. N'est-ce pas le grand roi Toblak qui a affirmé un jour : « La vaillance sans la sagesse, c'est comme la pierre, sans le sculpteur. C'est une matière noble, mais qui ne fleurira pour atteindre son plein potentiel que si elle est modelée par la main de l'artiste. » Je pense avoir fait preuve de sagesse, plutôt que de bravoure aveugle. Des centaines de nains sont déjà tombés sous les armes des gobelins. Le Clan fonctionne avec un minimum d'effectifs. Quelques sorties inconsidérées et le Clan des poings de pierre devra sceller ses cavernes et s'exiler. Vous avez droit à votre opinion, thain, mais je suis persuadé d'avoir fait le bon choix. De plus, cet homme est mon ami. Quel nain digne de ce nom oserait refuser à un ami la joie de se battre à ses côtés ?

Galior observait Gorax, bouche bée, surpris des propos qu'il osait tenir à son supérieur. Il se tourna vers ce dernier et vit qu'il arborait un large sourire creusant de profondes rides aux coins de ses yeux. Galior réalisa que le chef des nains venait de les tester.

— Bien dit, Gorax, bien dit. Je n'aurais pu mieux m'exprimer. Je comprends vos arguments et les appuie. Pourtant, je ne suis pas né de la dernière pluie. Je devine plus que de l'altruisme dans le geste des gens de Riga, ajouta Nodin, en fixant Galior de nouveau.

— C'est vrai, avoua candidement le guerrier. En venant dans les collines, je voulais faire d'une pierre deux coups. Tout d'abord, je venais aider les nains, et surtout mon ami Gorax. Par la même occasion, j'apportais à mes hommes une vraie expérience de combat pour achever leur formation. Fort de ces combats auprès des vôtres, ils seront mieux outillés pour défendre la ville de Riga.

— Voilà qui est louable, reprit le thain.

— Ce n'est pas tout, ajouta Galior. Pour convaincre les autorités de me laisser risquer la vie d'une cinquantaine des nôtres, j'ai dû leur laisser entrevoir la possibilité d'une forme de commerce entre le Clan des poings de pierre et notre ville, de même qu'une éventuelle alliance en cas de guerre.

— Vous me semblez honnête et direct, j'apprécie ces traits de caractère. Je ne peux toutefois rien vous promettre. Quand la guerre contre les gobelins sera terminée, je rencontrerai des représentants de votre ville pour étudier la possibilité d'un quelconque commerce entre nos deux cités. En ce qui concerne une alliance, c'est plus compliqué. Ce Clan est décimé, comme l'a si justement mentionné Gorax. Je dois y penser.

— C'est tout ce que nous vous demandons, répondit Galior en s'inclinant. En attendant, pour quelques jours, je mets mes hommes à votre disposition pour votre lutte contre les gobelins. Nous vous échangerons volontiers notre assistance contre le gîte et le couvert. Ma seule autre exigence est de conserver la direction de mes hommes. Voyez-vous, à mon retour en ville, j'aurai des comptes à rendre aux autorités de Riga et aux familles qui auront perdu un des leurs dans cette aventure.

Le vieux nain caressa sa longue barbe grise, songeur.

— Même si l'offre ne me plaît guère, je dois laisser de côté ma vanité et prendre la décision qui me semble la meilleure pour la survie du clan. Très bien. Nous acceptons votre aide avec reconnaissance pour le temps que vous voudrez. Qu'il soit toutefois clair que vos ordres d'intervention viendront de nous. Pas question que vous vous lanciez dans une attaque de votre propre chef. Nos actions doivent être bien coordonnées pour être efficaces, conclut Nodin en se levant et en présentant sa main épaisse à Galior.

— Tout à fait d'accord, répondit le guerrier en serrant vigoureusement la main tendue.

Gorax et Galior refirent le chemin inverse et revinrent dans la caverne principale, rejoignant les miliciens de Riga. Quelques nains se greffèrent au groupe et, ensemble, ils s'entendirent sur la cérémonie des funérailles de la poignée de nains et des deux hommes de Galior tombés au combat. Quand ils eurent terminé, Olson prit Galior à part.

— Il y a des femmes, chuchota-t-il, comme s'il dévoilait un secret à son chef.

— Comment ça, des femmes ? questionna Galior. Que veux-tu dire ?

— Chut ! Pas si fort, elles pourraient t'entendre. Ne te retourne pas tout de suite, mais tu verras, il y en a une derrière toi, sur ta gauche, qui boit une bière.

— Tu parles des naines ?

Le jeune prêtre opina du chef.

— Au début, je pensais qu'il n'y avait que des hommes dans les cavernes, puis j'ai vu aussi des naines. Elles sont difficiles à reconnaître, elles sont aussi barbues et trapues que les mâles. Je les ai reconnus par leur... enfin... bégaya Olson en pointant sa poitrine.

— Ah bon, tu as vu qu'elles avaient des seins.

Olson acquiesça de nouveau tout en rougissant.

— Évidemment, qu'il y a des naines, ricana Galior. Ils ne t'ont donc rien enseigné à propos des autres races, au temple ? Décidément, il faudra que j'en glisse un mot à Jolar. Croyais-tu vraiment que les nains étaient si différents de nous ?

Le prêtre balbutia une réponse inintelligible que Galior ne put saisir.

— Allez, coupa Galior, accompagne-moi. Allons voir comment se portent nos montures. Je suis sûr que les nains s'en occupent au meilleur de leur capacité, mais ils n'ont pas la réputation de s'y connaître beaucoup en ce qui concerne les chevaux.

CHAPITRE IX

PLUS OU MOINS QU'UN HOMME ?

La route était longue et périlleuse entre Thorbal et les monts Gris, situés loin au nord. Des terres sauvages s'étendaient jusqu'aux contreforts de la chaîne de montagnes. S'y côtoyaient des loups, des ours et autres prédateurs naturels, mais aussi des créatures magiques comme des lupons, des gargs et même un ou deux dragons noirs, intelligents et cruels. Le trio avait opté pour ce sentier, plus long et hasardeux, plutôt que de passer aux abords de la forêt d'Alianil. Ils ne voulaient pas que les elfes puissent les apercevoir, les rejoindre et les questionner, pas tant qu'ils n'étaient pas prêts.

Depuis déjà quatre jours, les cavaliers progressaient lentement, les cimes enneigées des monts se rapprochant peu à peu. Ils ne craignaient pas les monstres ni les bêtes sauvages. À eux trois, ils pouvaient repousser toute attaque. Une fine pluie froide s'abattait sur la région depuis la matinée, glaçant les mains tenant les rênes. Les chevaux avançaient d'un pas prudent, leurs sabots glissant occasionnellement sur la boue recouvrant le chemin peu fréquenté. Par cette journée monotone, la chaîne de montagnes portait bien son nom. Les sommets blancs cédaient vite du terrain à des pentes grises et presque exemptes de végétation, leur donnant un aspect lugubre et peu engageant. Heureusement, les voyageurs savaient qu'ils n'avaient pas à se rendre jusqu'aux montagnes se profilant à l'horizon.

Les trois hommes, vêtus de longs manteaux noirs, avaient ramené sur leur tête leurs grands capuchons afin de se protéger du mieux possible des intempéries. Ils avançaient tête basse, l'un derrière l'autre. En premier venait Ramden, le seul à connaître approximativement le chemin à suivre pour atteindre leur but. Ses yeux noirs scrutaient sans cesse les alentours sous son capuchon, à l'affût de dangers éventuels. Il avait le dos voûté, le froid n'aidant en rien son corps endolori par la longue chevauchée. Derrière lui, à quelques mètres, suivait Pollus, grand prêtre de Culcuth. Il se tenait droit et fier, ne semblant pas se soucier de la température peu clémente. Il avait à quelques reprises fait appel à la magie divine du dieu de la mort pour se réchauffer ou simplement pour chasser les courbatures de son corps. En queue de peloton chevauchait Korpak, la main de Culcuth. Le mort-vivant ne ressentait aucun inconfort dû au froid ou à la chevauchée. Il souffrait quand même d'occasionnels maux de tête qui l'assaillaient de plus en plus fréquemment. Était-ce Culcuth qui lui imposait ces souffrances pour lui rappeler qu'il était le maître de sa destinée ? Quoi qu'il en soit, il ne se confia pas à ses compagnons de voyage. En fait, il ne parlait presque jamais. Il répondait à leurs questions, sans plus. Tout ce qui l'intéressait était d'arriver le plus vite possible à destination, puis de repartir aussitôt pour attaquer Riga, et surtout, les champions de Libra. En pensant à eux, son mal de tête se fit encore plus lancinant. Il serra les dents, tentant de repousser la douleur.

À l'avant, Ramden releva brusquement la tête et rejeta son capuchon vers l'arrière. Il venait de distinguer du mouvement sur sa gauche. Il en repéra la source ; il s'agissait d'un renard au pelage lissé par la pluie, fouillant les rares bosquets épineux, à la recherche d'un petit rongeur ou d'insectes à se mettre sous la dent.

— Qu'est-ce que c'est ? demanda Pollus.

— Rien, répondit Ramden, seulement un renard.

Il regrettait que ce ne soit pas une bande de voleurs comme celle qu'ils avaient croisée deux jours auparavant. L'énergie vitale de ces hommes avait permis à Ramden de se revigorer et de se soulager de ses souffrances physiques.

— Arrêtons-nous pour la nuit, suggéra le nécro-mancien. Si mes calculs sont bons, nous devrions arriver à destination demain, en fin de journée.

Sans attendre la réponse des deux autres, il se glissa en bas de sa monture. Des picotements montèrent le long des jambes. Il effectua quelques pas pour chasser la douleur et rétablir la circulation dans ses membres inférieurs. Pollus s'occupa d'amasser des brindilles et quelques petites branches qu'il dénicha à proximité, et tenta d'allumer un feu. Le bois détrempé refusa de coopérer. Après quelques essais infructueux, Pollus se leva et donna un coup de pied dans les brindilles entassées.

— Maudite soit cette pluie. Ma magie me protège certes contre le froid, mais j'aurais bien mangé un bon repas chaud. Ça ne sert à rien, impossible d'allumer un feu, lança-t-il le visage rouge de colère, avant de s'asseoir au sol, sur une pierre.

— On s'ennuie du confort du temple, grand prêtre ? demanda Korpak en s'assoyant en face de lui, d'un ton ironique qui n'avait rien d'amical.

Pollus lui jeta un regard noir.

— Fais attention au ton que tu prends avec moi. N'oublie pas que tu n'es que l'outil de Culcuth.

— Sinon quoi ? Tu vas me corriger et m'enseigner les bonnes manières ? ajouta le mort-vivant en ricanant.

— Allons, intervint Ramden. Cessez vos enfantillages. J'avoue que j'aurais bien aimé avoir un feu pour me réchauffer. Mes articulations supportent mal le froid et l'humidité depuis que j'ai été blessé par ce maudit nécromancien.

– Rien de plus facile, dit Korpak. Ramassez des pierres, les plus grosses que vous pourrez soulever et mettez-les en tas.

Pollus se détourna, boudeur, ignorant les commentaires du guerrier. Ramden se leva, sans poser de questions, et ramassa quelques roches, mais ses mains difformes l'empêchaient d'avoir une bonne préhension. Korpak entreprit donc de l'aider. Avec sa force surhumaine, il entassa quelques pierres de diamètres imposants.

– Maintenant, reprit le guerrier, éloignez-vous d'une trentaine de pas.

– Pourquoi ? demanda Pollus.

– Pour ne pas mourir, lui répondit Korpak en souriant.

– Oses-tu me menacer, moi, le Faucheur, représentant de Culcuth ?

Korpak se contenta de continuer à sourire. Pollus se leva en maugréant et s'éloigna, accompagné de Ramden. Quand ils furent assez loin, Korpak tendit les mains vers le tas de pierres. Une énorme boule de feu se forma au bout de ses bras. Elle frappa les pierres, faisant trembler le sol et provoquant un grondement digne des plus violents coups de tonnerre. Une gerbe de feu s'éleva ensuite dans les airs sur quelques mètres, enveloppant Korpak. Quelques secondes après, toutes les flammes disparurent. Ramden accourut, inquiet pour son ami. Il le découvrit indemne, juste en avant du tas de pierres rougeoyantes. Sous l'intense chaleur, plusieurs de celles-ci avaient craqué. Le nécromancien frotta ses mains gelées, en les tendant vers la chaleur bienfaitrice qui se dégageait des pierres.

— Le sort que je t'ai donné, lorsque nous t'avons réanimé, n'était pas si puissant que celui que tu viens de lancer. C'est donc vrai que tu peux décupler la puissance des charmes que j'ai incorporés à l'œil de Culcuth. Et en plus, les flammes ne t'ont rien fait, constata le magicien, stupéfait.

— Je ne ressens plus rien. Je n'ai plus faim, je n'ai plus mal, sauf pour quelques maux de têtes quand Culcuth me punit, je n'ai plus froid non plus. Je ne suis plus un homme, ajouta Korpak en baissant la tête.

— Tu es maintenant bien plus qu'un homme, tu es la main de Culcuth, lança Pollus en s'approchant des deux amis.

— La ferme ! cria le guerrier.

Le grand prêtre ouvrit la bouche pour riposter, mais Ramden leva la main, imposant le silence.

— Je crois que ton petit tour de magie a piqué la curiosité de certains habitants de la région, coupa le magicien, le regard fixé vers le nord.

Ses deux compagnons de voyage se tournèrent dans cette direction et virent une demi-douzaine de silhouettes sombres se dirigeant vers eux.

— Qu'est-ce que c'est ? demanda Pollus en plissant les yeux.

Personne ne lui répondit. Ils attendirent en silence afin de voir si les nouveaux venus étaient des gobelins qui pourraient les conduire jusqu'à leur chef. Au bout de quelques secondes, il leur parut évident que ce n'était pas le cas. Les créatures étaient plus musclées et beaucoup plus grandes. Leur peau était grise et semblait épaisse.

— Une famille de gargs, ajouta simplement Ramden sans paraître le moins du monde troublé de l'arrivée de six monstres. Leur tanière doit être tout près.

— Laissez-les-moi, je m'en occupe, grogna Korpak en faisant quelques pas pour se placer entre les garg et ses compagnons.

— Pourquoi… commença Pollus.

Les mots se coincèrent dans sa gorge, quand Korpak tourna vivement la tête vers lui, les lèvres retroussées comme un loup enragé, une lueur rouge brillant dans ses yeux.

— Il vaut mieux que je me défoule sur eux, ajouta ce dernier, esquissant un sourire qui ne rassura pas Pollus du tout.

Le prêtre déglutit difficilement.

Korpak s'élança comme une flèche vers les gargs qui n'étaient plus qu'à quelques enjambées. Il ne prit même pas la peine de dégainer son épée. Ses poings s'abattirent à une vitesse surhumaine, arrêtant du coup la progression du premier monstre, pourtant beaucoup plus gros et plus lourd que lui. Un direct de la main droite éclata le crâne de la créature, juste avant qu'elle ne lui assène un coup de griffe. Le premier garg croula au sol, mort. Sa peau épaisse ne lui était d'aucune protection contre la force de Korpak. Deux autres monstres eurent le temps de frapper le mort-vivant. Les griffes acérées arrachèrent de grands lambeaux de peau dans le dos et sur l'abdomen du guerrier. Ramden et Pollus s'apprêtèrent à lancer des sorts. Les mots nécessaires à leurs incantations moururent sur leurs lèvres quand ils virent le carnage provoqué par leur compagnon. Aucune goutte de sang ne s'échappait de ses blessures et Korpak continuait à marteler ses adversaires, sans se soucier de sa protection.

Après seulement deux minutes, le dernier garg s'effondra, terrassé par les attaques de Korpak. Un grondement, tel celui d'un animal sauvage, monta de la gorge du guerrier. Son dernier adversaire ne bougeait plus ; pourtant, le mort-vivant ne cessait de le frapper de ses poings rouges de sang. Le monstre n'était plus qu'une masse difforme et sanguinolente, pourtant Korpak s'acharnait sur la carcasse.

Ramden s'approcha d'un pas incertain.

— Korpak, c'est fini, ils sont tous morts. Tu peux arrêter maintenant.

Le mort-vivant ne parut même pas entendre les paroles de son vieil ami.

— Korpak, cria le nécromancien.

Le guerrier se retourna finalement, grimaçant, sa lèvre supérieure toujours retroussée, dévoilant ses dents jaunies. Ses yeux rouges se fixèrent sur Ramden et il se redressa, s'avançant vers lui, toujours en grondant.

— C'est moi, Ramden, ne me reconnais-tu pas ?

D'un bond, Korpak atteignit le magicien qu'il frappa d'un puissant coup de poing. Le mouvement était si rapide que Ramden eut du mal à le discerner. Heureusement pour lui, à l'arrivée des gargs, il avait lancé un sort qui rendait sa peau aussi dure que le fer. Néanmoins, la force du coup le projeta au loin et il atterrit lourdement sur le dos. N'eut été de son sort, il serait mort sur le coup. Malgré tout, il fut ébranlé. Il avait l'impression que son corps était un gong que Korpak venait de sonner. Il se redressa sur ses coudes et vit le guerrier déjà au-dessus de lui, les bras levés vers le ciel, s'apprêtant à porter un double coup. Le nécromancien se demanda si son sort pouvait absorber une telle attaque. Il allait lancer une incantation contre Korpak quand ce dernier s'effondra au sol, hurlant de douleur, le corps secoué par de violents spasmes.

Pollus s'était avancé derrière et il regardait le guerrier se tordre au sol, un sourire malicieux aux lèvres.

– Tu vois, Korpak, pavoisa le prêtre, Culcuth m'écoute. Je lui ai demandé d'intervenir pour arrêter ta folie et il a accédé à ma demande.

Il s'avança encore plus et s'agenouilla à côté de Korpak. Les yeux du guerrier avaient perdu leur lueur rouge, remplacée par le brun habituel de leur iris.

– Dis-moi, reprit Pollus d'une voix mielleuse. Souhaites-tu que je fasse cesser tes souffrances ? Tu n'as qu'à me le demander.

Le guerrier, toujours secoué de spasmes, ne répondit rien. Ses dents serrées et sa gorge nouée l'empêchaient de prononcer toute parole.

– Allez, demande-moi gentiment de te libérer de ces douleurs.

– Assez, tonna Ramden. Cesse tout de suite. Tu sais bien qu'il ne peut te répondre. Regarde, son regard est redevenu normal.

– Allons, ajouta le Faucheur, il a failli te tuer. Il faut lui enlever le goût de recommencer.

– Si tu n'arrêtes pas immédiatement, c'est avec moi que tu auras à en découdre.

Pollus jeta un regard plein de haine à Ramden. Il n'osa rien ajouter quand il vit de petits éclairs danser et crépiter autour des poings serrés du magicien, comme s'ils étaient chargés d'électricité statique. Il leva nonchalamment une main et prononça une courte prière à Culcuth. Les douleurs de Korpak cessèrent. Il se détourna ensuite des deux Noctiari et retourna s'asseoir sur sa pierre.

— Est-ce que ça va ? demanda Ramden à son ami qui se relevait lentement.

— Oui, répondit Korpak d'un ton de découragement. Je m'excuse de t'avoir frappé. Je n'avais plus de contrôle sur moi. Parfois, j'ai l'impression que mon âme habite un corps qui n'est pas le mien. Tout à l'heure, c'est comme si j'étais un simple spectateur observant de loin ce qui se passait, je ne sais quelle force s'est emparée de moi.

— Veux-tu que je regarde tes blessures ?

Korpak haussa les épaules.

— Pourquoi ? Elles ne me causent aucune douleur. Je n'ai plus de sang qui coule dans mes veines et mes blessures se referment d'elles-mêmes. Comme je le disais plus tôt, je n'ai plus jamais faim, ni soif, ni sommeil. Je ne suis plus que l'ombre de l'homme que j'étais. En fait, je n'ai de l'homme que l'apparence.

Il baissa la tête.

— Je souhaiterais ne jamais avoir été ramené à la vie, chuchota-t-il, comme s'il craignait que Culcuth ne l'entende et le punisse à nouveau.

— Ne dis pas ça, intervint Ramden. Je suis content de t'avoir à mes côtés. Je suis sûr qu'avec le temps, tu apprendras à contrôler ton immense pouvoir. Quant à Pollus, nous nous occuperons de lui le temps venu. Laissons-le pavoiser encore un peu. Il est tellement fier de son contact privilégié avec son dieu. Soyons patient, mon ami. Le temps venu, quand nous aurons tiré notre vengeance des champions de Libra, nous lui rendrons la monnaie de sa pièce. Ensuite, nous pourrons rétablir la puissance des Noctiari.

— Tu oublies Culcuth, je ne suis maintenant que son jouet. Jamais je ne pourrai trouver la paix et la liberté.

— Laisse-moi m'en occuper, j'ai une idée à ce sujet, mentit Ramden, sa lèvre difforme s'étirant dans une parodie de sourire.

— Ai-je vraiment le choix ? demanda le mort-vivant en baissant la tête, résigné.

CHAPITRE X

LA HUTTE ROYALE

ue savez-vous des gobelins que nous recherchons ? demanda Pollus avant d'avaler la dernière bouchée du lièvre capturé par Korpak.

— Assez peu, en réalité, répondit Ramden en soufflant sur son thé pour le refroidir. Je sais que leur roi se nomme Azad. On raconte que les gobelins n'ont jamais eu un chef comme lui. Il serait parvenu à réunir les différents clans de gobelins sous sa bannière, du jamais vu. Les gobelins ont plus tendance à se tenir en petits groupes, s'attaquant les uns les autres à la moindre occasion. Azad aurait d'abord fait sa marque comme guerrier. Il serait très fort, mais surtout très intelligent, ce qui est rare pour cette espèce. Il mène une guerre sans merci aux nains depuis quelques années. Il s'est juré de les éliminer. Je sais aussi que quelques chefs de clans l'ont provoqué en duel. Chez les gobelins, le plus fort devient le roi, il en a toujours été ainsi. La rumeur veut que chacun des duels se soit soldé par la mort du chef de clan en quelques secondes. Azad est maintenant leur roi depuis plus de trois ans, ce qui constitue assurément un record.

— Avons-nous une chance de le convaincre de laisser de côté sa guerre contre les nains pour qu'il s'associe avec nous ?

— Difficile à dire, répondit Ramden avant de siroter une gorgée de thé chaud. J'ai quelques arguments qui pourraient le convaincre.

— Et pour lui ? demanda le grand prêtre en faisant un signe de tête à Korpak, assis seul à l'écart. Il n'a pas dit un mot depuis son combat contre les gargs. J'ai remarqué que son regard est souvent fixe, comme s'il avait des absences.

— Ne vous en faites pas pour lui, le rassura Ramden. Il nous sera d'une grande utilité quand la guerre commencera. Pour l'instant, il doit encore accepter le fait d'être revenu à la vie sous le contrôle de Culcuth.

— Je ne comprends pas, reprit Pollus, exaspéré. Il devrait être honoré. La main de Culcuth s'est animée pour la première fois. Jamais auparavant le rituel n'avait été complété. C'est l'ultime honneur que lui fait notre dieu.

Ramden haussa les épaules.

— Korpak n'a jamais été très porté sur la religion. Moi non plus d'ailleurs. Allons, il est déjà passé midi. Reprenons la route si nous voulons parvenir aux gobelins avant la tombée de la nuit. Encore que je ne sache pas vraiment où chercher, ajouta le magicien tout bas.

Le trio reprit la route quelques minutes plus tard, Ramden toujours à l'avant, suivi de Pollus, alors que Korpak fermait la marche. Il avait la tête penchée ; on aurait cru qu'il dormait en selle. Pourtant, il n'avait nul besoin de repos pour refaire ses forces. L'œil de Culcuth logé dans sa poitrine lui insufflait toute la force et l'énergie dont il avait besoin.

Les montagnes se rapprochaient de plus en plus, l'après-midi tirait à sa fin et les voyageurs n'avaient pas encore aperçu le moindre signe de gobelins. D'énormes rochers de dressaient ici et là, entrecoupés de quelques buissons épineux. La terre était trop aride pour que des arbres y poussent. Ramden savait que la rivière Argoth, descendant des montagnes, devait couler à proximité. C'était l'un des seuls points d'eau de la région. Le magicien espérait localiser les gobelins sur ses rives. Pour l'instant, il n'avait aucune idée de la route à suivre pour parvenir à la rivière. Ils avancèrent jusqu'à ce que le soleil baisse à l'ouest.

— Arrêtons-nous ici pour la nuit, proposa le nécromancien. Nous chercherons la rivière Argoth demain.

— Regardez là-bas, intervint Pollus en pointant du doigt l'un des plus gros rochers.

Le magicien regarda dans la direction indiquée, mais ne distingua rien de particulier.

— Je ne vois rien, de quoi s'agit-il, Pollus ?

Le grand prêtre était trop énervé pour se formaliser du fait que Ramden l'ait interpellé par son nom plutôt que d'utiliser son titre.

– Je suis sûr que j'ai vu un gobelin sur ce rocher. Il nous a regardés, puis il a plongé derrière.

– Est-ce que tu l'as aussi vu, Korpak ? demanda Ramden.

Le guerrier ne répondit pas. Il se contenta de hausser les épaules en gardant la tête baissée.

– Bon, continua le magicien. S'il s'agissait bien d'un gobelin, nous devrions recevoir de la visite sous peu. Autant nous préparer. Ne faites rien pour les provoquer, laissez-moi leur parler. Ils doivent absolument nous mener au roi Azad. Compris, Korpak ?

Ce dernier demeura cloîtré dans son mutisme.

Le trio n'eut pas très longtemps à attendre. Une douzaine de gobelins surgirent de derrière les rochers en hurlant, brandissant des armes diverses : des épées, des gourdins hérissés de pointes de métal et des piques. Les trois compères levèrent les bras, montrant qu'ils n'avaient aucune arme en main. Korpak avait gardé son capuchon sur sa tête pour dissimuler le plus longtemps possible sa peau grisâtre, son teint anormalement cireux et le symbole brûlé sur son front.

Arrivés à quelques pas, les gobelins s'arrêtèrent sur l'ordre de l'un des leurs. Ce dernier cria et les nouveaux arrivants entourèrent rapidement le petit groupe. Ramden murmura quelques paroles, entonnant le chant du sort qu'il s'apprêtait à lancer. Ses doigts gourds peinaient à effectuer les mouvements délicats nécessaires à l'incantation. Le regard suspicieux du chef des gobelins croisa le sien. Aussitôt, il fut envoûté par le sort du magicien.

— Bonjour, commença Ramden. Parlez-vous notre langue ?

Le chef des gobelins acquiesça.

— Nous venons en paix pour rencontrer Azad, votre roi. Je vous assure que nous ne vous voulons aucun mal. Pourriez-vous nous conduire à lui ?

— Si vous n'êtes pas dangereux, je ne vois pas pourquoi nous ne pourrions pas vous conduire au roi, répondit le gobelin d'un ton monocorde, qui trahissait légèrement l'état de transe, résultat du charme du nécromancien.

Sous l'emprise d'un tel sort, le gobelin ne pouvait qu'approuver toutes paroles que prononçait Ramden. Il prononça quelques mots dans le langage guttural des gobelins et ces derniers abaissèrent leurs armes.

— Suivez-moi, ajouta-t-il avant de se retourner et de se diriger vers le nord.

Quelques gobelins prirent place à l'arrière en tirant les chevaux, alors que les autres flanquaient le trio de chaque côté. Ils entendirent bientôt le grondement de rapides, puis, après quelques minutes de marche derrière une rangée d'énormes rochers, ils virent une bande verdoyante qui serpentait devant eux et au loin. Ils étaient parvenus aux abords de la rivière Argoth. Son eau était claire et vive. Arrivés au rivage, ils bifurquèrent vers l'ouest. Ils contournèrent maints bosquets et rochers avant d'atteindre le village des gobelins. Celui-ci était constitué d'une multitude de huttes dont les murs se composaient de pierres grossièrement empilées, maintenues ensemble par de la boue. De grands panneaux de plantes séchées et tressées, posées en angle, faisaient office de toit. Ramden réalisa que les conditions de vie ne devaient pas être faciles pour les gobelins, surtout l'hiver. Les bâtiments s'étendaient sur toute la petite plaine. Il estima, malgré la lumière défaillante de fin de journée, qu'à près de cent cinquante huttes se dressaient. Le magicien devina que, devant lui, se dressait la seule ville de gobelins.

Plusieurs de ceux-ci risquaient un œil hors de leur hutte pour épier les *prisonniers*. Le chef des gobelins bomba ridiculement le torse, fier de l'attention dirigée vers ses hommes et lui. Au centre du village se dressait une hutte beaucoup plus grande et de confection plus soignée. Il ne fallait pas être devin pour en déduire qu'il s'agissait de la résidence du roi. Pour ajouter foi à cette théorie, une vingtaine de gobelins de forte taille et vêtus d'armures rudimentaires s'avancèrent, arme au poing.

Une discussion animée prit place entre le chef, toujours sous l'effet du charme de Ramden et le gobelin qui dirigeait ce qui semblait être la garde royale. Aucun des trois voyageurs ne comprit les paroles prononcées. Finalement, trois des gardes royaux s'avancèrent et attachèrent les mains des prisonniers dans leur dos, au grand mécontentement du gobelin charmé. Ce dernier pénétra dans la hutte du roi, suivi de trois membres de la garde royale, poussant devant eux les voyageurs.

La hutte aurait permis à une cinquantaine de gobelins de s'y entasser. Des torches brûlaient, répandant une odeur de goudron désagréable. Derrière une énorme table de bois se tenait Azad, roi des gobelins. Il était presque aussi grand et musclé que Korpak. Ses cheveux noirs, attachés au sommet de son crâne, s'élevaient sur quelques centimètres comme une fontaine d'ébène, avant de retomber sur sa tête. Ses petits yeux en amandes scrutaient les nouveaux venus. Une large épée recourbée pendait nue à sa ceinture. Il portait une veste très courte sans manches, dévoilant ses bras musclés et ses abdominaux découpés.

Le groupe s'approcha de la grande table. À l'étonnement de Ramden, Azad s'adressa à ses hommes, non pas dans la langue des gobelins, mais plutôt dans le langage courant.

— Que nous apportes-tu là, Grinash ? Où as-tu trouvé ces… humains ? demanda-t-il d'une voix nasillarde, typique aux gobelins.

Le gobelin charmé s'avança et se prosterna devant son roi.

– Nous les avons repérés lors de notre patrouille près du rocher du Fauve. Ils viennent en paix et ne nous veulent aucun mal, expliqua Grinash, répétant les paroles prononcées par Ramden lors de leur rencontre. Ils tenaient à vous rencontrer, Altesse.

Ramden vit le roi regarder intensément le gobelin devant lui. Il discerna une lueur d'intelligence dans les yeux de celui-ci. Pour un instant, il crut qu'Azad avait deviné que son soldat était sous l'influence d'un charme. Finalement, le chef se retourna et porta son attention sur le trio devant lui ; la large table le séparait de ces derniers. Un bruit de chaîne se fit entendre au fond de la hutte. Dans la pénombre, Ramden distingua une forme et plissa les yeux. Azad suivit le regard du magicien et sourit, montrant une rangée de dents jaunes, presque orange.

– Koloz, cria-t-il, faisant sursauter Pollus.

Un gobelin femelle très trapue entra dans la pièce et vint se placer au côté du roi, répondant à son appel. Elle portait une robe grossière avec un col en V descendant très bas, dévoilant presque entièrement son imposante poitrine et la naissance de son ventre rebondi. Aucune émotion n'émanait de ses yeux minuscules et rapprochés, surplombés d'épais sourcils broussailleux.

— Sors la prisonnière et va la laver.

La dénommée Koloz hocha la tête et se dirigea vers le fond de la pièce. Elle revint bientôt en tirant au bout d'une chaîne une jeune femme d'une vingtaine d'années à moitié nue. Son habillement se résumait à quelques lambeaux de tissu. Ramden observa la prisonnière qui était dans un triste état. Il était conscient du regard d'Azad posé sur lui, épiant sa réaction. Le magicien regarda impassiblement la femme passer près de lui. Son visage tuméfié l'empêchait de bien discerner ses traits. Un de ses yeux était complètement fermé par l'enflure, sa lèvre inférieure gonflée et son menton souillé de sang séché. De nombreuses ecchymoses recouvraient presque entièrement son corps décharné. Elle avança en boitant, n'offrant aucune résistance à sa geôlière.

En passant près du trio, elle posa un œil bleu azur sur les nouveaux venus, où se reflétaient à la fois espoir et douleur. Ramden reporta son regard sur le roi, insensible au sort de la jeune humaine.

— Désolé de vous infliger un tel spectacle, commença Azad, découvrant à nouveau ses dents jaunes. Nos femmes n'aiment pas beaucoup la prisonnière et elles lui prouvent fréquemment.

— Roi Azad, répondit Ramden d'une voix calme, à vous de mener votre cour comme vous le désirez. Me permettez-vous de vous entretenir de la raison qui m'a... qui nous a poussés à vouloir vous rencontrer ?

— Allez-y. Je ne suis pas fervent des discours, alors, soyez bref.

Ramden inclina la tête. Il exposa ensuite le pourquoi de leur voyage, ainsi que leur plan d'attaquer la ville de Riga. Il ne parla toutefois pas de la réanimation de Korpak et de ses pouvoirs, laissant plutôt entendre que ses talents de nécromancien serviraient à mettre sur pied l'armée de morts-vivants. Le roi se contenta de soulever un sourcil, visiblement sceptique.

— Vous êtes fous, lança Azad. Votre plan n'a aucune chance de réussir, même si tous mes gobelins se lançaient dans votre folle escapade. De plus, ma priorité est d'éliminer les nains se terrant dans les collines au sud. Je prévois d'ailleurs envoyer bientôt des forces fraîches là-bas. Si seulement les Noctiari n'avaient pas mis un terme à leurs envois d'armes, nous aurions remporté la victoire il y a longtemps.

— En vous ralliant à notre cause, ajouta Ramden, vous aurez toutes les armes et l'équipement dont vous aurez besoin. Chacun de vos soldats sera équipé. Je vous promets aussi qu'à la suite du pillage de Riga, nous joindrons vos forces pour venir à bout des nains rébarbatifs.

— Vos promesses sonnent creux. Je ne vous crois pas. Ou vous êtes complètement fou ou encore vous me cachez des choses. D'ailleurs, pourquoi votre copain porte-t-il encore son capuchon ? Pourquoi dissimule-t-il ses traits ?

Le roi fit un geste en direction de Korpak et l'un des gardes retira le couvre-chef du guerrier.

— Qui êtes-vous ? demanda Azad.

— Je me nomme Korpak se contenta de répondre le guerrier.

— Je n'ai jamais vu d'humain avec cette couleur de peau. Vos yeux aussi sont bizarres. Et, quel est ce tatouage sur votre front ?

Korpak se contenta de hausser les épaules.

— Et vous ? s'enquit le roi en s'adressant à Pollus.

— Je suis le grand prêtre du dieu Culcuth et c'est le symbole de mon dieu que vous voyez sur le front de Korpak.On me nomme le Faucheur.

Azad partit d'un grand rire.

— Le Faucheur, ah ! Comment se portent les récoltes ?

— Faites attention, roi Azad, reprit Pollus. Vous risquez de vous attirer le courroux du dieu de la Mort.

— Je me soucie peu de ton dieu ou de n'importe quel dieu. J'ai assez perdu de temps avec vous. Je vous donne le choix. Ou vous quittez mon village maintenant, ou vous serez invité à un grand repas où vous constituerez le plat de résistance, conclut Azad en souriant et en se penchant au-dessus de la table.

Ramden pouvait sentir son haleine fétide. Il se força à se concentrer pour élaborer un argument qui pourrait amener le roi à reconsidérer sa décision. *J'ai été trop confiant dans mes moyens,* se dit-il.

Il sursauta quand une forme passa en trombe à côté de lui. Korpak avait aisément brisé ses liens et, d'un bond, sauté sur la table, avant même que les gardes ne puissent réagir. Il se dressait au-dessus d'Azad, qui ne perdit pas de temps et s'empara de son épée. Avant même qu'il n'ait pu porter un coup, Korpak le frappa d'un coup de pied à la tempe. Un craquement retentit et le roi croula au sol, la nuque brisée. Ses gardes se ruèrent sur le mort-vivant. Le guerrier se débarrassa en quelques secondes de deux des gobelins, alors qu'un troisième tomba, victime d'un sort du nécromancien. Il ne resta debout que les trois voyageurs et le gobelin charmé qui observait la scène, les yeux écarquillés. Ramden se dirigea vers le garde qu'il avait frappé de son sort. Il murmura quelques mots et le gobelin s'éveilla, plongeant ses petits yeux noirs dans ceux du magicien. Ce dernier s'approcha et lui murmura quelque chose. Puis, il se releva et en fit de même avec le gobelin qu'il avait charmé.

– Voilà qui devrait aller. J'aurais aimé garder Azad en vie, soupira-t-il en jetant un regard sombre à Korpak. Mais ce qui est fait est fait.

Il poussa un long soupir, la fatigue accentuant les rides naissantes au coin de ses yeux.

– À vous de jouer, ajouta-t-il à l'attention des deux gobelins.

Le chef de la patrouille dégaina son épée qu'il alla plonger dans le corps inerte d'Azad. Puis, il quitta la hutte, sa lame rougit du sang de son ancien roi. L'autre gobelin le suivit avec hâte, suivi des deux humains et du mort-vivant.

À l'extérieur, une importante foule s'était amassée pour être témoin de ce qu'il adviendrait des étrangers. Le chef de patrouille brandit son épée dans les airs et poussa un cri qui se voulait à la fois de triomphe et de provocation.

– Moi, Grinash, j'ai provoqué Azad en duel et je l'ai vaincu par la seule force de mon bras. Il gît dans la hutte royale, baignant dans son sang.

Des murmures de surprise et d'incrédulité s'élevèrent dans la foule. Grinash continua en criant à pleins poumons.

– Selon nos lois, je suis maintenant votre roi et vous devez m'obéir comme vous le faisiez avec Azad.

Les murmures s'accentuèrent. Ramden commença à douter de l'éventuelle réussite de son plan. Le garde ayant survécu au massacre dans la hutte s'avança.

– Ce qu'affirme Grinash est vrai. Je l'ai vu terrasser Azad d'un seul coup de son épée. Les autres gardes ont tenté de s'interposer et Grinash les a aussi tués à mains nues.

Le nouveau roi croisa les bras et bomba le torse. Une femme s'avança de quelques pas. Ramden reconnut celle qui était venue chercher la prisonnière.

– Pourquoi avoir tué Azad, demanda-t-elle en fronçant ses épais sourcils ? C'était un bon roi.

Grinash émit un rire bref et sec qui ressemblait plus à un jappement.

– Un bon roi, dis-tu ? Il allait tuer ces étrangers alors qu'ils venaient nous offrir leur aide juste parce qu'il avait peur. Il allait détruire la plus belle chance qui s'offrait à nous, gobelins, de prendre notre place dans le monde. Je vais vous montrer ce qu'est un bon roi. Sous ma gouverne, vous ne connaîtrez plus la faim. Nous allons enfin accomplir de grandes choses et prouver notre valeur.

Quelques murmures persistèrent. Le roi brandit à nouveau son épée.

– Si quelqu'un veut m'affronter, qu'il le fasse maintenant.

La foule devint coite. Grinash s'avança et saisit la femme gobelin par un bras.

– Suis-moi, je vais te montrer tout de suite qui est le meilleur roi.

Il l'entraîna à sa suite dans la hutte royale. Ramden se pencha à l'oreille de Pollus.

— Et voilà, murmura-t-il, deux petits charmes et nous avons, pour ainsi dire, la première partie de notre armée sous notre contrôle.

Pollus sourit à son tour. Les pièces semblaient se mettre en place. *Riga brûlera bientôt sous le feu purificateur de Culcuth,* se dit-il.

CHAPITRE XI

LE JHERADA

es amoureux avaient pris leur temps. En quittant Riga, ils avaient chevauché vers le nord au pas. Ces journées passées ensemble, en plein air de surcroît, les comblaient de bonheur. Ils ne pouvaient imaginer plus beau scénario pour leur lune de miel. Sous un ciel exempt de nuage, Derek et Dora parvinrent à destination au pied de la colline sur laquelle se dressait la majestueuse forêt d'Alianil, habitée par les elfes et les centaures.

L'étalon gris de l'elfe entreprit de gravir la pente ; sa robe grise trempée par la sueur dessinait son imposante musculature. En quelques puissantes enjambées, il atteignit le haut de la dénivellation. Derrière, le hongre bai de Derek peinait à suivre. Il rejoignit finalement son compagnon de voyage, les naseaux dilatés par l'effort. Le jeune homme mit pied à terre et vint près de sa compagne, qui l'attendait en caressant l'encolure luisante de sa monture.

— Beau travail, Jippy, dit-elle à l'attention de son cheval. Merci de m'avoir portée jusqu'ici.

— Je m'étonnerai toujours de son endurance, ajouta Derek en parvenant à ses côtés.

– Jippy n'est pas un cheval comme les autres, il n'est pas seulement fort, il est aussi d'une intelligence surprenante.

Comme pour la remercier, l'animal posa son nez de velours sur sa joue.

– La dernière fois que nous sommes venus ici, la situation était différente, poursuivit Derek. Nous ne savions pas si nous serions bien accueillis. Maintenant, je sais que la plupart des elfes de la forêt acceptent mon retour. Il sera bon de se promener librement en ces lieux, sachant que nous n'aurons rien à craindre des elfes ou des centaures.

– J'ai bien hâte de m'y retrouver. Faisons comme la dernière fois et rendons la liberté à nos chevaux. Jippy veillera sur ta monture, ne t'en fais pas.

– Je te crois, ajouta le jeune homme en retirant la bride de son hongre.

Quelques instants plus tard, ils trouvèrent le petit labyrinthe de buissons épais, bloquant l'accès à la forêt. Parvenu au pied des grands arbres dont certains étaient millénaires, Derek prit une profonde inspiration.

– Ah, fit-il en expirant bruyamment. L'odeur revigorante de la forêt, il n'y a rien de tel. C'est infiniment mieux que la puanteur des villes. On jurerait qu'en franchissant ces buissons, nous passons dans un autre monde où le temps n'a pas d'emprise.

J'ai l'impression que ces arbres ont toujours été là et le demeureront à jamais. Regarde la taille des fougères. Elles ont atteint leur pleine grandeur. Le vert tendre de leurs feuilles est magnifique. Ça me rappelle ma jeunesse passée ici.

Dora souriait en observant le visage épanoui de l'homme qu'elle avait épousé. Elle s'approcha et lui déposa un baiser tout en douceur sur ses lèvres.

— Je t'aime, Derek, et je suis heureuse d'être à tes côtés. Je souhaite que la vie nous accorde souvent des moments de bonheur comme ceux que je vis depuis que je t'ai épousé.

Un bruit dans les arbres attira leur attention. Deux ans auparavant, Derek aurait réagi promptement en dégainant sa courte épée, mais maintenant, il ne craignait rien à Alianil. Une masse noire descendit vers eux en poussant un croassement.

— Jack ! lança Derek. Je suis content de te revoir, mon ami. Il semble que tu saches toujours où me trouver.

La vieille corneille, que Derek avait connue étant tout jeune, vint se poser sur son épaule.

— Bonjour, Jack, dit Dora.

L'oiseau inclina la tête, la fixant de son bon œil, l'autre était recouvert d'une pellicule blanche, causée par une cataracte. Sa tête et sa poitrine étaient légèrement déplumées, témoignant de son âge vénérable.

Derek fouilla dans l'une de ses poches et en ressortit un petit morceau de miroir qu'il tendit à la corneille. Il avait pris soin d'en émousser les rebords pour ne pas que son vieil ami se blesse. Jack saisit prestement le cadeau dans son bec noir et s'envola. Derek remarqua qu'il lui manquait aussi une ou deux rémiges. Prenant sa compagne par la main, il l'entraîna à sa suite, heureux de fouler sans crainte les sentiers de la forêt menant au village où Ramil, son père adoptif, l'avait élevé.

Le couple ne fut pas surpris de découvir Seyla, l'amie d'enfance de Derek, qui les attendait à l'entrée du village. Jack, perché sur son épaule, l'avait, d'une façon ou d'une autre, prévenue de leur arrivée. La belle jeune elfe serra Derek dans ses bras, puis elle en fit de même avec Dora. Un sourire resplendissant éclairait son visage.

— Enfin, je retrouve, mon frère et ma sœur. Venez, vous êtes attendus.

Elle les entraîna vers le cœur du village. Ils arrivèrent à un endroit où des tables avaient été montées à l'extérieur. Une foule les attendait. Dès qu'ils firent leur apparition, des chants de bienvenue les accueillirent. Un elfe âgé s'avança vers eux, les bras tendus.

— Derek et Dora, soyez les bienvenus dans notre village, lança-t-il en leur faisant à son tour une accolade. Je me réjouis de votre présence parmi nous.

— Merci, djadji, répondit Derek un peu mal à l'aise de l'accueil chaleureux des elfes, et surtout de leur chef suprême. Nous venons demander la permission de résider dans la forêt pour quelques jours. Dora et moi avons uni nos destinées au solstice et nous voulions revenir ici pour notre lune de miel. Je tenais à ce qu'elle connaisse de fond en comble la forêt qui m'a vu grandir.

— Seyla nous a appris la bonne nouvelle. Félicitations, pour votre union. Vous n'avez pas besoin de mon approbation pour sillonner les sentiers d'Alianil. Les événements que nous avons connus lors de votre dernier passage nous ont bien enseigné à considérer la forêt non pas comme notre propriété, mais plutôt comme une amie qui nous héberge. Quant au village, vous pouvez y demeurer aussi longtemps que vous le voudrez, vous êtes ici chez vous.

Le chef des elfes se tourna ensuite vers la foule, levant les bras pour imposer le silence.

— Vous savez probablement, mes amis, que Derek, fils adoptif de Ramil, a épousé l'elfe Dora au dernier solstice et qu'ils ont choisi de nous visiter. Derek tenait à ce que son épouse connaisse notre forêt.

Des applaudissements et des cris emplirent la forêt à cette annonce. Les nouveaux mariés en eurent pour près d'un quart d'heure à recevoir les félicitations des elfes. On leur servit ensuite du vin et de l'hydromel.

Alors que les rayons du soleil s'estompaient, la pénombre envahit la forêt. Les elfes allumèrent une multitude de hautes torches plantées dans le sol. Les tables furent chargées de victuailles. Il n'y avait aucune chaise autour des tables. Les convives passaient de temps à autre pour prendre une part des délicieux mets préparés en l'honneur des visiteurs. Le couple renoua avec Vorda, toujours un peu distante, et on leur présenta également celui qui avait pris la place de Béruzil en tant qu'ad-Alianil, la voix de la déesse. L'elfe se nommait Taridil, c'était un prêtre reconnu pour sa douceur et sa joie de vivre. Derek s'imagina qu'un incident, comme celui ayant presque mené à une guerre entre les elfes et les centaures, ourdie par Béruzil, ne risquait pas de se produire avec son successeur.

Le banquet se prolongea tard dans la nuit. Seyla offrit à Dora et Derek l'hospitalité de sa hutte. Elle s'assura que le couple ne manquait de rien, puis elle les laissa seuls, sachant qu'ils apprécieraient un peu d'intimité. Elle les rassura, devant leur réticence, les assurant que quelques jours avec son père et sa mère lui feraient du bien. Ses parents se réjouissaient d'accueillir leur fille pour quelques nuits. L'idée ne déplaisait pas non plus à Seyla. Elle savait que son père et sa mère la gâteraient pendant ce court séjour.

Le lendemain matin, Derek ouvrit les yeux et il eut la surprise de voir Jack, posé sur sa poitrine, qui le fixait sans bouger.

– Salut Jack, ça va ?

La corneille poussa un croassement. Le bruit résonna dans la tête du jeune homme qui s'en voulut d'avoir consommé tant d'alcool. Il avait oublié que les elfes possédaient une endurance supérieure aux humains sur ce plan. En se tournant pour embrasser Dora, il s'aperçut que le lit état vide à ses côtés.

– Où est Dora ? demanda-t-il.

Il regretta aussitôt sa question, car Jack poussa un nouveau croassement avant de s'envoler par la fenêtre. Derek grimaça et se résigna à se lever. Il se vêtit et sortit à l'extérieur. Habitué à la pénombre, il cligna des yeux quand la lumière du jour le frappa. Dora se dressait à quelques pas de là, en compagnie de Seyla. Les deux elfes échangeaient comme deux amies de longue date. Le jeune éclaireur se réjouit de constater que sa meilleure amie et son épouse développaient une telle connivence. Il prit quelques secondes pour observer Dora : il considéra ses oreilles pointues, qui traversaient ses cheveux soyeux, son sourire malicieux et son corps à la fois menu et robuste. Un sourire béat se dessina sur ses lèvres.

– Derek, tu es enfin debout, lança Seyla qui venait de remarquer sa présence. Bon matin. J'espère que tu ne souffres pas trop des affres de l'alcool.

Dora courut vers lui et l'embrassa passionnément.

– Devine quoi, Derek. Seyla veut m'enseigner le Jherada. Je ne sais pas exactement ce que c'est, mais il paraît que c'est l'activité préférée des elfes d'Alianil. On doit être tranquille en forêt pour y parvenir. Tu nous accompagnes ?

– Je crois que je vais plutôt demeurer au village et parler avec le djadji et quelques amis. Je veux leur demander des nouvelles du village, mais aussi des centaures et de leur chef, Furlaseb. De toute façon, je ne suis pas un elfe et ne peux donc pas parvenir au Jherada, j'ai déjà essayé quand j'étais enfant.

– Parvenir au Jherada dis-tu ? demanda Dora. Il s'agit d'un endroit ?

Seyla et Derek s'esclaffèrent.

– Plus un état qu'un endroit. Je t'expliquerai, répondit l'elfe.

Les deux femmes saluèrent le jeune homme et quittèrent le village. Elles atteignirent, quelques minutes plus tard, une minuscule clairière où poussaient de délicates petites fleurs bleues que butinaient quelques abeilles.

– Voilà, dit Seyla en s'assoyant directement sur l'herbe, nous y sommes.

Dora l'imita en se laissant choir sur le sol en face d'elle.

– Tu n'as donc jamais entendu parler du Jherada ? demanda Seyla.

La prêtresse de Libra secoua la tête.

— Le Jherada est un état de communion que peuvent atteindre les elfes avec la nature qui les entoure. C'est difficile à expliquer, il faut vraiment le vivre pour comprendre. C'est une expérience unique et très enrichissante. Chaque elfe de cette forêt y consacre régulièrement un peu de temps.

— Tu crois que je serai capable d'atteindre cet état ? renchérit Dora, arborant un air dubitatif.

— J'en suis certaine, la rassura Seyla en posant une main réconfortante sur son avant-bras. Tous les elfes en sont capables, assez facilement. Je ne connais qu'une personne qui a échoué toutes ses tentatives d'atteindre le Jherada, et c'est Derek. C'est normal, considérant qu'il n'est pas elfe. Il te faut d'abord enlever tous tes vêtements, rien ne doit interférer entre ton corps et la forêt.

Dora enleva ses vêtements qu'elle lança négligemment plus loin. Comme la plupart des elfes, elle n'éprouvait aucune gêne à se dénuder. Pour eux, la nudité était naturelle et ils ne comprenaient généralement pas les autres races qui éprouvaient un malaise face à celle-ci.

— Tu es prête à commencer ?

— Prête.

— D'accord. Tout ce qu'il te faut, c'est un peu de concentration, l'âme de la forêt et ton sang elfe feront le reste. Vois-tu cette abeille qui butine ? Imagine-toi que tu es cette abeille. Écoute le bourdonnement de ses ailes. Tu l'entends bien ? Parfait. Maintenant, couche-toi sur le dos et ferme les yeux. Ne crains rien, cet endroit est sûr et je suis là pour veiller sur toi. Prends une profonde inspiration et expire lentement. Concentre-toi toujours sur le bourdonnement de l'abeille. Il te faut relaxer ; laisse-toi envahir par les odeurs et les sons qui t'entourent. Laisse la forêt te parler par le contact de ton corps avec le sol.

Au début, Dora ne perçut rien d'autre que les bruits des alentours et le picotement des brins d'herbe sur son dos. Elle se força à relaxer, faisant confiance à son amie. L'image d'une rivière se dessina dans son esprit. Elle voyait clairement l'eau limpide tourbillonner. Dans une petite crique où l'eau était peu profonde et calme nageait une grenouille. Dora sentit qu'elle devenait cette grenouille. Soudain, une ombre fondit sur le batracien et le point de vue de Dora changea. Elle se vit en héron. Son long bec puissant venait de saisir la grenouille pour en faire son repas. Avec tristesse, Dora sentit la vie quitter le petit animal, mais également le soulagement de la faim qui tenaillait l'oiseau. Ensuite, plusieurs images se succédèrent de plus en plus vite. En plus des images, Dora avait l'impression de vivre en symbiose avec la forêt. D'être une partie de celle-ci.

Des larmes coulèrent sur ses joues. Elle vivait simultanément plusieurs drames. Elle sentit les dernières forces d'un vieux loup le quitter, alors qu'il ne parvenait plus à chasser pour assurer sa subsistance. Elle éprouva la souffrance d'un petit arbre cassé par le passage d'un gros ours brun. La prêtresse vit des souris des bois naissantes, condamnées à mort, car leur mère en quête de nourriture venait de tomber sous la dent d'un renard. La cruauté du monde sauvage la troubla profondément.

Toutefois, ses larmes n'étaient pas seulement dues à sa tristesse. C'était aussi les larmes d'une personne qui est subjuguée par trop de beauté et de joie. Dora se laissa émouvoir par un petit lynx, plein d'énergie, qui harassait sa mère pour qu'elle joue avec lui. Elle vit toute la majesté des grands arbres de la forêt et ressentit toute leur force. Il en émanait un sentiment de patience et de sagesse qui surprit l'elfe. Elle s'émerveilla devant une série de paysages plus spectaculaires les uns que les autres. Quelque part, un arbre mort se décomposait, offrant les nutriments nécessaires au sol de la forêt pour maintenir sa richesse et favoriser la croissance des autres plantes qui allaient prendre la relève. Elle vit la beauté de la forêt du point de vue d'une grande buse en chasse. Elle pleura longtemps, à la fois touchée par la beauté et la cruauté de la nature.

Finalement, elle eut l'impression de revenir à son corps. Elle sentit les bras de Seyla qui la redressait pour la serrer tout contre elle et la réconforter. Il fallut longtemps à Dora pour que ses sanglots s'atténuent et qu'elle considère, avec objectivité, l'expérience incroyable qu'elle venait de vivre.

– Tu comprends maintenant pourquoi nous aimons tellement notre forêt, lui chuchota Seyla à l'oreille en essuyant ses larmes.

– C'est… murmura Dora en cherchant ses mots. C'est magnifique. Je n'aurais jamais cru qu'une telle chose eut été possible. Merci de m'avoir fait vivre cette expérience, ajouta-t-elle en donnant un baiser sur la joue de Seyla.

– Retournons au village, suggéra cette dernière. Plusieurs heures se sont écoulées depuis notre arrivée dans la clairière. Il ne faut pas que ton époux s'inquiète.

– J'ai hâte de lui raconter ce que je viens de vivre, dit Dora en se hâtant de récupérer et d'enfiler ses vêtements.

CHAPITRE XII

SUR LES AILES DE LA GUERRE

ora et Derek passèrent les jours suivants à se familiariser avec la forêt d'Alianil. Derek renouait avec certains elfes qu'il avait connus plus jeune, alors que la prêtresse apprivoisait la vie en communion avec la nature, elle qui avait surtout vécu dans des villes habitées par les hommes. Le couple ne pouvait être plus heureux. Pourtant, leur tranquillité tirait à sa fin. Hors de la forêt, les événements qui influenceraient leur avenir se précipitaient.

– Je pensais rendre visite à Furlaseb et aux centaures dès demain, si cela te convient, commença Derek en s'adressant à sa compagne. Le djadji me confirme que les relations entre le village et ces derniers se sont beaucoup améliorées. Il est sûr que nous y serons bien reçus.

Dora n'eut pas le temps de répondre. Les croassements puissants et répétés de Jack se firent entendre. Le couple vit l'oiseau se diriger vers eux et se percher sur une branche basse.

– Que se passe-t-il, Jack ? lui demanda Derek.

La corneille agita frénétiquement ses ailes, tout en continuant à pousser ses cris.

– Il se passe quelque chose. J'ai rarement vu Jack dans un tel état d'excitation.

L'oiseau s'envola vers le centre du village. Derek et Dora le suivirent. Ils furent aussitôt rejoints par Seyla, qui avait aussi été alertée par les cris du volatile.

Kevil se tenait à l'entrée de sa hutte. Voyant arriver la corneille, il leva son avant-bras pour permettre à l'oiseau de s'y poser. Il regarda Jack, les sourcils froncés. Pour la première fois, Dora entendit l'oiseau prononcer l'un des quelques mots qu'il parvenait à articuler.

– *Daangeeer,* croassa l'oiseau.

– Où ça ? demanda le chef des elfes.

L'oiseau tourna la tête vers l'ouest. De cette direction arriva à la course un elfe tenant un arc en main. Il semblait hors d'haleine. À la cape verte et à l'armure de cuir qu'il portait, Derek sut qu'il s'agissait de l'un des gardes patrouillant les abords de la forêt.

L'elfe arriva devant Kevil, qu'il salua avec respect.

– J'ai pour vous des nouvelles inquiétantes en provenance des limites ouest de la forêt, djadji. Nous avons vu une armée se diriger vers le sud en longeant l'orée des bois. Il s'agit d'un important regroupement de gobelins. Je n'ai pu que compter sommairement leurs effectifs, mais j'estime qu'ils sont au moins cinq cents. Une telle armée de gobelins ne s'est jamais vue, encore moins si près de nos frontières.

— Ils se dirigent vers le sud en longeant la forêt ?

— C'est exact, djadji.

— Tentent-ils de pénétrer dans les bois ?

— Pas jusqu'à maintenant. Ils se contentent de brûler quelques arbres en périphérie, mais ils n'osent pas avancer plus loin, sans quoi nous leur aurions fait payer chèrement leur impertinence. Présentement, s'ils ont maintenu leur cap, ils doivent passer à la pointe sud-ouest de la forêt.

— Donnez l'alarme, ordonna Kevil en élevant la voix. Nous allons envoyer un détachement de cinquante elfes. Assurez-vous que les gobelins poursuivent leur route sans envahir les bois. Ne vous faites pas voir et ne quittez pas le couvert des feuilles. La troupe devra être prête à partir dans deux heures.

Un climat fébrile s'installa dans le village. Des elfes se hâtaient, répondant aux ordres rapidement, mais avec calme. Derek s'approcha de Kevil.

— Si vous n'y voyez pas d'inconvénients, djadji, j'aimerais partir immédiatement en éclaireur et observer cette armée. Même si elle ne menace plus la forêt, je suis curieux de savoir où elle se dirige. J'ai plusieurs amis au sud et je ne voudrais pas qu'il leur arrive malheur.

— Fais à ta guise, Derek, mais sois prudent. Si tu croises les gobelins à l'intérieur des limites de la forêt, n'entreprends rien. Attends que les nôtres te rejoignent.

Je suis inquiet, ajouta-t-il, l'air songeur. Il ne peut sortir rien de bon d'un tel rassemblement de gobelins. Je donnerais cher pour connaître leurs intentions.

— C'est exactement ce que je souhaiterais découvrir. Merci, djadji. Nous repartons d'ici remplis de beaux souvenirs que nous n'oublierons jamais, et le cœur débordant de bonheur. Nous reviendrons sûrement vous rendre visite si le destin nous le permet. Merci pour votre chaleureuse hospitalité.

— Vous êtes les bienvenus pour une prochaine visite, et même pour vous y établir, si vous le souhaitez. Bonne chance et soyez prudents.

Le chef des elfes serra la main de Derek et posa un baiser sur la joue de Dora. Le couple prit congé de lui et courut chez Seyla récupérer ses affaires. Ils y trouvèrent l'elfe, affairée à remplir un sac à dos de divers objets et de quelques victuailles.

— Je viens avec vous, lança-t-elle, quand elle vit les deux amoureux.

— Ça risque d'être dangereux, répliqua Derek. Il serait préférable que tu demeures au village, nous allons peut-être suivre les gobelins loin hors de la forêt pour tenter de déterminer leurs intentions.

— Rien ne m'empêche de m'arrêter à l'orée des bois et de rebrousser chemin si je le désire. Tu sais que je me débrouille bien comme éclaireuse et que je suis meilleure que toi à l'arc. Ne perds pas ta salive à tenter de me convaincre de rester, c'est inutile. Je pars avec vous et c'est tout, ajouta l'elfe.

Derek n'ajouta rien. Il se contenta de sourire en secouant la tête. Il savait bien qu'il ne pourrait changer sa décision. Déjà, Seyla enfilait une armure de cuir souple qui épousait parfaitement les lignes de son corps. Elle sortit d'un coffre une longue dague qu'elle accrocha à sa ceinture et deux carquois remplis de flèches empennées de vert. Derek mit son armure de cuir à son tour.

– Hâtons-nous, ajouta Dora. Je suis inquiète pour Jippy et pour ton cheval, Derek. L'armée de gobelins va sûrement passer dans le secteur où ils broutent. Les gobelins ne montent pas les chevaux, mais ils adorent leur chair, ajouta-t-elle en réprimant un frisson.

❈

Après une marche de quelques heures, ils arrivèrent près de la limite sud-ouest de la forêt. Deux gardes forestiers, dissimulés parmi les arbres, quittèrent leur cachette et s'avancèrent vers eux.

– Des nouvelles des gobelins ? demanda aussitôt Seyla à une elfe de petite taille aux yeux en amandes. Ont-ils pénétré dans les bois ?

– Non, ils sont passés tout près. Je pense qu'ils craignent la forêt. À juste titre d'ailleurs. Quelques-uns, les plus braves d'entre eux, ont tenté de venir abattre quelques arbres, mais nous les avons découragés en les harassant de nos flèches.

— Ils ont donc continué leur route vers le sud, intervint Derek. Sont-ils passés récemment ?

— Une heure et demie, peut-être deux, répondit le second garde, plus grand et plus mince que sa compagne.

— Merci. Nous allons les suivre pour tenter de connaître leur objectif, en supposant qu'ils en aient un. Seyla, nous devons nous séparer ici, ajouta Derek en s'approchant pour étreindre son amie, qui le repoussa gentiment.

— Je vous accompagne, du moins jusqu'à ce que nous en apprenions plus.

Ils entendirent un bruissement d'ailes, et Jack vint se percher sur l'épaule de l'elfe.

— Il n'y a pas de danger, Jack est avec moi, ajouta-t-elle en souriant.

— Tu n'as pas de cheval, tu ne pourras pas nous suivre.

— Jippy peut nous porter toutes les deux, intervint Dora. Nous sommes légères.

— Bon, dans ce cas, il ne nous reste qu'à récupérer nos montures. Jack, peux-tu nous aider ?

La vieille corneille s'envola en poussant un

croassement. Le trio salua les gardes forestiers et quitta la forêt. Derek récupéra sa selle et sa bride, qu'il avait cachées à proximité. Dora montait sans selle, comme la majorité des elfes.

Quelques minutes plus tard, Jack était de retour, suivi au galop par Jippy et le cheval de Derek. Dora prit le temps de caresser la puissante encolure de son étalon gris et de lui murmurer quelques mots à l'oreille.

❄

Guidé par Jack, le trio eut tôt fait de rattraper l'armée de gobelins qui se déplaçait lentement. Ils décidèrent d'attendre la tombée de la nuit afin de s'approcher du camp, et ainsi tenter d'en savoir un peu plus sur les motivations de la troupe.

Quelques heures avant l'aube, Derek guida ses compagnons vers le camp en rampant. Les feux étaient presque éteints et les monstres semblaient tous assoupis, à l'exception des gardes. Ces derniers se tenaient immobiles, disposés en périphérie du campement. Ils semblaient de plus grande taille que des gobelins ordinaires.

Derek remarqua, en s'approchant davantage dans les hautes herbes, qu'aucun d'eux ne portait d'arme. Il continua d'avancer avec précaution. Plus qu'une vingtaine de mètres les séparaient des gardes. Dora et

Seyla le suivaient de près. Ils demeurèrent immobiles quelques instants, s'assurant qu'on ne les avait ni entendus ni vus. Les gardes n'eurent aucune réaction. On aurait cru qu'ils s'étaient endormis debout. Le jeune homme saisit un petit caillou qu'il lança entre deux des sentinelles. Ayant apparemment entendu le bruit, ils se dirigèrent d'un pas lent vers l'endroit où avait atterri le caillou. Ils se penchèrent vers le sol et demeurèrent ainsi courbés.

Leur façon de se déplacer rappelait de pénibles souvenirs à l'éclaireur, mais celui-ci ne savait pas de quels événements il s'agissait. *Leurs gestes sont curieusement saccadés, comme s'ils étaient contrôlés,* songea Derek. *Les autres demeurent aussi immobiles que des morts. Des morts ! Voilà ce que ça me rappelle. Ce sont des morts-vivants, des zombies, comme ceux, contrôlés par Feren, que j'ai vus à plusieurs reprises. Comme Vanciesse, lors du combat contre les Noctiari où elle a trouvé la mort,* se souvint-il avec douleur.

Derek détacha son regard des gardes et se retourna, sans bruit, pour murmurer à l'oreille de ses deux amies.

— Les gardes sont des zombies. Je ne comprends pas pourquoi des morts-vivants et des gobelins se côtoient, c'est inquiétant. Seyla, retourne aux chevaux. Tu devrais y trouver Jack. J'ai besoin de lui pour faire diversion et attirer quelques gardes. Je vais pénétrer à l'intérieur du camp pour tenter d'en apprendre plus. Donne ton arc à Dora.

Seyla acquiesça et rebroussa chemin en rampant dans les herbes, aussi silencieuse qu'un serpent.

– Dora, reprit Derek. Tiens-toi prête à tirer sur mes poursuivants au cas où j'aurais besoin de retraiter d'urgence.

Le couple n'eut pas à attendre longtemps. Jack passa au-dessus d'eux en croassant. Il alla tourner autour de la tête de trois gardes, attirant leur attention. Les zombies essayèrent bien de l'attraper, mais le volatile esquivait facilement leurs mouvements lents. Jack parvint à attirer les gardes et à les éloigner de leurs postes. Il n'en fallait pas plus à Derek pour se faufiler dans le camp sans être vu. Il vit, jonchant le sol, la silhouette d'innombrables gobelins, dormant à la belle étoile ; ils étaient recroquevillés directement sur le sol. Une demi-douzaine de grandes tentes, pouvant loger autour d'une vingtaine de personnes chacune, avaient été érigées au centre du campement.

Le jeune homme prit une peau de bête qui traînait par terre et la jeta sur sa tête et ses épaules pour cacher son identité. L'odeur de pourriture qui s'en dégageait le répugnait. Grimaçant, il prit une profonde respiration, avant de se frayer un chemin parmi les gobelins, en direction des tentes. Le son d'une voix l'arrêta. Il se laissa choir au sol, feignant le sommeil. Il garda néanmoins un œil entrouvert. Deux gobelins, les bras chargés de branches sèches, passèrent tout près de lui.

— D'ici quelques jours, nous atteindrons la grande ville des hommes, et là, nous mettrons la main sur des tas de nourriture, de l'or, des femmes et du sang d'humain plus que nous ne pouvons en boire. Grinash l'a promis, dit l'un des gobelins.

— Tu crois, Grinash ? Moi, je pense qu'il se laisse mener par ces humains, murmura le second.

— Bien sûr, que je le crois, c'est notre roi, repris le premier, et puis, les humains veulent autant que nous raser la ville. Et surtout le temple d'une des déesses que vénèrent les humains. Allez, assez jacassé. Il nous faut rallumer les feux et préparer le repas du matin. Le roi veut que nous soyons en route au lever du soleil.

En entendant la conversation des gobelins, le sang de Derek ne fit qu'un tour. Il ne pouvait s'agir que de Riga. Il devait au plus vite sortir du camp et se précipiter vers la ville pour avertir Jolar et les autorités de la menace pesant sur eux.

Il dut faire appel à toute sa patience pour demeurer au sol quelques instants de plus, laissant les deux gobelins s'éloigner. Toujours camouflé par sa peau de bête nauséabonde, il parvint à franchir sans problème la ligne de gardes des zombies, pour rejoindre Dora dans les hautes herbes. Sans un mot, il lui signala de le suivre.

Soudain, un cri retentit. À l'étonnement de Derek et Dora, le cri d'alarme ne provenait pas du camp derrière eux, mais de plus loin devant, où se trouvaient probablement Seyla et les chevaux. Abandonnant la couverture des hautes herbes, le couple se redressa à l'unisson et s'élança dans cette direction. Derek rejeta sa peau de bête et dégaina son épée. Le temps du camouflage était passé, l'alarme avait sûrement été entendue dans le camp qui, dans quelques instants, bourdonnerait d'activité.

Il ne fallut qu'une fraction de seconde à Dora et à Derek pour évaluer la situation dès qu'ils parvinrent aux chevaux. Seyla tenait dans sa main un couteau ensanglanté, alors qu'un gobelin se tordait de douleur au sol en se tenant le ventre. Du sang s'échappait d'entre ses doigts. Trois autres gobelins se tenaient devant l'elfe, s'avançant d'un pas mesuré. Un bruit de sabots résonna à l'arrière d'eux, attirant leur l'attention. Une masse aux reflets argentés fondit sur eux. Jippy, l'étalon de Dora, attaqua sans retenue, sa robe brillant sous l'éclat de la lune presque pleine. Il se cabra et frappa l'un des gobelins de ses pattes antérieures, lui fracassant le crâne. Un autre s'effondra, le sang gargouillant de sa gorge où l'une des flèches de Dora l'avait atteint. Le dernier se retourna pour fuir, mais Derek fut le plus rapide. Il lui planta son épée entre les omoplates, lui transperçant le cœur.

Jippy vint se planter fièrement aux côtés de sa maîtresse, prêt à la défendre. Sa bravoure n'était toutefois pas nécessaire, car il ne restait aucun ennemi debout.

— Seyla, est-ce que ça va ? demanda Derek.

— Oui, ils ont failli me surprendre. N'eut été de l'avertissement de Jack…

Répondant à son nom, l'oiseau vint se poser sur l'épaule de l'elfe.

— Nous n'avons plus de temps à perdre, il nous faut fuir. Nous aurons bientôt tout le camp à notre poursuite.

Jippy hennit et avança d'un pas. Il se tenait la tête haute, les oreilles dressées, fixant un point au loin. Les autres suivirent son regard et aperçurent une demi-douzaine de taches sombres s'avançant vers eux.

— Nous devons contourner ces gobelins, annonça Derek. Il te faut regagner la forêt, Seyla. Le temps presse, Dora et moi devrons chevaucher à bride abattue jusqu'à Riga pour les prévenir du danger. Cette armée est en route vers la ville pour l'attaquer.

Seyla secouait déjà la tête avant que Derek n'eût terminé sa phrase.

— Nous n'avons pas le temps. Un retour à Alianil est trop risqué. Dora, crois-tu que Jippy peut nous porter tous les deux jusqu'à Riga ?

— C'est impossible, intervint Derek, Riga est à plusieurs jours.

Jack prit son envol et Jippy hennit de nouveau. Derek se retourna et vit que les gobelins aperçus plus tôt s'élançaient vers eux.

— Nous n'avons plus le temps de tergiverser, lança Dora. Les gobelins approchent et j'entends déjà des cris provenant du camp. L'alarme est lancée. Tous à cheval, mettons un peu de distance entre nous et cette armée. Nous prendrons des décisions quand nous serons hors de danger.

Personne ne contredit les sages paroles de la prêtresse. Ils enfourchèrent leurs montures et s'éloignèrent vers le sud, en direction de Riga, poussant leur monture au galop.

✾

Les fuyards s'arrêtèrent lorsqu'ils n'eurent plus le choix. Les chevaux soufflaient bruyamment, leurs forces sapées par leur effort titanesque. Le soleil allait bientôt atteindre son apogée. On apercevait le halo blafard de sa lumière perçant à peine l'épais couvert nuageux. Étrangement, la pluie ne s'était pas encore abattue sur la région. Aucun vent ne soufflait pour chasser l'humidité et soulager un peu les bêtes de la chaleur. Un petit ruisseau presque à sec gargouillait à quelques pas.

— Nous devons reposer les chevaux. De toute façon, je doute que nous soyons en danger, commença Derek. Puisque l'armée de gobelins ne possède pas de montures, nous avons certainement pris une bonne avance sur eux. Je suggère de reprendre la route en fin d'après-midi et de chevaucher jusqu'à la nuit.

Nous devons arriver à Riga dans les plus brefs délais pour donner le temps à la ville de se préparer.

— D'accord, convint Seyla. Je m'occupe du repas. Nous n'avons pas apporté beaucoup de vivres, mais dans ces plaines herbeuses, je devrais débusquer des lièvres ou un autre animal du genre.

— Je vais brosser, nourrir et abreuver les chevaux, renchérit Dora.

Seyla quitta le camp, armée de son arc. Derek en profita pour enlacer son épouse, lui couvrant le cou de baisers. La prêtresse ricana.

— Tu me chatouilles. Laisse-moi d'abord m'occuper des chevaux. Je vais les faire boire d'abord.

— Pas plus que quelques gorgées, lui rappela Derek en l'observant s'éloigner, l'amour brillant dans ses yeux. Après un tel effort, ils ne doivent pas boire tout leur saoul.

— Je suis au courant, je connais bien les chevaux. Après, je les ferai marcher quelques minutes pour ne pas qu'ils aient de crampes.

— Tu as bien appris tes leçons, ajouta Derek en se hâtant de la rejoindre. Crois-tu que Jippy pourra vous porter toutes deux jusqu'à Riga ? Il s'est bien tiré d'affaire jusqu'ici, mais il nous reste une longue route à parcourir.

— Je ne sais pas, nous verrons, ajouta la prêtresse dans un soupir, l'inquiétude pour son étalon pointant dans sa voix. Tu pourrais fouiller nos bagages et te débarrasser de tout ce qui n'est pas vital. Nous sauverons ainsi un peu de poids.

— Oui, chef !

Dora s'esclaffa en détachant les sangles des selles.

Seyla s'émerveillait devant les grands espaces défilant devant elle au gré des jours ; elle n'avait quitté la forêt qu'une seule fois, quelques semaines auparavant, pour assister au mariage de ses amis. La plupart du temps, elle chevauchait derrière Dora sur son fier et puissant étalon et, occasionnellement, derrière Derek pour permettre à Jippy de se reposer.

À chaque village et hameau qu'ils croisaient, ils s'arrêtaient brièvement pour avertir les habitants de la menace qui les guettait. Les agglomérations s'étendaient malheureusement sur la route menant à Riga, où l'armée de gobelins passerait sûrement.

Fourbus, ils arrivèrent finalement aux abords de la cité. Le corps de leurs chevaux était couvert d'écume et leurs pattes flageolantes peinaient sous le poids des cavaliers. Dora et Derek ne ralentirent pas leur course. Arrivés aux écuries de l'église, les deux elfes mirent pied à terre alors que déjà, des palefreniers accouraient. Derek, de son côté, poursuivit son chemin pour aller prévenir les autorités de la ville du danger qui les guettait. En route, il croisa un sergent milicien qui le héla.

— Bonjour, Derek, déjà de retour ? Ta bête semble sur le point de s'effondrer, est-ce que tout va bien ?

— Bonjour, Travis, j'ai volé jusqu'ici, porté par les ailes de la guerre. Rejoins-moi plus tard, je te raconterai tout ça.

ginor sursauta et échappa son marteau, qui chuta au sol. Il s'en fallut de peu pour que l'ancien guerrier n'en fasse autant du haut de son échelle, alors qu'il continuait la réfection de l'étable de Feren. La voix venant de nulle part était forte et claire : *Aginor, venez tous les trois à Riga immédiatement, c'est urgent.*

Cette simple phrase inquiéta Aginor au plus haut point. Il jeta un coup d'œil à l'amulette pendant sur sa poitrine. C'est par cet objet enchanté que Jolar lui avait livré son message. Chacun des membres du premier groupe des champions de Libra possédait un tel bijou, leur permettant de communiquer de brefs messages à distance. Il n'en restait que trois en circulation : ceux de Jolar, d'Aginor et de Gorax le nain, les trois autres ayant suivi leur propriétaire dans la tombe.

Aginor descendit rapidement et courut vers la tour. En pénétrant à l'intérieur, il entendit des bruits provenant de l'étage supérieur. Il enjamba les marches quatre à quatre et rejoignit son fils Anton et Feren dans le laboratoire.

— Il se passe des événements importants à Riga, commença-t-il, haletant. Jolar vient de me joindre grâce à son amulette. Il souhaite que nous nous rendions en ville de toute urgence.

— Il n'a pas mentionné la raison de cet appel ? demanda le magicien.

— Non, les messages ne peuvent compter que quelques mots. Il n'a sûrement pas été en mesure d'élaborer.

— Anton, va seller le cheval et assure-toi que les animaux ont assez d'eau et de nourriture pour quelques jours. Vous monterez la bête à deux pour vous rendre en ville, ce sera moins confortable, mais plus rapide que la charrette. N'apportez que le minimum et n'oubliez pas vos armes.

— Et toi, s'enquit l'élu, que feras-tu ?

Feren se contenta de sourire. Il se dirigea vers un coin du laboratoire et empoigna son long bâton de marche, noir comme l'ébène, surmonté d'une tête de chouette sculptée. Il le brandit, toujours souriant.

— Je vais recourir à la magie que les elfes ont insufflée à mon bâton. Tu te souviens ?

Anton acquiesça. Comment avait-il pu oublier le cheval magique que Feren pouvait conjurer du bâton ? Une bête infatigable et plus rapide qu'aucune monture ordinaire. Le nécromancien ramassa ensuite quelques objets qu'il fourra dans un sac ou encore dans l'une des grandes poches de sa robe.

— Nous nous reverrons donc à Riga, ajouta-t-il. Ne tardez pas trop.

Sur ces paroles, il quitta le laboratoire.

— Allez, Anton, fais ce que Feren t'a demandé, occupe-toi du cheval. Moi, je vais tenter de me souvenir de l'endroit où j'ai rangé ma vieille armure et mon épée, ajouta Aginor en se grattant la tête.

Les conseillers de la ville prirent place autour de la grande table. Jolar les avait gracieusement invités au temple pour tenir une réunion d'urgence afin de structurer les défenses de la cité, advenant une attaque des gobelins. On retrouvait Papis, l'aubergiste représentant les commerçants de la ville. Il était l'antithèse de l'image préconçue du tenancier habituel. Petit et maigre, toujours proprement vêtu, il affichait de bonnes manières et une diction soignée. On aurait pu facilement croire qu'il faisait partie de la noblesse. À ses côtés se faufila Vincent, maître sculpteur, représentant les artisans. À l'opposé s'installa Léo, le vieil apothicaire, Serenon, le scribe, et le baron Géras, qui dirigeait habituellement les séances du conseil. Ce dernier ne possédait pas vraiment de baronnie, mais on le disait de sang noble, c'est pourquoi on l'avait amicalement affublé de ce sobriquet. Il avait bourlingué pendant la majeure partie de sa vie, avant de prendre racine à Riga une quinzaine d'années auparavant. Jolar aimait cet homme avenant et intelligent qui savait faire passer les intérêts de la ville avant les siens. Son caractère posé avait un effet bénéfique sur les membres hétéroclites du conseil.

Jolar avait aussi invité Derek, Dora et Seyla afin qu'ils fassent part de leurs observations, eux qui les avaient prévenus du danger imminent. Jack assistait aussi à la réunion, perché sur l'épaule de Dora.

— Merci de vous être présentés au temple si rapidement, commença le grand prêtre de Libra.

La lourde porte de la salle s'ouvrit et un homme pénétra dans la pièce, sa cape verte volant derrière lui. Jolar sourit. Sa vue baissante ne lui permit pas de distinguer le visage du nouveau venu, mais il reconnut sans difficulté la démarche rapide et volontaire de Feren. Le magicien salua d'abord les conseillers qui lui rendirent la politesse, à l'exception de Léo, qui observait le nécromancien, l'air renfrogné. Feren n'en tint pas compte, il connaissait l'aversion du vieil homme pour la magie et son hostilité face à la nécromancie. Il donna une franche accolade à ses amis, visiblement heureux de les revoir.

— Quelles sont les nouvelles, Jolar ? Les gardes du temple m'ont parlé d'une armée se dirigeant vers la ville. Est-ce vrai ?

— J'en ai bien peur, répondit le grand prêtre. Justement, nous nous apprêtions à entendre le récit complet de Dora, Seyla et Derek. Je t'en pris, prends place à la table.

Feren prit place à un bout de la table, se calant dans le fauteuil de velours rouge. Derek regarda Dora, puis Seyla, qui lui signifia d'un mouvement de tête que l'un d'eux devait prendre la parole.

— Chaque minute compte, commença l'éclaireur. C'est pourquoi je vais être très concis. Nous visitions la forêt d'Alianil, lorsque les gardes elfes ont signalé une troupe de gobelins passant aux abords de la forêt. Le djadji a aussitôt dépêché une cinquantaine d'elfes pour protéger le sud-ouest des bois. Tous les trois, nous avons décidé de partir sur-le-champ, avant les elfes, pour en savoir davantage sur cette armée. Le rapport faisait mention d'environ cinq cents gobelins.

— Cinq cents ? demanda Jolar, incrédule.

— C'est ce que le garde a affirmé à ce moment-là. Les gobelins n'ont pas pénétré dans la forêt, ils ont poursuivi leur chemin vers le sud. Nous avons décidé de les suivre. À la nuit tombée, je me suis glissé dans leur camp pour en apprendre plus. Étrangement, la garde était assurée par des morts-vivants. J'en ai dénombré plus de deux douzaines.

À cette mention, plusieurs têtes se tournèrent vers Feren qui fronça les sourcils, attendant la suite.

— À l'intérieur du camp, j'ai entendu une conversation entre deux gobelins ; ils faisaient mention de l'attaque d'une ville et de l'anéantissement du temple d'une déesse. Si l'on se fie à la direction qu'ils ont pris et à leurs propos, nous pouvons facilement en déduire qu'ils se dirigent vers Riga. Les gobelins ont aussi parlé d'humains parmi eux. Alors que tous les gobelins dormaient directement sur le sol, j'ai aperçu plusieurs grandes tentes. J'imagine que dans celles-ci dormaient les humains en question. Alors que je quittais le camp, nous avons été surpris par une patrouille et avons dû fuir d'urgence. Nous avons chevauché sans relâche depuis, pour parvenir ici le plus rapidement possible.

Feren remarqua alors les traits tirés des trois compagnons de voyage, témoignant de leur grande fatigue.

— Vous avez bien fait, intervint Géras. Merci. Sans votre intervention, nous n'aurions été informés que lorsque l'ennemi serait arrivé aux abords de la cité. Dans combien de temps estimez-vous leur arrivée ?

— Ils n'ont pas de montures et semblent se déplacer lentement. Je crois que nous avons trois, quatre jours tout au plus devant nous.

— Voilà des nouvelles pour le moins inquiétantes, reprit Jolar, cinq cents gobelins, accompagnés de morts-vivants de surcroît. Combien d'hommes avons-nous dans la milice ? ajouta-t-il en se tournant vers Géras.

— Environ deux cent vingt-cinq hommes, incluant la cinquantaine menée par Galior, présentement en mission chez les nains. J'estime que nous pourrions recruter une cinquantaine d'hommes de la ville, mais ce seront des soldats sans aucune expérience du maniement d'armes.

— Je savais que nous n'aurions pas dû autoriser le départ de nos troupes vers les collines des nains, intervint Léo l'apothicaire.

— Nous ne pouvons rien y changer maintenant, coupa sèchement Jolar, qui supportait mal de voir l'une de ses initiatives critiquée. C'est bien peu d'hommes pour défendre notre ville, ajouta-t-il en un soupir.

— Il faut demander l'aide des villes avoisinantes, intervint Papis, qui semblait près de la panique, la peur arrondissant ses yeux verts.

— Envoyons des messagers au plus vite, acquiesça Jolar. Premièrement à Galior, pour qu'il revienne d'urgence avec ses hommes. Nous aurons uniquement le temps de solliciter les gens de Gaubourg et de demander l'aide du baron de Huntington avant l'arrivée de l'ennemi. Derek, combien d'hommes crois-tu que ton ancien employeur pourra nous envoyer ?

— Une trentaine, tout au plus.

— C'est toujours ça. Peux-tu te charger de demander son aide ? Je sais que tu es fourbu, mais notre requête risque de trouver une oreille plus attentive si le message est livré par une personne qu'estime le baron Huntington.

— Bien sûr, répondit Derek. J'y vais de ce pas. J'y vole sur l'un des chevaux de la milice, le mien est épuisé.

— Je vous en prie, dit Géras.

L'éclaireur les salua, offrit un sourire à Feren où pointait un soupçon de lassitude et quitta la salle après avoir embrassé son épouse.

— Je m'occupe de l'envoi de messagers chez les nains et à Gaubourg, ajouta Vincent avant de quitter la salle à son tour.

Un silence s'installa dans la pièce pour quelques secondes.

— Que penses-tu de cette histoire de morts-vivants, Feren ? demanda finalement Dora.

— Les hommes qui ont joint les gobelins y sont sûrement pour quelque chose. Je ne connais pas d'autre nécromancien, mais visiblement, il y en a un parmi eux. Ils ont donc, dans leurs effectifs, un ou plusieurs magiciens. Ces derniers peuvent causer d'importants dégâts à notre armée et décimer rapidement nos rangs.

— Heureusement, nous en comptons également un parmi nous, lança Seyla en souriant à l'endroit de Feren.

— Nous avons trop peu d'hommes pour subir une attaque de front, constata Jolar.

— En effet, ajouta Géras, si seulement la ville était retranchée derrière une muraille, nous aurions une chance. Il nous faut construire une barricade, au moins sur trois côtés, surtout du côté nord, d'où surgiront assurément les gobelins. Il ne faut absolument pas qu'ils pénètrent dans la ville, sans quoi toute défense sera impossible. Nous allons utiliser des chariots, des billes de bois, tout ce qui peut aider à bloquer l'accès à la ville. Jolar, pourrons-nous compter sur l'aide de tes prêtres lors des combats ?

— Bien sûr, tous les prêtres de Libra apporteront leur aide, de même que les novices. Par contre, ils possèdent peu de sorts offensifs pour la bataille et leur portée est limitée.

— Qui dirigera nos troupes ? demanda Géras, il nous faut un homme d'expérience. Depuis la mort du maître d'armes de la milice, les experts nous font cruellement défaut. Si Galior était parmi nous, ce serait le général idéal, il connaît tout, autant des prêtres que de la milice.

— L'homme que vous cherchez arrivera dans quelques minutes, intervint Feren en se levant de son siège. Aginor est en route, en compagnie d'Anton. Voilà l'homme d'expérience qu'il vous faut pour coordonner les miliciens et les prêtres. Pour ma part, je dois vous quitter à mon tour. Une idée a germé dans mon esprit. Je crois que je sais où quérir de l'aide. La route est longue et je dois partir tout de suite pour être de retour avant la bataille.

– Combien d'hommes pensez-vous pouvoir ramener ? demanda le baron.

– Hommes ? Qui a parlé d'homme, répondit le magicien, un sourire énigmatique accroché aux lèvres.

Il ne prit pas le temps d'apporter plus de précisions. Il tourna les talons et quitta la pièce, le bout de son bâton de marche claquant contre les dalles de pierres. Léo plissa les yeux en observant le mage. Jolar remarqua qu'il se mordait les lèvres, probablement pour s'empêcher de tenir des propos désobligeants à l'égard de Feren, qu'il savait être son ami.

– Savez-vous de quoi il parle, grand prêtre ? s'enquit Géras.

– Je crois m'en douter, souhaitons qu'il réussisse…

Autre silence, chacun s'attendant à une explication de Jolar qui ne vint jamais.

– Nous devons avertir la population et organiser notre défense, reprit Géras. Je m'occupe de répandre la nouvelle ; des crieurs sillonneront la ville dans l'heure. Serenon, peux-tu mettre sur pied un groupe qui s'occupera d'amasser le plus de vivres possible et verra à recruter des gens pour le ravitaillement des soldats, le transport des blessés au temple ou aux prêtres les plus proches, le rationnement de la nourriture et de l'eau potable ?

— Pas de problème, je m'en occupe.

— Je vais coordonner l'érection des défenses de la ville, dit Léo.

— Et moi ? coupa Papis. De quoi puis-je m'occuper ?

— Il nous faut récolter toutes les armes et armures pouvant nous servir. Faites le tour de la ville, frappez à toutes les portes. Il nous faut des arcs, des flèches, des épées, des boucliers, etc. De mon côté, je vais réquisitionner tous les forgerons et autres personnes pouvant réparer ou fabriquer des armes.

— Voilà, au travail, conclut Jolar. Je dois préparer mes prêtres pour les épreuves à venir. Hâtons-nous, chaque minute est précieuse.

— Nous allons vous aider, lança Dora en se levant rapidement, imitée par Seyla. Elle oublia Jack, toujours perché sur son épaule, qui battit frénétiquement des ailes pour maintenir son équilibre.

— Monsieur Géras, dit Seyla, je peux affirmer, sans fausse modestie, que je suis une bonne archère. Je connais aussi tout de la fabrication des flèches. Peut-être pourrais-je aider vos miliciens, nous aurons sûrement besoin d'un grand nombre de projectiles.

— Parfait, merci de votre offre généreuse. Suivez-moi, je vais vous guider jusqu'aux baraquements où je vous présenterai le sergent Travis, il est responsable de l'équipement.

Tous les membres du conseil quittèrent la salle en hâte pour s'acquitter de leurs tâches. Seuls Jolar et Dora demeurèrent sur place.

— Les perspectives ne sont pas très encourageantes. Y a-t-il quelque chose de plus que nous puissions faire ? demanda la prêtresse.

— Tu dois t'attendre à une telle réponse d'un prêtre : la seule option qu'il nous reste, c'est de prier.

CHAPITRE XIV

PAIX DANS LES COLLINES

alior tournait sa chope de bière, les yeux fixes, perdu dans ses pensées. Il attendait avec impatience le rapport des éclaireurs sur le déplacement des gobelins dans les collines. Il n'était pas homme à se laisser gagner par l'oisiveté. Depuis près d'une semaine, ses troupes et lui demeuraient confinés aux cavernes des nains, hormis quand le guerrier amenait les siens en expédition pour leur changer les idées et les garder sur le qui-vive. Pendant cet intervalle, jamais ils ne rencontrèrent le moindre gobelin. Galior en était satisfait pour ses amis nains, qui pouvaient enfin souffler un peu, pour la première fois depuis plus de deux années. Par contre, il désirait que ses guerriers acquièrent de l'expérience au combat en affrontant l'ennemi, mais depuis leur arrivée dans les collines et l'assaut où ils étaient venus en aide aux nains de Gorax, ils n'avaient eu que deux petites escarmouches avec les envahisseurs, remportées haut la main. C'était nettement insuffisant pour compléter l'enseignement au combat des miliciens de Riga. Galior envisageait un imminent retour en ville. Tout dépendrait du dernier rapport des éclaireurs qui sillonnaient les collines à la recherche des gobelins. Le bon côté était

qu'il n'avait perdu que trois soldats depuis le début des escarmouches, mais le guerrier demeurait convaincu que c'était trois morts de trop. Il était conscient que les pertes de vie ne pouvaient être évitées. Il savait également qu'ils reviendraient moins nombreux. Pourtant, aucun argument ne parvenait à calmer sa conscience. Il se considérait comme responsable de ces morts et priait Libra pour qu'elle lui pardonne. Chaque soir, dans son lit, il revoyait les combats où ceux-ci avaient été terrassés et tentait d'imaginer une stratégie qu'il aurait pu appliquer pour éviter ces décès. Que dirai-je à leurs familles à mon retour en ville ? pensait-il plus souvent qu'il n'était nécessaire.

Une violente tape dans le dos faillit lui faire échapper sa chope et le tira de ses rêveries. Gorax s'assit en face de lui, l'observant en silence de sous ses épais sourcils en broussailles. Galior lui adressa un sourire qui n'éclaira pas son visage.

— Les éclaireurs sont-ils de retour ? demanda le guerrier blond.

Gorax se contenta de secouer la tête, tout en continuant d'observer son ami. Inconfortable face au regard scrutateur du nain, Galior prit une gorgée de bière. Le silence continua de planer quelques autres secondes, jusqu'à ce que ce dernier n'en puisse plus.

— Qu'y a-t-il ?

— Je pourrais te retourner la question, répondit le nain sans baisser les yeux.

– Que veux-tu dire ?

– Depuis quelques jours, tu es pensif et peu loquace. Je ne te connais pas depuis très longtemps, pourtant, je peux reconnaître que tu es préoccupé. Serait-ce que tu t'ennuies de Riga, d'une fille qui t'y attend ?

– Non, rien de tel, dit Galior en riant. Je vais très bien, ne t'en fais pas. Je n'ai pas encore trouvé l'âme sœur, personne ne m'attend à Riga.

Le nain ne parut pas convaincu de la réponse de Galior.

– Je ne sais pas ce qui te trotte dans la tête, reprit le nain, mais force est de constater que tu n'es pas dans ton assiette, même tes hommes l'ont remarqué.

Galior parut surpris par cette déclaration.

– Oh ! bien sûr, ils tentent de ne rien laisser paraître, mais ils en discutent.

Le guerrier reprit une gorgée de sa bière devenue tiède.

– Je me demande s'il ne vaudrait pas mieux que nous retournions à Riga, commença-t-il. Mes hommes n'ont pas vu beaucoup d'actions ces derniers jours. Nous ne faisons que boire, manger vos vivres et abuser de votre hospitalité.

– Si un nain t'invite à demeurer chez lui, c'est qu'il est prêt à t'offrir avec plaisir le gîte et le couvert aussi longtemps que nécessaire. Notre thain vous a lui-même offert son hospitalité, tu n'as donc pas à t'en soucier. Nous sommes heureux de vous compter parmi nous.

Galior hocha la tête et termina sa bière d'un trait en grimaçant.

— Je n'ai jamais aimé la bière tiède, s'excusa-t-il au nain. Pourtant, il s'agit de la meilleure bière que j'ai bue jusqu'ici.

Gorax demeura silencieux. Il sentait que Galior se préparait à lui livrer le fond de sa pensée. Il attendit patiemment qu'il se sente prêt.

— En fait, commença le guerrier de Riga en gardant les yeux rivés au fond de sa chope vide, je me sens responsable de la mort de mes trois miliciens. Je suis sûr que ces pertes de vie auraient pu être évitées si j'avais opté pour une stratégie de combat différente. Je sais que la perte de trois soldats représente bien peu bien peu considérant les batailles livrées, n'empêche que j'ai des remords.

— C'est donc ça qui te tracasse. Écoute, tu es leur chef, donc c'est à toi de prendre les décisions. Tu aurais pu en prendre de meilleures, mais tu aurais tout aussi bien pu en prendre des pires. C'est normal de se remettre en question et c'est même souhaitable ; toutefois, il te faut endurcir ton cœur. Pas question de ne plus rien ressentir lorsqu'un des tiens périt, mais il faut garder la tête froide lorsque c'est le temps de prendre des décisions. Il faut que tes hommes sentent que tu as confiance en tes moyens et que tu sais parfaitement comment réagir, peu importe la situation. Crois-moi, tu as fait ce qu'il fallait lors de chacune de tes sorties. Je n'ai jamais connu un général si jeune dirigeant ses hommes avec autant d'habilités que toi. Allez, cesse de t'en faire, la vie est trop courte.

Galior haussa les épaules et parut un peu soulagé de l'appui que lui apportait Gorax.

Des bruits de course se firent entendre et les deux amis se retournèrent, alors qu'un jeune nain à la barbe naissante arrivait à leur table, le souffle court. Il lui fallut quelques secondes avant de pouvoir livrer son message.

— Les éclaireurs sont revenus il y a quelques minutes.

— Pourquoi n'ai-je pas été avisé sur-le-champ ? tonna Gorax.

— Ils possédaient des informations très importantes qu'ils devaient livrer directement au thain sans plus attendre. Ce dernier m'a envoyé vous chercher tous les deux. Il souhaite vous rencontrer immédiatement dans ses quartiers.

— Bien, merci, jeune Kigri. Allons-y, Galior.

— Entrez, messieurs, les invita Nodin, thain des clans de nains de la région.

Gorax et Galior demeuraient sur le pas de la porte, observant la scène. De chaque côté de Nodin se tenaient des gardes pointant leurs hallebardes vers une créature tremblotante, prosternée devant le chef des nains. Le gobelin était entravé aux pieds et aux mains. Ses longues oreilles pointues étaient tombantes, et son dos, voûté. Son front touchait presque l'épais tapis. Galior n'en avait jamais vu d'aussi chétif.

— Les éclaireurs sont revenus sous peu. Ils nous signalent que tous les gobelins semblent enfin battre en retraite et quitter les collines. Ils ont découvert cet individu se tenant à l'écart des autres. Je tenais à ce que vous soyez présents pour son interrogatoire.

— J'apprécie votre sollicitude, thain, dit Galior en se courbant légèrement en signe de salut.

— Gobelin, reprit Nodin, comprends-tu notre langue ?

La créature n'eut aucune réaction. Elle tremblait de tous ses membres, s'attendant à être trucidée à tout moment.

— Bon, ajouta le chef des nains. Si le gobelin ne parle pas notre langue, il ne nous est d'aucune utilité. Gardes, amenez-le à l'extérieur des portes. Que sa tête rejoigne celles de ces compatriotes au bout d'une pique.

– Non, gémit la créature d'une faible voix nasillarde, empreinte d'un fort accent. Je comprends langue un peu.

– Comment te nommes-tu ?

– Quazir est mon nom. Ne tuez pas Quazir.

– Que faisais-tu loin derrière tes frères gobelins ?

– Pas frères. Quazir pas de famille. Quazir toujours battu par plus gros gobelins. Suit de loin et rejoint les autres la nuit pour voler nourriture.

Le petit gobelin risqua un coup d'œil par en dessous pour considérer la pièce. Les gardes s'approchèrent et appuyèrent le bout en pointe de leurs hallebardes sur le coup du prisonnier, lui rappelant qu'il ne lui servait à rien de tenter de s'échapper. Quazir rebaissa la tête et recommença à trembler de peur. Nodin l'observait caressant les tresses de sa longue barbe grisonnante.

– Est-ce que les gobelins ont reçu l'ordre de quitter les collines ? demanda-t-il.

Quazir acquiesça.

– Plus de gobelins dans les collines. Collines pour les nains seulement.

– Regarde-moi, Quazir.

Le gobelin leva à contrecœur son regard sur les yeux d'acier du thain qu'il ne put soutenir que quelques secondes avant de couiner et d'abaisser à nouveau la tête.

— Regarde-moi, ordonna à nouveau Nodin d'une voix forte.

Quazir obéit, tremblant et bavant de peur.

— Je pense que nous allons te tuer. Donne-moi une raison de m'en empêcher.

Le regard du gobelin se promenant de gauche à droite, cherchant un argument qui lui sauverait la vie.

— Quazir pas dangereux. Quazir va quitter les collines et ne jamais revenir, dit la créature en forçant un sourire qui dévoila ses crocs.

Nodin secoua la tête.

— Il te faudra trouver mieux que ça pour avoir la vie sauve.

Les yeux rouges du gobelin s'éclairèrent en raison de l'idée qui venait de germer dans sa tête.

— Quazir peut vous dire ce que feront les gobelins et pourquoi ils quittent les collines. Ils veulent revenir.

— Je t'écoute.

— Le nouveau roi Grinash a envoyé messagers. Les gobelins doivent quitter collines et rejoindre immense armée.

Il jeta un regard de côté en direction de Galior avant de poursuivre.

– Grinash va attaquer les hommes avec ses amis d'abord, puis, encore les nains dans les collines.

– Quand va-t-il attaquer les hommes et où ? le questionna Nodin.

– Sais pas quand, où non plus, juste qu'il veut attaquer gros village.

– Qui sont les amis de Grinash dont tu parles ?

– Sais pas. Quazir a entendu des gobelins parler. N'ont rien dit de plus.

Le thain demeura songeur.

– Jetez-moi cette vermine en prison pour le moment, nous verrons après.

Les gardes soulevèrent facilement le gobelin et l'entraînèrent hors de la pièce.

– Qu'allez-vous faire de lui ? demanda Galior.

– Le laisser croupir en prison jusqu'à ce qu'il meure, probablement. Je n'ai aucune pitié pour de tels pleutres.

Galior se força à ravaler ses commentaires, la réponse de Nodin allant à l'encontre de ses principes, parfois trop chevaleresques. De plus, les propos du gobelin l'inquiétaient.

– Je me demande si ce que nous a affirmé ce gobelin est vrai. Si oui, je crains pour ma ville, ajouta froidement Galior. Elle ne compte que peu de miliciens pour la défendre.

— Il est fort possible que ce gobelin ait été mis sciemment sur la route de nos éclaireurs pour nous laisser croire que les gobelins se retiraient des collines. Qui sait, peut-être préparent-ils une offensive majeure et ils souhaitent éloigner Galior et ses hommes, intervint Gorax.

— J'en doute fort, répondit Nodin. La subtilité et la ruse ne sont pas dans la nature des gobelins. Je serais porté à croire Quazir.

— Dans ce cas, thain, je vous demande la permission de quitter vos cavernes pour retourner à la ville, je ne veux pas prendre de chance, ajouta le guerrier en tentant de maintenir une attitude posée devant le chef des nains.

— Vous n'avez pas à me demander la permission, vous pouvez partir quand vous voulez. Le soleil va se coucher dans moins de deux heures. Passez encore la nuit ici. Vous partirez au matin, frais et prêts pour la longue chevauchée.

Galior hésita. Il désirait retourner au plus tôt à Riga ; d'un autre côté, il était très périlleux pour les chevaux de se frayer un chemin parmi les roches et les crevasses la nuit.

— D'accord, acquiesça Galior en poussant un soupir. Je vais aller prévenir mes hommes pour qu'ils se préparent.

— Nous allons vous fournir des vivres pour votre voyage de retour.

Galior s'inclina et quitta la pièce, en proie à de fortes appréhensions.

※

L'aube vit les cavaliers de Riga impatients, montés sur leurs chevaux, aux grandes portes des cavernes. Leurs armures étincelaient de mille feux. Ils étaient prêts à partir. Galior n'attendait plus que Gorax et Nodin, qui devaient venir les saluer. Le thain ne se fit pas attendre. Escorté par une douzaine de guerriers, il s'approcha de la colonne de cavaliers et de leur chef.

– Guerriers de Riga, je tiens à vous remercier pour l'aide que vous nous avez apportée. Vous avez combattu avec honneur et courage aux côtés des miens et nous ne l'oublierons pas. Chacun de vous sera toujours le bienvenu dans nos cavernes. Grâce à nos efforts conjugués, nos collines ont probablement été libérées pour de bon des gobelins. Le Clan du poing de pierre pourra à nouveau prospérer, lui qui a été durement éprouvé.

Il se tourna ensuite vers Galior.

– Un merci tout particulier à toi, Galior, pour ton initiative d'accourir à notre aide, accompagné des tiens. Tu es un bon chef, et à ce qu'on raconte, un très bon combattant. Dis aux dirigeants de Riga que leurs émissaires seront bien reçus et que nous écouterons avec intérêt les offres de commerce qu'ils nous proposeront.

— Merci à vous, thain, de nous avoir permis de combattre auprès de vos courageux guerriers, nous avons beaucoup appris d'eux, et merci aussi pour votre hospitalité hors pair.

Nodin inclina la tête.

— Je n'ai pas de cadeaux ni d'or à vous donner pour vous remercier, poursuivit-il. Comme vous le savez, cette longue guerre a été coûteuse pour le clan. Néanmoins, je tiens à vous témoigner ma gratitude d'une manière toute particulière.

Il frappa des mains et les hommes de Riga virent sortirent de la caverne une troupe d'une quarantaine de nains, armés de pied en cap, avançant en cadence. À leur tête se tenait fièrement Gorax.

— Cette troupe de nains, principalement formée de nos frères dont vous avez sauvé la vie lors de votre arrivée dans les collines, va vous escorter hors des limites du territoire du Clan et même au-delà, reprit le thain. Gorax sera leur chef. Je lui donne carte blanche pour prendre les mesures qu'il jugera nécessaires. Si les propos du prisonnier s'avèrent exacts, il pourra, s'il le désire, se joindre aux forces de Riga pour repousser l'ennemi.

— Je ne sais comment vous remercier, dit Galior. C'est plus que je n'aurais osé imaginer. Riga saura reconnaître une telle magnanimité.

— J'y compte bien. Je ne voudrais pas vous devoir quelque chose quand vos émissaires se présenteront, ajouta Nodin en faisant un clin d'œil à Galior. Traitez bien mes nains et ils vous le rendront. C'est un rare présent que je vous accorde.

— J'en suis conscient, thain, merci, conclut Galior en le saluant. Nous allons maintenant quitter vos magnifiques cavernes, une longue route nous attend. À bientôt, j'espère.

Sur ses mots, Galior se mit en selle et ordonna à ses hommes de prendre position. Les cavaliers de Riga se placèrent sur deux colonnes. Les nains de Gorax vinrent en former une troisième. Olson, le jeune prêtre de Libra, se positionna près de Galior qui signala à la troupe de se mettre en route. Les sabots des chevaux et les bottes cloutées des nains résonnèrent sur les pierres du défilé. Olson se retourna pour admirer une dernière fois l'immense statue à l'entrée de la caverne.

— Je n'ai jamais rien vu d'aussi beau, affirma-t-il, plein d'admiration.

Il se retourna sur sa selle et, après quelques secondes, s'adressa à Galior.

— Croyez-vous cette histoire ? Pensez-vous que les gobelins attaqueront Riga ? Savez-vous combien ils sont ?

Galior se contenta de sourire. Il se doutait bien qu'il serait assailli de mille questions tout au long de trajet, mais il s'en souciait peu. Il appréciait la curiosité et la fougue du jeune prêtre qui le désennuyait.

CHAPITRE XV

PREMIÈRE BATAILLE

 ans les jours qui suivirent, les heures de sommeil furent rares pour la plupart des habitants de Riga. On se préparait fébrilement à l'éventuelle attaque de la ville. La plupart des gens œuvraient à l'érection des défenses. Ce n'était pas une tâche facile, car la cité s'étendait en tous sens, nullement restreinte par quelque enceinte que ce soit.

Léo, le vieil apothicaire, avait hérité de la responsabilité des barricades. Il n'y connaissait rien, mais avait su s'entourer de gens compétents tels que des menuisiers et des maçons d'expérience qui dirigeait les travaux. Ils avaient concentré leurs efforts sur la face nord de la ville, là d'où arriverait probablement l'armée ennemie. Cette portion, maintenant complétée, se formait de chariots retournés, d'immenses pierres et de poutres de bois, même de troncs d'arbres. Une barrière, située au centre, permettait aux miliciens de sortir de la ville. Les citadins avaient même creusé une profonde tranchée en périphérie de l'agglomération. Les travaux sur les côtés est et ouest avaient débuté et pourraient être achevés dans environ deux autres jours.

À l'intérieur de Riga, les miliciens les plus expérimentés prodiguaient des leçons accélérées de maniement d'armes aux hommes et femmes ayant décidé de s'enrôler. Le même scénario se répétait au temple, où les novices tentaient d'apprendre à la hâte des sorts de guérisons et de paralysie qu'ils ne maîtrisaient pas encore. Des quantités phénoménales de nourritures furent rassemblées et stockées dans le temple. C'est de là que la distribution serait gérée par Serenon, le scribe, qui notait minutieusement chaque sac de grain et chaque miche de pain qui y entrait. Il fallait envisager la possibilité que cette bataille s'étire et dure plusieurs jours.

Sérénon inscrivit l'arrivée de trois vaches en hochant la tête ; elles fourniraient une partie du lait et peut-être même de la viande. Il se gratta le nez de ses doigts pleins d'encre, propageant ainsi les taches sur son visage. Le scribe voyait bien les victuailles arriver de façon régulière, mais en nombre qu'il jugeait insuffisant.

– Nourrir les gens de la ville pour une période de plusieurs jours avec ce que nous avons récolté est déjà limite, avait-il confié à Géras et à Jolar. Si nous devons en plus nous occuper des fermiers et des villageois des environs, nous n'y arriverons pas, affirma-t-il.

Jolar comprenait ses préoccupations et il se fiait à ses calculs. Il avait été témoin des processions de paysans et de fermiers, pénétrant dans la cité pour y chercher refuge. La nouvelle d'une éventuelle attaque s'était propagée comme une traînée de poudre. Il fallait non seulement penser à nourrir ces malheureux, qui souvent, n'arrivaient qu'avec bien peu, mais aussi les loger et s'assurer de la salubrité de la ville, malgré le surplus de population.

– Nous ferons au mieux, avait répondu le grand prêtre au scribe, en lui posant une main amicale sur l'épaule. Nous ne pouvons refuser l'asile à ces pauvres gens.

Géras et Jolar étaient particulièrement fiers de leurs concitoyens et fidèles. Tous participaient aux préparatifs avec empressement et sans se plaindre. Le tout se faisait dans une atmosphère de calme relatif, compte tenu des circonstances. Ils n'auraient jamais pu prévoir qu'il y ait tant de courageux parmi eux. Les deux hommes avaient déjà vu maints combats et ils savaient pertinemment que cette bravoure serait bientôt mise à rude épreuve.

✳

La première bonne nouvelle parvint aux gens de Riga le lendemain, en début d'après-midi. Un éclaireur galopa jusqu'à la barricade du côté est et annonça que Derek et le baron de Huntington arriveraient en ville dans l'heure.

Tel qu'annoncé, la poussière soulevée par les hommes du baron fut bientôt visible par les guetteurs.

Applaudis et hélés de toute part, les hommes pénétrèrent dans la cité où les accueillirent Géras et Jolar, qui se quittaient rarement ces derniers jours, occupés à coordonner efficacement leurs efforts. Les gens s'appuyaient beaucoup sur ces deux figures solides et expérimentées pour leur donner courage et leur prodiguer des conseils.

Trente-cinq hommes se greffèrent donc aux quelque deux cent cinquante miliciens dans les baraquements. De ce nombre, plus de soixante-dix étaient de nouvelles recrues fraîchement enrôlées. Les hommes du baron de Huntington se composaient de cavaliers à l'armure de cuir légère, armés d'épées, de fantassins et d'archers aux arcs courts, fabriqués d'ifs.

Jolar et Géras invitèrent le baron à résider au temple, où seraient prises les décisions importantes. Le baron accepta et les suivit à l'intérieur, accompagné de Derek. Il leur assura que ses hommes étaient prêts au pire et qu'ils ne devaient pas hésiter à les lancer dans la mêlée.

— Il n'y a pas un de mes hommes qui ait été contraint à me suivre, ajouta fièrement le baron. Ils connaissent tous les dangers d'une bataille et sont conscients que certains d'entre eux risquent de ne jamais revoir leurs familles, mais ils sont prêts à réaliser ce sacrifice pour que la justice triomphe.

Derek réprima un petit sourire. Le baron n'avait pas changé, toujours à se lancer dans des déclarations aux accents mélodramatiques. Il savait toutefois que l'homme était sincère et brave. Il ne mettait absolument pas en doute sa parole ; d'ailleurs, il avait été témoin de la convocation des hommes et le baron leur avait clairement expliqué la situation en prenant soin de spécifier que la décision de se joindre à lui pour aider Riga leur revenait entièrement. Les personnes refusant de participer ne seraient pas prises à partie. *Après tout, c'est de votre à vie dont il s'agit et je serais incapable de vous exposer à de tels dangers sans votre consentement,* avait-il précisé. Tous les hommes présents avaient immédiatement accepté l'offre du baron.

— Baron ! cria un jeune messager d'environ une dizaine d'années.

— Oui, répondirent simultanément le baron de Huntington et Géras en se tournant vers le garçon.

Le pauvre regarda les deux hommes tour à tour, confus. Géras éclata de rire.

— Je crois que c'est à moi que ce jeune homme veut s'adresser, dit-il avant de s'excuser auprès du vrai baron. Voyez-vous, on me surnomme baron, ici. Je n'ai pourtant aucun droit à ce titre.

Il se retourna ensuite vers le garçon et lui parla avec douceur, mais de façon très claire.

— Je veux que tu dises à tous les messagers qu'ils ne doivent pas m'interpeller du nom de baron.

Ce titre est réservé au baron de Huntington ici présent. Vous devrez vous adresser à moi en m'appelant Géras, tout simplement. C'est compris ?

Le garçon hocha la tête, alors que ses joues et la pointe de ses oreilles s'empourpraient.

— Maintenant, livre-moi ton message.

— Les éclaireurs viennent d'arriver à la barrière nord et ils ont des nouvelles de l'armée de gobelins.

— Très bien, demande-leur de venir ici et fais aussi mander les autres membres du conseil immédiate-ment par d'autres messagers.

Le garçon quitta les lieux sans aucun salut, courant aussi vite qu'il le pouvait.

— Baron, Géras, suivez-moi, nous allons nous diriger à la pièce où nous tenons conseil. Derek, aurais-tu l'amabilité d'accueillir les membres du conseil à leur arrivée et de les guider à la salle de décisions ?

— Je m'en charge, grand prêtre, comptez sur moi.

❖

— Alerte, troupe en vue, cria l'un des guetteurs du haut d'une des tours sommaires érigées en hâte aux quatre coins des barricades.

— Déjà, se dit Jolar, les éclaireurs nous avaient assurés qu'ils n'arriveraient pas avant ce soir.

Les habitants de Riga ne tardèrent pas à réagir. La milice fut rapidement avertie et les troupes se disposèrent à la barrière nord. Derrière eux se tenaient une douzaine d'archers, dont Seyla et Derek faisaient partie. Aginor criait ses ordres à ses hommes, enjoignant les archers d'attendre son signal avant de décocher leurs flèches. Ailleurs, les citoyens couraient en tous sens, gagnant les positions qui leur avaient été préalablement assignées.

Jolar échangea un sourire avec Géras, fier des habitants de la cité. Plusieurs des prêtres du temple se tenaient à l'arrière des archers, leurs robes maculées, brillant au soleil matinal. Dora, de son côté, s'était précipitée au haut de la tour de guet. Sa vue elfique, plus perçante, parvenait à discerner les silhouettes qui s'avançaient. Elle reconnut les deux personnes, marchant à l'avant de la troupe, et un sourire éclaira son visage.

– Ouvrez la barrière ! cria-t-elle. Ce n'est pas l'ennemi qui se présente à nos portes, mais des alliés. Les hommes de Gaubourg ont répondu à notre appel.

Aginor donna l'ordre d'ouvrir la barricade. La tension baissa de plusieurs crans parmi les miliciens. Derek et Dora se précipitèrent à l'extérieur du paramètre sécurisé pour accueillir les renforts. Le nain, qu'on nommait le mercenaire, arrivait le premier, flanqué de Jérémie Des Combes. C'est avec leur aide que les champions de Libra étaient parvenus à chasser les Noctiari de la ville qu'ils tenaient sous leur joug. Adolescent, Jérémie avait dû quitter Gaubourg après que les Noctiari eurent tué sa famille et pris possession de leur manoir ancestral. Bien des années plus tard, il était revenu sous les traits d'un barde itinérant, cherchant l'occasion de venger sa famille et de chasser l'oppresseur. Avec l'aide du mercenaire (on ne lui connaissait pas d'autre nom) et avec l'arrivée des champions de Libra, ils parvinrent à soulever la population et à chasser les Noctiari. À la suite de ces événements, Jérémie avait été nommé maire de la ville. Le taciturne mercenaire demeurait à ses côtés, s'assurant du respect de l'ordre et la loi.

Jérémie accepta de bon gré l'accolade que lui firent Dora et Derek, alors que le nain demeurait les sourcils froncés, se contentant d'affirmer au couple qu'il était heureux de les revoir, rougissant face à ce qu'il considérait comme un excès d'effusions sentimentales. Il s'empressa d'amener la discussion sur un terrain qui lui convenait davantage.

— Soixante hommes de Gaubourg nous ont suivis, dit le nain avec fierté, en désignant du pouce, par-dessus son épaule, les miliciens au garde-à-vous derrière lui.

— Merci, répondit Derek. Votre aide est la bienvenue. Même avec vos hommes, nous devrions être inférieurs en nombre, si nos estimations sont exactes.

— Dites-moi, intervint Jérémie. Où sont Galior et Feren ?

— Galior est chez les nains du Clan des poings de pierre.

Dora nota que le mercenaire semblait surpris par cette affirmation, mais il n'émit aucun commentaire.

— Nous les attendons avec impatience, ses hommes et lui, poursuivit l'éclaireur. Quant à Feren, il est parti chercher de l'aide, mais personne ne sait où.

— Je lui fais confiance, il sera de retour pour le combat, ajouta le maire de Gaubourg.

— Parlant de combat, coupa le nain, nous avons peu de temps devant nous. Nous avons dû contourner l'armée de gobelins pour parvenir à vos portes. Nous avons pressé le pas tant que nous avons pu, mais je crains qu'il ne reste pas plus de deux heures avant l'arrivée de l'armée ennemie.

— Dans ce cas, reprit Dora, hâtons-nous de franchir les barricades. Nous vous présenterons Aginor, commandant de nos forces, de même que Jolar, le grand prêtre de l'Église de Libra, et les autres dirigeants de la ville, qui tiendront à vous rencontrer pour vous remercier en personne.

— C'est la moindre des choses après ce que vous avez fait pour notre ville, conclut Jérémie. J'aurais souhaité venir avec plus d'hommes, mais votre appel nous a un peu pris de court. Nous ne voulions pas non plus laisser Gaubourg sans hommes d'armes.

— Nous comprenons très bien, allez, suivez-moi, poursuivit l'elfe. Allons nous reposer et nous rafraîchir, alors que nous en avons encore le loisir.

Le mercenaire avait dit vrai. Moins de deux heures après qu'ils eurent franchi la barrière nord de Riga, les guetteurs annoncèrent l'arrivée des gobelins. Tous prirent position, prêts à défendre la ville au prix de leur vie. Dora, toujours juchée sur une des tours, scrutait les rangs ennemis, tentant de récolter des informations pouvant les aider. Aginor se tenait à ses côtés.

— Je distingue beaucoup de gobelins. Difficile d'estimer leur nombre, mais je me risquerais pour cinq cents, au moins quatre cents. J'aperçois aussi des humains en petit nombre et je reconnais quelques zombies à leur démarche erratique. Ils ne forment pas les rangs pour attaquer, mais l'armée semble prise de frénésie. Des gobelins courent dans tous les sens.

Ces remarques étaient relayées le long des rangs. La prêtresse observa un long moment de silence, ses yeux perçants ne quittant pas l'ennemi.

— Ils dressent des mâts, ajouta-t-elle. Je ne sais pas pourquoi. Quelques rangs de gobelins se forment face à nous, mais ils ne semblent pas enclins à lancer une attaque.

— Ils montent des tentes, je parie, affirma Aginor. Ils vont ériger leur camp. Ils sont sûrement épuisés par leur longue marche et ne souhaitent pas attaquer avant d'avoir pris un peu de repos.

— Ne devrions-nous pas exploiter leur fatigue ? demanda le baron de Huntington. En profiter pour effectuer une sortie et les attaquer ?

Aginor poussa un soupir.

— C'est ce que mon cœur souhaite, mais ma raison m'enjoint de m'abstenir. Même s'ils sont fatigués, ils comptent quand même beaucoup plus de guerriers que nous. En les attaquant à leur camp, nous ne pourrions utiliser efficacement nos archers et la magie à distance de nos prêtres. N'oublions pas qu'ils ont probablement au moins un magicien parmi eux. Non, je crois qu'il est préférable d'attendre, tapis derrière nos retranchements.

Le vieux guerrier poussa un juron, se souciant peu de froisser les autres près de lui, avant de poursuivre.

— Et Feren et Galior qui ne sont toujours pas de retour. Ce sera une nuit longue. Nous devons espérer que le lever du soleil nous apportera de bonnes nouvelles.

Les ombres s'allongeaient langoureusement dans les rues de Riga, s'étirant d'aise avant de se retirer et de céder leur place à la blanche lumière de l'aube. Ces premiers rayons pointant horizontalement de l'est donnèrent le signal de l'assaut pour l'envahisseur.

Les défenseurs virent l'armée adverse s'avancer au son des tambours de guerre qui rythmaient leurs pas. Les vibrations du sol se répercutaient jusque dans la ville, où l'on attendait avec appréhension, mais calme, l'assaut de l'ennemi. Les hommes de Riga ne demeurèrent pas longtemps retranchés derrière leurs barricades. La plupart des fantassins franchirent la barrière nord et vinrent se masser devant elle ; les cavaliers se scindèrent en deux groupes, chacun allant prendre place de chaque côté des soldats, prêts pour une intervention rapide, là où leur chef le jugerait nécessaire. Le contingent ouest était mené par le baron de Huntington, et celui à l'est, par le milicien Travis de Riga. Le mercenaire avait préféré se joindre aux forces du centre, composées de fantassins, alors que Jérémie se préparait, avec une poignée d'homme, à aller recueillir les premiers blessés sur le champ de bataille.

Aginor avait enfourché un cheval. Il tira sa longue épée avant de trotter le long des lignes pour donner ses dernières recommandations. Dans leurs rangs se tenaient Derek et Dora, qui tenaient à combattre côte à côte, de même qu'une poignée de prêtres.

Les archers, dont Seyla faisait partie, se placèrent avec d'autres prêtres derrière les barricades. Jolar, encore plus en retrait, dirigeait ses ouailles, accompagné d'Anton, qui ne tenait plus en place.

– Grand prêtre, dit le jeune homme pour une troisième fois, d'un ton suppliant. Je vous prie de me laisser aller rejoindre mon père et mes amis au combat. Je ne suis que peu utile à me cacher ici, à l'arrière.

– Tu auras sûrement ta chance bientôt. Pour l'instant, contente-toi de lancer les sorts à longue portée que tu connais, tu n'as pas été formé pour les combats au corps à corps.

Anton dut se résoudre à ronger son frein. Il poussa un profond soupir, exaspéré, et entreprit d'arpenter, de long en large, la ligne des archers et des prêtres.

L'armée de gobelins avançait lentement, mais inexorablement. La noirceur de leurs rangs obscurcissait progressivement une grande partie de la plaine, tel un membre gagné par la gangrène. Les défenseurs purent finalement discerner le visage de leurs adversaires. Les premiers rangs étaient formés d'hommes à l'air hagard, la tête ballottante, qui titubaient et peinaient à garder la cadence imposée par les batteurs de tambours. Des zombies, une cinquantaine au total, subiraient le premier choc. Derrière eux s'étendaient des centaines et des centaines de gobelins qui parvenaient difficilement à garder leur formation, chacun tentant de dépasser celui qui se tenait devant lui ; ils semblaient pressés de goûter au sang des hommes de Riga, que leurs chefs leur avaient promis. Quelques hommes parmi eux tentaient de les ramener à l'ordre et de leur imposer un minimum de discipline. Ceux-ci portaient tous le même emblème sur leurs armures, le Croissant argenté, symbole des Noctiari. Un peu en retrait se tenait une poignée d'hommes vêtus de robes noires, sur lesquelles la faux, représentant leur allégeance à Culcuth, le dieu de la mort, était brodée de fil d'or.

La barrière du côté nord de Riga était demeurée ouverte, dans l'éventualité d'une retraite, d'une sortie des archers et des prêtres, de même qu'une poignée de fantassins gardés en réserve. Ces derniers se composaient pour la plupart d'adolescents et de vieux hommes.

Les zombies ne se trouvaient plus qu'à une trentaine de mètres. Aginor leva son épée et attendit. Les morts-vivants étaient à portée de ses archers, mais ceux-ci ne constituaient pas la cible de leurs flèches.

— Encore quelques secondes, se dit Aginor, l'épée toujours dressée.

Finalement, d'un geste vif, il abaissa son arme et des douzaines de flèches s'envolèrent, alors qu'autant de cordes d'arc chantèrent. Leur trajectoire atteignit son zénith devant les guerriers de Riga, avant d'amorcer leurs descentes mortelles. Les projectiles survolèrent les rangs des morts-vivants et atterrirent parmi les gobelins. Plusieurs furent blessés et certains périrent. Des cris de haine s'élevèrent parmi les monstres, qui n'en continuèrent pas moins leur progression.

L'odeur putride des zombies assaillait maintenant les narines des guerriers de Riga à mesure qu'ils se rapprochaient. Quinze mètres les séparaient... Dix mètres... Cinq...

— Pour Riga et pour Libra, à l'attaque ! cria Aginor en lançant son cheval à l'assaut, alors qu'une autre volée de flèches décimait les premiers rangs des gobelins.

Une grande clameur s'éleva et les hommes de Riga chargèrent. Les zombies ne pouvaient rivaliser de vitesse avec les soldats qui les piquaient de leurs lances, tranchaient leurs membres avec le fil acéré de leurs épées, les transperçaient à grands coups d'estoc. Les hommes se battaient avec abandon, conscient que la sécurité de leurs proches impliquait forcément une victoire de leur part.

Les zombies subirent les coups sans fléchir. La douleur leur était inconnue et tant qu'ils possédaient un membre attaché à leur corps, ils attaquaient, griffaient et mordaient, animés d'une force qu'ils ne possédaient pas de leur vivant. Aginor vit avec horreur l'un des zombies se qui se traînait sur le sol, les deux jambes sectionnées, agripper un des soldats par l'arrière et le faire trébucher. Ses dents noircies et branlantes s'enfoncèrent ensuite dans la gorge du malheureux, dont les cris s'étouffèrent dans un gargouillement de sang. Ayant subi des dégâts trop importants, certains morts-vivants tombaient pour ne plus se relever. Il y en eut malheureusement trop peu.

L'avancée des soldats de Riga s'atténua, puis elle fut complètement freinée, alors que les gobelins se jetaient à leur tour dans la mêlée, faisant fi des flèches qui s'abattaient toujours parmi eux. Ces créatures ne s'avérèrent pas être de bons guerriers, mais leur nombre compensait amplement leur manque d'efficacité au combat. Les gens de Riga cédèrent du terrain petit à petit, et bientôt, ils furent débordés.

Une charge des deux maigres unités de cavalerie vint soulager la pression exercée sur les fantassins, mais l'effet fut de courte durée. L'espoir leur vint des quelques prêtres de Libra, mêlés aux guerriers, menés par Dora. Jusqu'à présent, ils avaient lancé des sorts de paralysie et des jets de feu, causant un certain émoi chez les gobelins.

— Prêtres de Libra, cria-t-elle en brandissant son poing droit d'où émanait une lueur blanche. À nous les zombies, enlevons cette épine du pied de nos amis afin qu'ils se concentrent sur les gobelins.

Pendant que Dora regroupait les prêtres, Derek se tenait devant elle, l'air farouche ; l'épée courte dans la main droite et son long couteau dans la gauche, il défiait l'adversaire de s'approcher de sa bien-aimée. Celle-ci lui prit l'épaule.

— Cours avertir Aginor que ses hommes doivent, autant que possible, s'acharner sur les gobelins. Nous nous occupons des zombies.

Derek se retourna et son regard croisa celui de son épouse, qui y discerna un soupçon d'inquiétude. La prêtresse lui sourit et hocha la tête. Le jeune éclaireur repéra rapidement le commandant des forces de Riga, toujours dressé sur son cheval. Il n'était pas demeuré à l'écart, mais s'était jeté lui-même à corps perdu dans l'affrontement. Derek se fraya un chemin dans sa direction, semant la mort sur son passage dans un ballet morbide. Plusieurs zombies retournèrent à la terre sous ses coups et le sang de nombreux gobelins mouilla ses lames et éclaboussa son armure.

Momentanément, il perdit Aginor de vue, alors que son cheval s'effondrait aux mains de gobelins. Il fut soulagé de voir le vieux guerrier se redresser, et punir ceux qui avaient osé pourfendre sa monture. Derek parvint à le rejoindre et peu de gobelins ou de zombies purent résister à la fureur combinée des deux champions de Libra.

Dora et ses prêtres invoquèrent leur magie pour terrasser les morts-vivants. Seul leur toucher divin pouvait rompre le charme noir animant les corps décharnés. Les créatures d'outre-tombe tiraient leurs pouvoirs de l'intervention de Culcuth, via son émissaire sur terre, Korpak. Le pouvoir des deux dieux s'opposa, par personnes interposées, pour une première fois sur le champ de bataille, devant la cité de Riga.

Les prêtres firent du bon travail avec Dora à leur tête, éliminant plusieurs morts-vivants. Ils étaient toutefois trop peu nombreux et ils devaient s'approcher pour toucher leurs cibles, ce qui les rendait vulnérables. Trois d'entre eux tombèrent. Géras ordonna aux réserves, à l'intérieur des barricades, d'effectuer une sortie. Les archers tirèrent leurs épées et se jetèrent aussi dans la mêlée. Un peu à l'arrière, Jolar se retourna vers Anton pour lui demander d'aider à guérir les blessés qui commençaient à affluer, mais les mots moururent sur ses lèvres. Le garçon n'était plus à ses côtés.

Anton n'avait pu se retenir. En voyant l'intervention de Dora et des prêtres, il comprit qu'il pouvait faire une différence dans la bataille. Il dédia une courte prière à Libra et profita de la sortie des réserves pour quitter les confins des barricades, monté sur un cheval brun. Une lueur émana de tout son être, comme s'il se revêtait de la lumière du jour. Il chevaucha de long en large derrière les lignes. Chaque fois qu'il voyait un zombie, il tendait le bras et un jet lumineux quittait sa paume pour frapper le mort-vivant et le réduire en tas de cendre, que dispersait rapidement la brise de l'ouest.

De plus en plus, Anton brillait comme un minisoleil, instrument de la colère de la déesse qui sentait la noire présence de Culcuth près de son lieu de culte. Anton effectua plusieurs fois l'aller-retour derrière les lignes, détruisant la majorité des zombies. Emporté par l'ivresse de la bataille et ressentant le plein courroux de Libra, l'élu s'approcha trop de la ligne des combats. S'apercevant de l'imprudence de son fils, Aginor courut dans sa direction, Derek sur ses talons. Le cheval du jeune homme, peu habitué à ce genre de mêlée, prit peur lorsque trois zombies l'effleurèrent. Il se cabra en hennissant et désarçonna son cavalier qui chuta lourdement sur le dos. Anton en eut le souffle coupé, alors que des lumières voltigeaient dans son champ de vision. L'aura qui l'entourait disparut du même coup. Son cheval se releva et s'enfuit au galop, laissant Anton à lui-même. Six mains avides de lui enlever la vie l'agrippèrent et il sentit la panique et la peur prendre le contrôle de lui. Il lutta contre ses agresseurs, mais il ne possédait pas leur force surnaturelle. Un des morts-vivants fut projeté au sol, bousculé par Derek. Le bras droit d'un second qui retenait Anton par sa robe tomba au sol, sectionné par le puissant coup d'épée que venait de porter Aginor. Le vieux guerrier prit une position défensive devant son fils, alors que ce dernier se redressait rapidement. Profitant de ce répit, il se força à se calmer et à se concentrer, comme Feren lui avait enseigné. Une lueur blanche le nimba à nouveau et un jet de lumière opalescent frappa l'ennemi de Derek, le réduisant en poussière.

Au loin, un cor émit une longue note aiguë. Il provenait du camp adverse. On sonnait la retraite. Dans un désordre complet, les gobelins et les zombies se bousculèrent pour regagner la sécurité de leur campement, talonnés par les forces de Riga.

Aginor imita ses adversaires et rappela ses hommes. Il valait mieux ne pas poursuivre l'ennemi et éviter de se jeter dans un éventuel piège.

Les soldats ayant survécu à la bataille franchirent la barrière sous les acclamations de la population. Les blessés furent acheminés au temple. Les défenseurs avaient remporté l'affrontement.

Géras rejoignit Jolar près de la barrière.

— C'est une belle victoire, n'est-ce pas, mon ami ?

— Certes, c'est une victoire, répondit Jolar sans passion. Je crains toutefois pour la suite, nous n'avons encore rien vu du magicien qui a animé ces zombies et on a signalé la présence de prêtres de Culcuth. Ces derniers ne se sont pas non plus impliqués dans le combat jusqu'ici. Ils ne faisaient que tester nos défenses, j'en suis sûr. Le prochain assaut sera le bon.

Le grand prêtre laissa Géras sur ses paroles inquiétantes et retourna au temple, où son aide était attendue.

CHAPITRE XVI

LA HACHE DE GORAGON

e cheval à la robe noire comme la nuit galopait à une vitesse vertigineuse. Le vent sifflait aux oreilles de Feren qui ne pouvait s'empêcher de somnoler sur sa selle. Il ne s'était arrêté que pour manger et dormir et, même là, pas autant qu'il aurait dû. Sa monture savait éviter les cahots de la route et assurer une assiette stable à son cavalier. Il n'avait qu'à donner la direction et se laisser aller.

Le magicien ne remarquait plus le paysage défilant sous ses yeux. La tiédeur du soir, la caresse du vent sur sa peau, le rythme régulier des sabots qui frappaient le sol, tout contribuait à l'entraîner vers le sommeil. Il eut beau lutter pour garder les yeux ouverts, le rêve se mêla progressivement à la réalité et sans qu'il ne s'en rende compte, ses paupières trop lourdes se scellèrent, l'espace d'un instant. Ce fut suffisant pour qu'il glisse lentement de côté, comme si le sol l'attirait sournoisement, lui promettant le repos dont il avait tant besoin.

Il se réveilla en sursaut, parvenant in extremis à s'agripper au pommeau de sa selle pour éviter la chute.

Les yeux grands ouverts, il sentait l'adrénaline couler dans ses veines. À une telle vitesse, il aurait pu se rompre le cou, s'il était tombé du cheval. Il secoua la tête pour s'éclaircir les idées. Son ventre émit de forts borborygmes, lui signalant qu'il était grand temps de se nourrir.

La lumière du jour déclinait et le magicien devait trouver un lieu pour établir son campement. Il scruta les alentours et un sourire étira ses lèvres asséchées par le soleil et le vent. Il savait qu'il approchait du but lorsqu'il aperçut la colline se dessiner un peu plus loin sur sa droite. Sa somnolence avait dû l'empêcher de reconnaître plus tôt le secteur.

Il fit disparaître sa monture magique et entreprit de gravir la colline rocailleuse. Il fut surpris de ne rien ressentir de particulier. Un malaise aurait dû lui nouer l'estomac, comme c'est habituellement le cas en présence d'un dragon. Le nécromancien en déduisit que monsieur Raymond n'était pas chez lui. Ce nom n'était qu'un diminutif par lequel Jolar nommait le dragon. Ce dernier, un peu excentrique, ne s'en formalisait pas. Feren poursuivit son ascension vers l'entrée de la grande caverne qu'il avait visitée quelques années auparavant en compagnie de ses amis de voyage. Ils avaient demandé l'aide de l'animal lorsqu'ils cherchaient Gorax et Anton, qui avaient fui le courroux des Noctiari.

Essoufflé, il parvint au sommet de la colline sans distinguer aucun signe de vie dans les alentours.

Aucune porte n'obstruait l'immense entrée qui béait, noire, devant lui. Une inquiétude s'immisça dans l'esprit de Feren. *Et si monsieur Raymond n'habitait plus ici ?* Il s'enfonça à l'intérieur de l'immense caverne, décidé à en avoir le cœur net, demeurant à l'écoute des émanations de magie qui auraient pu lui signaler la présence d'un piège. Le magicien savait que la plupart dragons possédaient des dons pour la magie.

Aucune torche n'illuminait la résidence.

— *Moc lumina,* prononça Feren.

La tête de chouette de son bâton de marche s'illumina, repoussant la noirceur qui le pressait de toutes parts. Il fut soulagé de retrouver le capharnaüm qui régnait lors de sa dernière visite. Aucune trace de poussière ne recouvrait la multitude d'objets hétéroclites meublant la caverne. Le dragon devait donc être absent depuis peu. Feren zigzagua parmi les peintures, les sculptures, les piles de livres qui faisaient la fierté de monsieur Raymond. Ce dernier se vouait à l'art et croyait posséder de grands talents de peintre et de poète. Feren n'était pas du tout d'accord avec cette assertion, même s'il ne s'y connaissait pas beaucoup, mais il trouvait malsain de contredire un dragon, surtout dans son antre.

Une pièce de la collection attira l'attention du champion de Libra. Il s'y était arrêté lors de son précédent passage. Une statue grandeur nature d'un minotaure, un monstre à tête de taureau et au corps d'homme, trônait au centre de la pièce. Feren, pourtant grand, devait lever la tête pour examiner les yeux de la créature. Il avait appris qu'il s'agissait en fait d'un vrai minotaure qui avait été pétrifié, un guerrier réputé, du nom de Goragon.

Une goutte de sueur perla sur le front du magicien et des tremblements secouèrent ses membres. Il prit une profonde inspiration et tenta de chasser l'inconfort. Il savait que ces symptômes annonçaient l'arrivée d'un dragon. Une immense silhouette bloqua momentanément le peu de lumière provenant de l'entrée, le soir reprenant lentement ses droits.

– Maître Feren, quelle belle surprise, commença le dragon en passant la tête à l'intérieur. Je suis heureux que vous me rendiez visite. J'espère que vous ne m'attendez pas depuis longtemps, j'en serais désolé. Il arrive si peu souvent que je reçoive de la visite et d'une telle qualité, de surcroît ! Laissez-moi m'occuper un peu de votre confort.

Le malaise qui avait gagné le magicien disparut d'un coup et les nombreuses torches disposées sur les murs s'allumèrent l'une après l'autre, diffusant une lumière jaune et chaleureuse. Les objets métalliques, biens polis, brillèrent de mille feux.

– Ne bougez pas, reprit le volubile dragon, sans laisser à son visiteur le temps de prononcer une seule parole. Je cours nous chercher quelques rafraîchissements et des pâtisseries. Vous m'en donnerez des nouvelles, c'est une nouvelle recette que j'essaie et je crois avoir assez bien réussi. Le secret est dans les ingrédients. J'ai découvert une sorte de pommes sauvages, particulièrement délicieuses, qui poussent un peu plus loin, près de la rivière. Ces fruits, mariés au miel que j'ai récolté, provenant de fleurs de cerisier, s'avèrent tout à fait divins. J'ai fait cuire le tout enrobé d'une légère pâte feuilletée. J'ai mis la main sur cette recette alors que je cherchais en fait...

Feren n'entendit pas le reste de son monologue, car le dragon venait de pénétrer dans une autre pièce. Le magicien supposa qu'il s'agissait de la cuisine. Il n'eut pas longtemps à attendre. Monsieur Raymond revint en clopinant, tentant de garder en équilibre avec ses pattes de devant, une théière, des soucoupes, un plat de pâtisserie, un pot de lait et un peu de sucre. Il regarda autour de lui, cherchant à les déposer quelque part. Pendant ce temps, il n'avait cessé son envolée oratoire. Le magicien ne savait plus de quoi l'entretenait son hôte.

– ...alors, je me suis dit que c'était le moment rêvé. J'y suis parvenu le lendemain et devinez ce que j'ai trouvé ?

– Aucune idée, répondit Feren en dissimulant difficilement un sourire amusé.

– Rien, justement. Il n'y avait plus rien. Prenez-vous un peu de sucre et de lait dans votre thé ?

— Non, merci.

La théière se souleva d'elle-même, par magie, et flotta jusqu'à une tasse où elle se déversa. Feren prit la tasse, alors que la théière se déplaçait vers un très grand bol que le magicien aurait eu du mal à saisir tant il était vaste. Avec ses pattes gigantesques et ses longues griffes, seul un énorme bol pouvait convenir au distingué dragon.

Feren profita que celui-ci prenait une gorgée de thé pour énoncer sa demande, mais auparavant, un peu de flatterie ne ferait pas de tort. *La vanité d'un dragon n'est jamais à dédaigner,* se dit Feren. *De toute façon, ce ne serait pas des mensonges, ces pâtisseries sont délicieuses.*

— Mon cher Raimonishatralavax, ces petites gâteries sont vraiment exquises et je vous remercie de votre chaleureuse hospitalité. Je dois avouer à ma grande honte que ma visite chez vous n'est pas totalement désintéressée. Je sais bien que la courtoisie exigerait que je me présente chez vous en d'autres occasions que lorsque j'ai une faveur à vous demander, mais malheureusement, ce n'est pas le cas, et je le regrette sincèrement. Me permettez-vous de vous présenter, sans plus de détour, la raison qui m'amène dans votre accueillante *galerie d'art* ?

— Ah, cher Feren, toujours aussi diplomate. Il est vrai que je considère que vous m'avez un peu négligé, mais je ne vous en tiens pas rigueur. Je connais les hommes, toujours pressés, courant comme des lapins dans toutes les directions. Il faut admettre que votre vie est courte, et par conséquent, j'imagine que vous tentez de tirer profit le plus possible du temps qui vous est imparti. Je sens toutefois, malgré vos manières sans reproche, une certaine impatience. C'est pourquoi je ne prolongerai pas indûment les civilités et vous prierai de me présenter sans plus d'ambages la nature de votre visite.

Feren inclina la tête en signe de remerciement et poursuivit rapidement avant que le dragon verbo-moteur ne change d'idée.

— Nos amis courent un grave danger. Une armée de gobelins et de morts-vivants se dirige sur Riga. Leurs intentions sont de raser la ville et le temple de la déesse Libra. Ils sont plus de cinq cents et on compterait un ou plusieurs magiciens dans leurs rangs. Jolar m'a appelé à l'aide et j'ai immédiatement chevauché vers Riga pour apporter mon aide. J'ai décidé de mon propre chef, sans n'en parler à personne d'autre, de parcourir les nombreuses lieues nous séparant pour solliciter votre aide. Les forces de Riga sont inférieures en nombre et, entre vous et moi, il faudra peu de temps avant que nos guerriers tombent sous les coups combinés des gobelins, des morts-vivants et des magiciens. Je crois pouvoir m'occuper des morts-vivants avec les prêtres de Libra, mais j'ai songé que la présence d'un dragon...

Monsieur Raymond observa son interlocuteur d'un œil calculateur. Il remarqua qu'en ne parlant à personne de Riga de sa destination, le magicien s'assurait de ne pas accabler le dragon de l'odieux d'un éventuel refus. Il apprécia cette sollicitude. Toutefois, un rictus de dédain se dessina sur son visage. C'est du moins la conclusion que Feren tira de ses contractions faciales.

— Ah, mon ami. Vous savez pourtant comment le combat et la guerre me répugnent. Déjà que j'ai dû défendre mon territoire l'an dernier contre un jeune dragon noir prétentieux qui aspirait à prendre ma place. Je préfère et de loin les prouesses de l'intellect à celles, barbares, des muscles. Le sang coulant à flots, les os broyés, tout ça, ce n'est pas pour moi. Je sais bien que la plupart de mes frères de sang ne seraient pas d'accord avec mes assertions, mais je ne peux renier ce que je suis, un individu très différent des autres dragons à cet égard. Voyez-vous, j'ai très peu de contacts avec eux. Les affrontements physiques, ce n'est pas pour moi. Évidemment, vous me voyez peiné et inquiet du risque que vous courez, mon ami Jolar, vous-même et tous les autres.

— Je comprends votre réticence et respecte vos valeurs, concéda Feren. Si plus d'hommes les partageaient, la guerre ne serait qu'un mauvais souvenir. Néanmoins, je me permets de vous présenter une suggestion qui n'irait pas à l'encontre de vos principes, ajouta le nécromancien en fixant les pupilles reptiliennes de son hôte. Vous pourriez simplement faire acte de présence et survoler l'armée adverse, comme vous l'avez fait jadis au-dessus de l'arène d'Halder, hors de la portée des flèches. Je connais l'effet de la peur qu'inspire la présence d'un dragon pour l'avoir ressenti et je crois que ce serait suffisant pour dérouter l'armée adverse et nous permettre de les repousser une fois pour toutes. Je ne vous demande pas de vous impliquer physiquement. Qu'en dites-vous ?

Raimonishatralavax observa un moment de silence, son regard calculateur toujours figé dans celui du magicien. Peu d'humains pouvaient s'enorgueillir d'avoir soutenu le regard d'un dragon mature. Feren y parvint au prix de grands efforts.

— Bien, j'y consens, mais il y a un prix à mon intervention, ajouta l'hôte. Dans combien de jours les gobelins arriveront-ils en vue de la ville ?

— Difficile à affirmer. Trois jours, tout au plus.

— Voilà qui devrait nous laisser assez de temps, ajouta le dragon, songeur. Voici ce que je vous propose. Vous vous rappelez la dernière fois que nous nous sommes vus ? Je tentais de récupérer la hache de Goragon. Vous savez qu'elle possède des pouvoirs magiques. Elle compléterait parfaitement ma collection, alors que je la grefferais à la statue de son propriétaire. C'est d'ailleurs un curieux hasard qui fait que vous vous teniez justement près de sa statue lors de mon arrivée. Peu importe. Je crois avoir retrouvé la trace de la hache magique et je veux que vous m'aidiez à l'obtenir. Elle serait assez loin au sud, mais ne craignez rien, je possède un moyen rapide pour nous y rendre. Aidez-moi pour la hache et nous devrions avoir suffisamment de temps pour nous porter au secours de Riga. J'accepterais donc volontiers de survoler l'armée de gobelins, mais sans plus.

Feren remarqua le regard brillant et rusé du dragon.

— Dites-moi, d'abord, pourquoi tenez-vous à ce que je vous accompagne dans cette quête ? J'ai d'abord pensé que l'objet reposait peut-être à un endroit trop exigu pour un dragon, mais je vous ai déjà vu prendre l'apparence d'un homme. Ce n'est donc pas la raison.

Le dragon posa son bol de thé et haussa ses massives épaules.

— Vous être perspicace, mon ami. Je crains en effet de devoir acquérir la hache par la force et vous savez ce que j'en pense. Avec votre magie, ça devrait être un jeu d'enfant.

— Je veux bien ; pourtant, il n'est pas question que je tue des innocents.

Monsieur Raymond prit un air blessé.

— Vous me mésestimez, Feren, et j'en suis bouleversé, protesta le dragon en prenant un ton mélodramatique exagéré. Je ne vous demanderais jamais une telle chose. Si vos services venaient à être requis, ce serait pour nous défendre ou pour éliminer quelques monstres.

Feren eut une soudaine inspiration et ajouta :

– D'accord, j'accepte, mais c'est à mon tour de vous poser une condition. Si nous récupérons la hache, je vous demande de nous permettre de l'utiliser dans notre combat contre les gobelins. Après, nous vous la rendrons.

– Advenant le cas où vous être vainqueurs, avança le dragon.

– Pourrait-il en être autrement avec le puissant Raimonishatralavax survolant l'armée adverse ? répondit Feren du tac au tac.

Le rire du dragon secoua les murs de la caverne.

– Marché conclu. Ah, cher Feren, votre présence est un baume sur ma solitude. J'admire votre sagacité et votre intelligence. Je persiste à croire que vous auriez pu devenir vous-même un poète au talent respectable. Vous maîtrisez bien votre langue et vous êtes fin observateur. Quel gâchis que vous ayez choisi la magie. Cette rencontre serait parfaite si nous avions pu compter sur la présence de ce cher Jolar. Je pourrais considérer quelques autres humains comme étant dignes de se joindre à notre groupe. Malheureusement, ils sont tous morts il y a de nombreuses années. Tous des hommes d'une très grande qualité que vous auriez pris plaisir à connaître et à fréquenter, j'en suis sûr. Je me souviens particulièrement de Tsimon, ce grand penseur, qui n'hésitait pas à secouer les bases des préceptes reconnus de la plupart des sages de son époque. Imaginez-vous que…

Feren écoutait d'une oreille distraite la suite de l'histoire de son hôte. Il ne croyait qu'à moitié la raison que lui avait donnée monsieur Raymond pour exiger qu'il l'accompagne dans sa quête. Avec la magie qu'il connaissait, le dragon représentait un ennemi beaucoup plus redoutable que lui. Il était sûr que d'autres motifs motivaient sa demande. D'un éclair, il eut la certitude de connaître cette raison. Le dragon vivait dans un monde qui lui convenait peu. Ses pairs ne partageaient pas ses valeurs et il passait sûrement auprès d'eux pour un paria lâche et négligeable. Il ne pouvait se tourner complètement vers les humains, qui craignaient, à juste titre, son espèce. Il ne lui restait qu'une poignée de personnes qui osaient lui rendre visite. Rejeté de presque tous, l'existence solitaire du dragon lui pesait sûrement. Depuis combien de temps supportait-il cette situation ? Feren se prit à avoir pitié de la créature qui lui sembla soudainement plus fragile que ce que son apparence ne laissait paraître. Le magicien regretta de ne pas avoir pris un peu de temps pour le visiter auparavant.

Feren dormit à poings fermés. Sa longue chevauchée l'avait éreinté et il accueillit avec joie la paillasse que monsieur Raymond lui fournit. Il parvint à se tirer du sommeil péniblement à l'aube, assailli par des odeurs de café frais. Après un copieux déjeuner, le dragon et le magicien parvinrent au pied de la colline, prêts à entreprendre leur quête. Un fort vent soufflait du nord-est, et seulement quelques nuages se détachaient sur le fond azur du ciel.

— Par où irons-nous ? Quelles sont les informations que vous possédez concernant la localisation de la hache de Goragon ? lui demanda Feren.

— Je ne connais pas toute l'histoire, mais voici ce que j'ai appris. Vous vous rappelez que la hache se trouvait à Halder et que vous l'aviez même vue de très près lors de votre combat de gladiateurs. Un des minotaures que vous avez affronté l'avait en sa possession. Je ne sais trop comment elle était arrivée là, d'ailleurs. À la suite à la confusion qui a suivi votre combat et mon apparition dans le ciel ce jour-là, la hache a mystérieusement disparu. Je ne voudrais pas vous accabler de détails ; voici donc, succinctement, les nouvelles d'intérêt qui me sont parvenues.

Feren sourit, ce serait bien la première fois que monsieur Raymond s'exprimerait sans tergiverser, et de manière brève. Il laissa le dragon poursuivre.

– La personne qui s'est emparée de la hache, à Hulter, l'aurait ensuite vendue à un marchand. Ce dernier se serait joint, peu de temps après, à une caravane en direction de l'ouest. Je ne sais pas quelle était la destination du convoi et du marchand, car ils n'y sont jamais parvenus. Ils auraient été attaqués par des brigands et dépouillés de leurs biens ; la majorité d'entre eux y perdirent même la vie. Encore une fois, la hache avait disparu. À croire que cette arme possède une volonté propre et qu'elle apporte le malheur à qui la possède. Fascinante histoire, ne trouvez-vous pas ? Un bon barde y verrait une excellente matière à chanson. Je verrais bien un rythme lent, ponctué de quelques pincements de luth pour donner un effet mystérieux au tout. Vous vous y connaissez en musique ?

Le magicien se contenta de soulever un sourcil en attendant la suite. Le dragon, devant son manque flagrant d'enthousiasme, s'éclaircit la gorge, ce qui, pour un dragon ressemble au roulement du tonnerre ; il poursuivit son discours.

– Bon, pardonnez-moi, j'oubliais que le temps presse. Nous, poètes, sommes toujours enclins à laisser notre verve créatrice prendre le dessus. Que voulez-vous, quand l'art nous tient ! J'ai déjà entendu parler de grands poètes ayant complètement perdu leur don à force de réfréner leur talent. Il en serait de même des musiciens et des peintres, c'est pourquoi j'essaie toujours de laisser libre cours à mes idées créatrices lorsqu'elles se présentent. Comprenez que je ne voudrais pas perdre le talent considérable dont j'ai eu la grâce d'hériter.

Cette fois, Feren fronça les sourcils d'impatience.

– Je poursuis, je poursuis, s'empressa d'ajouter le dragon. J'ai appris, très récemment, en fait, je revenais de vérifier ces informations que j'avais obtenues lorsque je vous ai trouvé dans ma galerie ; bref, j'ai su que la hache avait été emportée loin vers l'ouest et le sud, près du désert de Rijab. Le bandit l'ayant en sa possession se serait sauvé vers les contreforts rocheux bordant le désert au sud-ouest d'ici. Il ne nous reste plus qu'à retrouver ces lascars et à récupérer d'une façon ou d'une autre la hache qu'ils ont volée au marchand d'Halder. Je suis sûr que ce ne sera pas difficile… ni trop long.

– Puisqu'il le faut, répondit le nécromancien. Nous avons conclu un marché et je respecterai ma part. Néanmoins, je vous demande amicalement de vous hâter. Chaque minute peut compter pour nos amis et les gens de Riga.

– J'en suis conscient, c'est pourquoi je vous ai précisé, hier, que j'avais un moyen rapide de nous rendre sur place.

Le dragon se tut, laissant le silence augmenter l'effet de sa prochaine déclaration. Feren n'attendit pas ce moment.

– Quel est ce moyen ? Par magie ?

– Encore mieux que ça, répliqua le dragon, un éclair malicieux dans les yeux.

Les yeux du magicien s'agrandirent lorsqu'il devina l'idée du dragon.

– Non, vous n'allez pas ? commença-t-il.

– Si, ajouta monsieur Raymond. Vous serez l'un des rares humains à avoir eu l'honneur de chevaucher un dragon. C'est tout un privilège que je vous accorde. Vous verrez, il n'y a pas meilleure sensation que de sentir le vent sur son visage et sous ses ailes, alors que le paysage défile à toute allure sous nos pieds. Quand vous y aurez goûté, vous me pourrez plus vous en passer.

Feren n'était pas si sûr qu'il allait apprécier son voyage à dos de dragon. Il poussa un soupir de résignation et ajusta son sac à dos sur ses épaules.

– Bon, allons-y.

CHAPITRE XVII

LE DIABLE DE POUSSIÈRE

Je ne m'habituerai jamais ! lança Feren, le cœur au bord des lèvres, hurlant pour se faire entendre malgré le vent qui sifflait dans ses oreilles.

Le vol à dos de dragon ne s'était pas avéré facile pour le magicien. Malgré l'installation d'une sangle à laquelle il pouvait s'accrocher, le décollage avait failli le désarçonner. Même si monsieur Raymond y était allé le plus délicatement possible, la poussée initiale devait être suffisamment puissante pour lui permettre de s'envoler malgré son poids imposant. Même lorsqu'il eut atteint sa vitesse de croisière, Feren avait l'impression d'être secoué comme une poupée de chiffon. À chaque battement d'ailes, le dragon reprenait les quelques pieds d'altitude qu'il venait tout juste de perdre. L'estomac du mage ne supporta aucun aliment cette journée-là.

Ils avaient volé vers le sud-ouest toute la journée, ne faisant que quelques petites pauses. Vers midi, Feren avait avalé un bout de fromage, mais aussitôt, il avait eu un haut-le-cœur et il avait vomi. Le magicien avait donc décidé de chevaucher son coursier magique. Le dragon se montra très intéressé par le cheval d'ébène et il posa maintes questions à son sujet. Après un bref essai, Feren abandonna l'idée de chevaucher, car malgré la célérité de sa monture, elle ne pouvait rivaliser avec celle du vol en ligne droite, surtout avec un fort vent favorisant leur progression. Ce n'était pas le temps d'être capricieux, alors que ses amis étaient en danger. Chaque minute perdue pouvait s'avérer catastrophique. Il se résolut donc à grimper de nouveau sur le dos de monsieur Raymond. Au moins, lorsqu'il volait, le dragon ne l'accablait pas de ses dissertations. Avec le surplus de poids que représentait le nécromancien, il devait ménager son souffle.

Le soleil déclinait lorsque le dragon cessa de battre des ailes ; ce dernier entreprit sa descente en décrivant de larges cercles. Au choc de l'atterrissage, Feren se mordit la langue et ses yeux s'emplirent de larmes en raison de la douleur.

— Vous devez être épuisé ? bredouilla Feren.

— Non, j'aurais aisément pu vous porter sur encore plusieurs lieues, mais nous devons être prudents maintenant. Nous approchons d'un village, le dernier avant le désert, et je ne voudrais pas causer d'émoi en étant aperçu. Je vous propose de nous arrêter ici. Prenons un repas et reposons-nous. Demain matin, nous irons au village récolter les dernières nouvelles, puis nous reprendrons notre route vers les contreforts rocheux. De toute façon, nous n'aurions pu y parvenir aujourd'hui. La noirceur nous aurait surpris en plein vol.

Malgré les bravades du dragon, Feren discernait bien la fatigue chez son allié. Son immense poitrine qui se dilatait et se contractait au rythme de sa respiration rapide, ses narines dilatées, de même que son port de tête, un peu moins fier que d'habitude, témoignaient de son harassement.

– Je vous laisse vous concocter un souper ; pour ma part, je dois aller chasser. Je ne suis pas un grand amateur de viande crue, mais il faut bien reprendre des forces si nous voulons parvenir à destination. Soyez prudent. À plus tard.

Raimonishatralavax s'éleva de nouveau dans les airs et s'éloigna avec grâce vers l'est, à la recherche d'une proie. Feren sourit. Il se demanda ce qui serait le pire ce soir. Se forcer à avaler de la nourriture que son estomac ne supporterait pas ou écouter toute la soirée monsieur Raymond qui ne manquera pas de lui réciter des poèmes de son cru.

❋

Quand Feren s'éveilla au matin, un homme au teint basané se tenait au-dessus de lui. De longs cils noirs surplombaient ses yeux verts, très perçants. Il portait une chemise blanche aux manches bouffantes avec un col en V laissant apparaître les quelques poils garnissant sa poitrine. À son large ceinturon de soie noire pendait un cimeterre. Le bas de ses pantalons moulants était dissimulé à l'intérieur de grandes bottes de cuir noir lui montant jusqu'au genou. À son oreille droite pendait une courte chaînette en or.

En d'autres circonstances, Feren aurait apprécié son air noble et son visage souriant, qui semblait accueillant, mais s'éveiller avec un étranger tout près de lui dans une position d'infériorité ne lui plaisait guère. Les mains sur les hanches, l'homme se contentait d'observer le magicien en souriant. *Que fait donc monsieur Raymond ?* pensa Feren. *Il devait monter la garde et me réveiller au matin.*

Les yeux du nécromancien s'illuminèrent quand il comprit.

– Monsieur Raymond ? demanda-t-il d'un ton incertain, en se redressant.

Le sourire de l'homme s'élargit.

– Pas si mal, pour un homme, ne trouvez-vous pas ? Ne ressemblai-je pas à un chef nomade, comme ceux qui fréquentent le désert ? Je voulais demeurer sobre. Par contre, il manque peut-être un peu de finition à mon personnage, dit le dragon métamorphosé.

Feren observa avec étonnement la simple ligne de la fine moustache sous le nez du prétendu nomade.

– Voilà qui me donnera une touche de classe.

– Que nous vaut l'honneur de cette surprenante transformation ?

— Allons, maître Feren, vous me décevez, réfléchissez un peu. Je n'allais sûrement pas me présenter au village sous l'apparence d'un dragon. Mon petit doigt me dit que nous aurions eu de la difficulté à obtenir les renseignements que nous cherchons.

— Bien sûr. Il faudrait peut-être nous concocter une petite histoire pour justifier notre présence aux gens du village. Ils nous demanderont probablement comment nous sommes parvenus jusque-là sans monture.

— Bah ! Ce sont des détails sans importance. Nos chevaux auraient pu être dévorés par des loups pendant la nuit.

— Retrouve-t-on des loups si près du désert ? demanda le magicien.

— Euh, non en effet, il n'y a pas de loup. Peu importe, faites-moi confiance. Ma diplomatie et ma vivacité d'esprit sauront nous aider à obtenir les informations recherchées. Il n'est pas né, l'homme qui parviendra à être plus malin qu'un dragon. Allez, emballez vos affaires. Nous avons un bout de chemin à parcourir avant de parvenir à destination

— Hâtons-nous, dans ce cas, acquiesça Feren en se dépêchant à ramasser ses effets personnels.

Les compagnons se mirent rapidement en route, et après deux heures de marche sous un soleil de plomb, ils parvinrent aux abords du village.

Monsieur Raymond attendit d'être à une bonne distance des dernières habitations, hors de vue de tous, pour reprendre sa forme. Feren l'observait, le visage fermé et les mains sur les hanches, ne cherchant pas à dissimuler sa contrariété. Dragon ou pas, il fallait qu'il lui livre sa pensée. Monsieur Raymond jeta un œil de côté, remarquant les regards que lui lançait son compagnon de voyage.

— Quoi ? demanda-t-il en feignant l'ignorance.

— Vous le savez très bien, grogna le nécromancien.

— Nous avons obtenu l'information que nous cherchions, non ?

— Monsieur Raymond, ne me prenez pas pour un imbécile. Aviez-vous vraiment besoin d'attirer tant l'attention sur nous en racontant toutes sortes d'histoires abracadabrantes à notre sujet ? Déjà que plusieurs d'entre eux considéraient bizarre qu'un seul de nous sue à grosses gouttes après une longue marche sous le soleil, alors que l'autre paraissait frais comme une rose. Vos idées ont fait germer la méfiance dans leurs esprits. De plus, vous les avez même traités de rustres lorsqu'ils vous ont affirmé qu'ils ne croyaient pas vos histoires. Vous m'avez obligé à utiliser ma magie pour les repousser. J'ai dû en blesser quelques-uns, et croyez-moi, je n'y ai pris aucun plaisir. Si l'un de ces pauvres avait péri de ma main, je ne vous l'aurais jamais pardonné. Pourquoi tout ce cirque, alors que nous n'avions qu'à leur demander des nouvelles des brigands ?

Feren s'arrêta pour reprendre son souffle.

– Allons, maître Feren, ne vous mettez pas dans cet état. Si l'on ne peut plus s'amuser un peu.

– S'amuser, dites-vous ? ajouta Feren en serrant les poings. Vous ne couriez peut-être aucun risque, mais moi, j'aurais pu y laisser ma peau, juste pour quelques fanfaronnades.

– D'accord, je vous l'accorde, j'ai un peu trop tiré sur la corde sans me préoccuper des conséquences, surtout lorsque j'ai décrit mon épique combat à l'épée contre deux douzaines de pirates tout en récitant un poème. Je vous demande humblement pardon, s'excusa le dragon d'un ton repentant. Si mes gestes ont pu causer votre colère, et bien pire, vous mettre en danger, j'en suis profondément désolé. Je ne voudrais pas que ces *petites* erreurs de parcours entachent notre amitié que je chéris au plus haut point. Je ferai amende honorable, vous pouvez compter sur moi.

La scène aurait été plutôt comique si quelqu'un les avait aperçus à ce moment. Le magicien, toujours rouge de colère, se tenant bien droit et fixant le dragon qui baissait la tête, tout penaud, comme un gamin qu'on viendrait de réprimander.

— Sans chercher d'excuse, reprit le dragon en poussant un long soupir, il faut comprendre que je n'avais pas côtoyé d'autres personnes avec qui je pouvais converser depuis tellement longtemps. Je me suis laissé emporter par l'excitation.

Feren éprouva à nouveau un peu de pitié pour le dragon. Par contre, il n'était pas convaincu qu'il ne jouait pas la comédie pour attirer sa compassion.

— N'en parlons plus, reprit le magicien en secouant la tête. Vous êtes vraiment un dragon unique en son genre. Je n'ai jamais entendu parler d'autres individus de votre race agissant de la sorte.

— Merci, répondit le dragon, rayonnant de fierté en réponse à ce qu'il croyait être un compliment. On reprend la route ?

— Allons-y.

Feren fixa la sangle de cuir autour du dragon et grimpa sur son dos. Il eut l'impression que son cœur descendait dans ses talons quand monsieur Raymond déploya ses ailes et bondit vers le ciel. Les compagnons avaient réussi à apprendre, d'un ivrogne d'une taverne, que les brigands étaient bien parvenus au village, mais qu'on les avait rapidement chassés. Le soûlard ne savait rien concernant une hache ; par contre, il affirmait avoir vu la demi-douzaine d'hommes prendre le chemin vers le sud en direction des montagnes qui se profilaient à l'horizon.

Ils avaient aussi appris que les gens du village ne donnaient pas cher de la peau des brigands. On y racontait que les contreforts, et le désert se trouvant derrière, étaient le territoire de chasse d'une espèce de démon. On le nommait le diable de poussière et il arrivait toujours avec le vent du nord-est. Nul ne lui échappait si ce démon le prenait pour cible et très peu de gens étaient parvenus à l'apercevoir. « C'est le désert qui s'est accouplé avec le vent pour donner naissance à ce monstre, disaient les gens. »

Feren n'avait jamais entendu parler d'une telle créature, aucun des nombreux bestiaires qu'il avait étudiés n'en faisait mention.

— Les vents sont justement du nord-est, cria le magicien quand il fut sûr que son dernier repas demeurerait dans son estomac lorsqu'il ouvrirait la bouche. Peut-être aurons-nous la chance de rencontrer le diable de poussière.

— Ça pourrait être intéressant, quoique je doute de son existence.

Le dragon économisa ensuite son souffle, surchargé qu'il était du poids du magicien et battit l'air des ses ailes immenses. Grâce aux efforts de monsieur Raymond, Feren vit rapidement se rapprocher les contreforts rocheux. Le vent soufflait toujours fort dans leur dos lorsqu'ils se posèrent sur un très haut pilier au sommet aplati, formé de roches rougeâtres. Partout devant eux, de semblables colonnes de pierres s'élevaient, certaines liées entre elles comme des géants siamois. Feren porta son regard un peu plus loin. À moins d'une lieue se dressait une haute paroi composée des mêmes rochers que les piliers. Il savait qu'au-delà de cette muraille s'étendait le désert habité par des scorpions et des serpents. Entre les rares oasis voyageaient quelques petites tribus de nomades. Le magicien se demanda si les brigands qu'ils recherchaient avaient rejoint l'une de ces tribus.

— Pas de trace de nos bandits, annonça Raimonishatralavax. Croyez-moi, j'ai la vue perçante et si un lièvre se cachait entre nous et cette muraille rouge, qu'on nomme les contreforts rocheux, je l'aurais aperçu. Aucun mouvement, pas de signe de vie. Nous pourrions reprendre notre vol et nous diriger vers les montagnes, peut-être y trouverons-nous un indice.

Feren demeura songeur et il ne répondit au dragon qu'après plusieurs secondes.

— Vous m'avez déjà dit que cette hache possédait de grands pouvoirs magiques, n'est-ce pas ?

— En effet, répondit le dragon en se demandant où son interlocuteur voulait en venir.

— Savez-vous quels sont ces pouvoirs ?

— Pas vraiment. À vrai dire, je ne me suis jamais intéressé aux pouvoirs de la hache. Je la considère simplement comme une splendide pièce de collection qui compléterait à merveille ma statue de Goragon.

– Bon, je vais tenter de retracer l'objet grâce à un sort. Si les émanations magiques sont puissantes et que l'objet n'est pas trop loin, je pourrai estimer sa localisation.

Feren se laissa choir au sol. Il croisa les jambes et ferma les yeux, en position de méditation. Ses lèvres remuèrent quand il prononça les paroles activant son charme. Il devait atteindre un niveau de concentration extrême pour réussir. Le soleil de midi le frappait. Des gouttes de sueur ruisselaient sur son front. Une ombre lui cacha le soleil. Le dragon s'étant aperçu de son inconfort s'était interposé être lui et l'astre diurne. Cette sollicitude surprit le magicien, mais il ne s'en soucia pas et se força à se concentrer. Il s'ouvrit du mieux qu'il pouvait à la magie. Il voulait en capter toutes traces. Un torrent d'émanations magiques déferla sur lui, menaçant de lui faire perdre conscience, comme si une vague l'avait frappé de plein fouet. C'était quasiment plus que ce qu'il pouvait supporter, comme s'il se tenait à quelques pas d'une lumière éblouissante qui l'aveuglait. La source de cette puissante magie émanait de derrière lui. Feren constata avec consternation que cette balise aveuglante saturant ses sens magiques, c'était en fait monsieur Raymond. *J'aurais dû y penser,* se réprimanda mentalement le nécromancien. *Les dragons sont des créatures magiques.* Il resta quelques instants à contempler la beauté du flot de magie qu'il percevait. Il se força ensuite à diriger ses sens au-delà pour tenter de capter autre chose que la présence de Raimoni-shatralavax. Il était très ardu d'en faire abstraction.

Enfin, après plusieurs minutes d'effort, le magicien perçut une faible trace de magie au sud. *Peut-être s'agit-il de la hache,* se dit-il. Il fixa le point d'émanation dans son esprit, puis il ouvrit les yeux.

— Alors ? demanda monsieur Raymond, impatient.

— J'ai capté une trace de magie vers le sud, mais elle est très faible. Soit que l'objet est assez loin, soit que ses pouvoirs sont infimes. En passant, merci de m'avoir fait un peu d'ombre.

— Il n'y a pas de quoi. Je propose que nous volions vers les contreforts. Nous aurons peut-être plus de chance.

Feren cligna des yeux alors que le sable, soulevé par une bourrasque de vent, lui fouettait le visage.

— Allons-y. Je devrais pouvoir retracer la hache.

— Dans ce cas, en selle, mon ami. Ce vent semble augmenter de minute en minute et il risque de nous clouer au sol. Je ne voudrais pas avoir à passer le reste de la journée et la nuit ici. Il y a peu à se mettre sous la dent et c'est très désagréable quand le sable s'insinue sous mes écailles, ça me cause des déman-geaisons insoutenables.

Les amis décollèrent, quittant leur promontoire ; encore une fois, Feren se sentit mal.

— Je ne m'y habituerai vraiment jamais, cria-t-il au dragon à nouveau.

Ils volèrent quelques minutes, alors que les très hauts contreforts rocheux semblaient venir à leur rencontre. Feren aperçut les saillies rocheuses et les corniches découpées dans la pierre. Le vent soufflait de plus belle, transportant des énormes quantités de sable. Feren se mit un mouchoir sur le nez et la bouche.

— Une tempête de sable se lève, signala le dragon. Nous devons nous hâter. Malgré ma force, je ne pourrai demeurer dans les airs longtemps.

Feren ne répondit pas. Il se concentra derechef sur les émanations magiques qu'il avait perçues aupara-vant. Monsieur Raymond effectua un virage, longeant la paroi rocheuse près du sommet. Le magicien discerna une forme se déplaçant en périphérie de son champ de vision et il tourna la tête. Un énorme tourbillon de sable s'était créé sur une des grandes corniches. Le vent hurlait en passant à travers les anfractuosités de la paroi. Feren pointa le tourbillon.

— Regardez, voilà leur diable de poussière. Rien d'autre qu'un tourbillon de sable que le vent soulève en frappant cette corniche. Rien à craindre de ce côté, c'est un phénomène naturel, c'est tout.

Les émanations se firent de plus en plus fortes, jusqu'à ce que Feren demande au dragon de se poser. Le vent violent ne facilitait pas sa tâche. Il déduisit son altitude en prenant soin de ne pas trop s'approcher de la muraille rocheuse. Au sol, le vent soulevait de plus en plus de sable. Feren plissait les yeux, à demi aveuglé. Il marcha en direction des émanations, sa robe ample claquant au vent. Il arriva à un point où ses perceptions magiques se firent plus fortes. Il regarda au sol, rien. Il entreprit de creuser, mais monsieur Raymond l'arrêta.

– Si vous voulez bien me laisser faire, dit-il en écartant avec douceur le magicien.

Après deux coups de ses pattes et de ses griffes puissantes, il toucha un objet de métal qu'il extirpa du sable. Une lueur apparut dans les yeux du dragon lorsqu'il tint dans ses mains l'objet qu'il recherchait depuis si longtemps.

– La hache de Goragon, enfin en ma possession.

Il passa délicatement, presque amoureusement, une griffe sur les runes qui ornaient la large lame de la hache.

– Pas de traces des brigands, renchérit Feren. Ils ont dû périr ou ils ont simplement abandonné l'arme ici. Quoi qu'il en soit, maintenant que nous avons mis la main sur la hache de Goragon, ne devrions-nous pas nous hâter ? Le vent prend de la vigueur.

Le magicien ne tenait pas à prolonger leur séjour dans ce désert. Si la tempête s'accentuait, qui sait combien de temps ils devraient demeurer au sol. À Riga, les gobelins risquaient déjà d'avoir mis la ville à feu et à sang.

— Vous avez raison, concéda monsieur Raymond en confiant la hache au magicien. Partons au plus vite vers Riga. Peut-être y serons-nous demain.

Feren attacha la hache à la sangle du dragon et il grimpa sur son dos. Malgré toute sa puissance, Raimonishatralavax éprouva beaucoup de difficultés à prendre de l'altitude. Il battait frénétiquement des ailes pour lutter contre le vent qui menaçait de les projeter contre la paroi rocheuse. Au prix d'efforts titanesques, le dragon parvint à s'élever. Sur sa gauche, Feren constata que le tourbillon de poussière avait pris de l'ampleur sur sa large corniche. Il plissa les yeux. Un objet blanc ou ivoire reposait à la base du tourbillon. Malgré le sable qui menaçait de l'aveugler, ses yeux s'arrondirent lorsqu'il discerna la nature de l'objet en question. Il s'agissait d'un crâne, probablement humain.

Monsieur Raymond était parvenu à prendre suffisamment d'altitude. Il effectua un virage vers le nord-ouest et accéléra, tentant de fuir au plus vite la tempête de sable. Feren se retourna pour observer la corniche une dernière fois, alors qu'ils s'éloignaient rapidement. Était-ce un tour de son imagination ?

Il ne le saurait jamais. Il avait cru discerner, l'espace d'un instant, deux points rouges vers le sommet du tourbillon, comme des yeux lui jetant un regard implacable et froid.

Perplexe, il remit en question l'existence du diable de poussière, alors que les contreforts rocheux se perdaient dans le sable de la tempête.

CHAPITRE XVIII

LA FAUX ET LE CROISSANT ARGENTÉ

Dans le camp des gobelins, on tint conseil pour décider des prochaines stratégies à appliquer. Les personnes qui y étaient conviées se rassemblèrent dans une des grandes tentes, celle que partageaient Korpak et Ramden. Les deux Noctiari étaient entourés de Grinash, le nouveau roi des gobelins, de Drobar, un autre Noctiari, qui avait autrefois fait la guerre dans de lointains pays du Sud. Sa peau et ses longs cheveux noirs parsemés de quelques fils blancs donnaient à ses yeux verts un aspect sauvage. Plusieurs balafres zébraient son visage, témoignant de ses nombreux combats.

Tous avaient les yeux rivés sur le dernier membre de leur groupe, Pollus, qui faisait les cent pas, les mains derrière le dos, la colère déformant son visage. Il parvenait difficilement à se contenir et à garder le silence. Depuis qu'ils avaient quitté la ville des gobelins, il avait tenté d'imposer ses visions et ses vues, mais la plupart du temps, elles avaient été rejetées. Il était devenu de plus en plus maussade. Il n'avait pas coutume de ne pas être obéi au doigt et à l'œil. Ramden s'imposait comme le chef de leur armée et le prêtre ne le supportait pas.

Le magicien entreprit d'attirer l'attention des membres du conseil.

— Mes amis, avec notre premier assaut, nous avons sondé les défenses de l'ennemi. Nous avons observé quelques faits qu'il faudra considérer lorsque viendra le temps de s'entendre sur les prochaines mesures à prendre.

Pollus s'était arrêté un moment, portant attention aux propos de Ramden. Quand ce dernier eut terminé, il émit un petit rire empreint de sarcasme et de dérision, puis il reprit de plus belle son va-et-vient. Ramden ne s'en soucia pas et poursuivit.

— Voici donc les informations et les déductions à soupeser. Premièrement, dit-il, en montrant son index crochu, nous n'avons été témoins d'aucune magie provenant du nécromancien nommé Feren. J'y portais toute mon attention.

Le Faucheur se contenta de lever les yeux au ciel.

— Deuxièmement, nous avons perdu beaucoup de morts-vivants aux mains des prêtres de Libra, et surtout par le pouvoir du jeune homme qu'ils appellent l'élu. Troisièmement, même si plus de gobelins ont été tués que d'hommes de Riga, et c'était à prévoir, nous sommes encore supérieurs en nombre.

À ces paroles, Grinash tressaillit légèrement. Ramden tourna la tête vers lui et leurs regards se croisèrent. Le visage du gobelin se fendit d'un large sourire, découvrant ses dents noircies et ses crocs proéminents. Le charme de Ramden faisait toujours effet et Grinash appuyait inconditionnellement les propos du magicien. Devant les autres gobelins, le nécromancien le traitait avec déférence pour ne pas attirer leur courroux, mais en privé, il n'était que son instrument.

— Demain, nous aurons encore plus de zombies à lancer sur la ville, ajouta Korpak en se massant le front, visiblement victime d'une autre de ses terribles migraines. Faites-moi confiance.

— Je me demande s'il ne serait pas mieux de laisser mijoter le peuple de Riga, un autre jour, au moins, suggéra Ramden. Ils sont entassés comme des sardines dans la ville et l'on peut sentir d'ici la peur que nous leur inspirons. Laissons-les se faire du mauvais sang. Dans de telles circonstances, les esprits risquent de s'échauffer. Certains risquent de ne plus avoir le goût de combattre.

— Assez ! cria Pollus qui vint se placer devant Ramden. Cessons de nous poser mille questions et agissons. Cette première attaque, soi-disant pour tester leurs défenses, était une véritable farce et une perte de temps et d'énergie. Écrasons-les avec toute notre force. Jusqu'ici, ni vous, ni Korpak, ni mes prêtres ne se sont manifestés. Je ne sais pas pour vous, mais les miens ne craignent pas le combat. En lançant l'ensemble de nos forces, nous les massacrerons et Culcuth aura la victoire et le sang qu'il exige. Nous sommes plus nombreux et plus forts qu'eux. Attaquons dès demain et cessons de tergiverser.

— Allons, Pollus, du calme…

— Ne m'appelez pas Pollus, hurla le prêtre, en postillonnant au visage du nécromancien. Je suis le Faucheur ou le grand prêtre de Culcuth. Tels sont mes titres et vous devriez les utiliser lorsque vous m'adressez la parole.

Ramden arqua un sourcil ou du moins ce qu'il en restait, peu impressionné par la colère du prêtre.

— Vous avez fait connaître votre opinion, nous en tiendrons compte quand nous prendrons une décision.

— Quand nous prendrons une décision, dites-vous ? poursuivit Pollus. Et qui prendra cette décision ? Vous ? J'ai précisé ce que nous devrions faire et c'est tout. Fini les bavardages, nous attaquerons demain.

— Qui vous a donné le droit de décider unilatéralement ? Chacun de nous, ici, devrait donner son opinion.

— Évidemment, et que déciderons ces bonnes gens ici assemblés ? Bien sûr, ils choisiront inévitablement la suggestion du *grand* Ramden. Qui vous contredira ? Votre gobelin charmé, sûrement pas. Votre vieux guerrier Noctiari ou encore votre ami de toujours,

Korpak, que vous tentez de gagner à votre cause au détriment des volontés du dieu de la mort. Vous pensez que je n'ai pas vu votre petit jeu ? Depuis que nous avons enrôlé les gobelins à notre cause, vous sapez mon autorité. Je n'accepterai pas…

Un grognement profond, semblable à celui d'un lion menaçant, se fit entendre. Un énorme poing fendit l'air et s'abattit sur Pollus qui fut projeté au loin. Korpak affichait un rictus dément, et tous le regardèrent, saisis de surprise.

— Mon ami, qu'as-tu fait ? demanda Ramden.

Drobar se pencha sur le grand prêtre et posa deux doigts sur sa jugulaire.

— Il est mort, dit-il, sans émotion.

Les yeux de Korpak se révulsèrent jusqu'à ne laisser paraître que le blanc de leurs orbites. Des spasmes secouèrent son corps et il s'écroula, ses muscles tendus comme la corde d'un arc. Pour un moment, ses yeux redevinrent normaux et Ramden put y lire la souffrance et le désespoir. Ses convulsions se poursuivirent de longues minutes et de l'écume apparut aux commissures de ses lèvres. Les autres ne purent qu'attendre la fin de la punition de Culcuth. Ramden se demanda si le dieu de la mort n'allait pas tout simplement tuer Korpak en représailles au meurtre de Pollus.

Au grand soulagement du magicien, la crise se résorba et les muscles de Korpak se relâchèrent.

Il demeura au sol, les yeux mi-fermés. Ramden et Drobar l'aidèrent à se relever. Grinash s'éloigna d'un pas, craignant d'être la prochaine cible de la main de Culcuth.

— Ça va ? demanda le nécromancien.

Korpak ne répondit pas. Ses jambes le portaient à peine et il demeurait le dos voûté, comme si tout le poids du monde pesait sur ses épaules. Son regard était fixe et mât. Il ressemblait aux zombies qu'il avait créés.

— Assieds-toi et reprends tes forces, suggéra Ramden en guidant son ami vers une bûche faisant office de banc.

— Et maintenant ? demanda Drobar sans ambages. Quand les prêtres de Culcuth verront leur chef mort des mains de Korpak, ils risquent de décider ne plus appuyer notre cause.

Ramden caressa son menton de ses doigts difformes, réfléchissant à la situation.

— Grinash, lança-t-il, va me chercher ce prêtre prétentieux et ambitieux. Je crois qu'il se nomme Labeth.

Poussé par l'impulsion que lui insufflait le charme dont il était victime, le gobelin se précipita à l'extérieur de la tente pour exécuter les ordres.

— Nous devrions pouvoir raisonner ce prêtre, expliqua le magicien. Je suis presque sûr qu'il ne pourra résister à l'attrait du pouvoir. Dans le cas contraire, je te demanderai de l'occuper quelques instants, le temps que je le charme, comme je l'ai fait pour Grinash. D'une manière ou d'une autre, il collaborera.

Le vieux Drobar se contenta de hocher la tête.

Grinash revint à peine deux minutes plus tard avec Labeth en remorque. Ce dernier était très grand et imposant. Son énorme ventre rebondi distendait le tissu de sa robe. On racontait que ce prêtre avait, depuis plusieurs années, sillonné des terres peu populeuses pour tenter d'y établir des familles fidèles au dieu de la mort. C'était sa façon de tenter d'étendre les foyers de culte, en colonisant des territoires presque vierges avec des gens de même croyance que lui.

Les yeux du prêtre se posèrent immédiatement sur la forme recroquevillée de Pollus. Il remarqua l'énorme bosse sur sa tempe où Korpak l'avait frappé. Il leva des yeux inquiets qui se posèrent tour à tour sur chacune des personnes présentes.

— Pollus est mort, commença Ramden.

Labeth regardait le magicien par en dessous en attendant la suite.

— Je ne suis pas dans les confidences de votre dieu, mais il me semble que Pollus a dû bien mal le servir, car il a ordonné à à la main de Culcuth de l'abattre. J'ai demandé à Korpak ce que le dieu souhaitait, s'il désirait remplacer Pollus, mais comme tu peux le constater, mon ami est présentement en transe et ne peut me répondre.

Le prêtre observa Korpak qui, assis, les yeux fixés sur le sol et les bras pendants, ne réagissait d'aucune façon. Ramden poursuivit.

– Je me suis donc dit que, si quelqu'un pouvait prendre la relève de Pollus, c'était bien toi. Tu es l'un des plus anciens prêtres présents et tu sembles dévoué à la cause qu'a adoptée ton dieu. Que penses-tu d'être l'un des chefs de notre alliance entre la Faux de Culcuth et le Croissant des Noctiari ? Je distingue en toi un meneur né, un homme sage et avisé qui saura éviter à tes hommes des risques inutiles et les mener à la gloire.

Ramden avait mis l'accent sur le mot *risque*. Labeth n'était pas un imbécile. Il comprit parfaitement les menaces cachées dans la dernière phrase du magicien. Il n'avait que peu d'options. Accepter de prendre la tête des prêtres de Culcuth et peut-être y gagner en renom ou refuser et risquer du subir le même sort que Pollus. Il se redressa et bomba le torse.

– C'est avec plaisir, et surtout en dévouement à mon dieu, que je mènerai les prêtres de Culcuth. Tous ensemble, nous raserons le temple de Libra et brûlerons la ville.

– Bien, reprit Ramden. Je suis content de te compter parmi nous. Si tu le veux bien, nous irons annoncer la bonne nouvelle aux tiens, mais d'abord, nous avons quelques points à régler concernant la bataille de demain. Grinash, demande à deux de tes hommes d'enterrer le corps de Pollus. Qu'ils aillent à l'ouest du camp où aucun prêtre ne campe. Je ne voudrais pas que la nouvelle de cette mort parvienne aux oreilles des autres prêtres avant que Labeth ait pu leur parler.

— À ce sujet, je crois que… que Grinash avait raison, balbutia Drobar qui prêta les dernières paroles de Pollus au roi des gobelins, pour ne pas que Labeth se doute de la cause de la mort du grand prêtre.

— J'avais raison à quel sujet ? demanda le gobelin, surpris.

Ramden leva la main, et dans un claquement de mâchoires, Grinash referma la bouche.

— Nous ne pouvons attendre avant de lancer notre attaque, reprit le guerrier. Il est vrai que, plus nous attendons, plus la peur et la fatigue, causées par leur état de veille, affaiblissent notre adversaire. Par contre, nous n'avons pas beaucoup de vivres et nous ne pouvons soutenir un siège. Je suggère donc une attaque directe, le plus tôt possible. De plus, je ne suis pas sûr que gobelins, morts-vivants et humains pourront longtemps cohabiter en harmonie.

— Voilà de judicieuses remarques, reprit le magicien. Je serais porté à adhérer à ton point de vue, Drobar. Qu'en penses-tu, Labeth ?

— En effet, ces recommandations me semblent à propos.

— Donc, nous avons un consensus, nous attaquerons demain. Maintenant, il faut établir une stratégie. Korpak nous a garanti qu'il nous fournirait plus de zombies demain, ajouta Ramden en jetant un bref coup d'œil à son ami qui n'avait pas bougé d'un iota. Que proposes-tu, Drobar ? C'est vous qui avez le plus d'expérience dans le domaine.

— Il faut d'abord trouver le moyen d'éliminer leurs plus grandes menaces, leurs prêtres, et surtout l'élu de Libra, qui fauche les morts-vivants comme des marguerites. Je pense aussi qu'il serait fort bénéfique de les forcer à combattre loin de leurs barricades. Nous éviterions ainsi leurs archers qui s'y cachent.

Ramden réfléchit un instant avant de prendre la parole, alors que Grinash revenait de transmettre les ordres du magicien à ses gobelins.

— J'ai une idée. Korpak les forcera à sortir. Grinash, nous attaquerons demain. Prends le tiers de tes gobelins et dis-leur que chacun de ceux qui me rapporteront le symbole de la déesse de la justice, arraché au cadavre d'un prêtre, recevra cinq pièces d'or et le premier choix lors du partage du butin, qu'il s'agisse d'esclaves ou de bétail. Vos seules cibles seront les prêtres de Libra. Drobar, avec l'aide de nos frères Noctiari, tu dirigeras le reste des gobelins à ta discrétion.

Le guerrier acquiesça, sans dire un mot.

— Quant à tes prêtres, poursuivit Ramden en se tournant vers Labeth… Vous pourriez déléguer une poignée de ceux-ci pour qu'ils nous débarrassent de l'élu. Drobar te fournira quelques gobelins pour vous aider à accomplir cette importante tâche.

— Ce sera fait, s'empressa de répondre le prêtre avec ferveur. Nous verrons comment il se débrouillera quand la furie de Culcuth s'abattra sur lui.

— Parfait. De mon côté, je me ferai discret. Si le nécromancien se manifeste, je me dresserai sur son chemin. S'il ne se présente pas, j'ajouterai ma magie à la destruction qu'apportera Korpak dans leurs rangs. Demain sera un grand jour pour l'alliance de la Faux et du Croissant. Demain, Riga et son temple brûleront, restituant à la fois la gloire de Culcuth et des Noctiari, ajouta le magicien en élevant la voix, le poing droit serré devant sa poitrine. Messieurs, vous avez vos ordres, passez le message à vos troupes, nous attaquerons quand le soleil sera à son zénith.

Tous acquiescèrent, sauf Drobar.

— Si je peux faire une suggestion, ajouta-t-il en s'adressant à Ramden.

— Je t'en prie, concéda le magicien.

— Demain, c'est la grande bataille. Je conseille d'autoriser une double ration pour tous, ce soir, et d'imposer un couvre-feu dès la tombée de la nuit.

Nous aurons besoin de guerriers forts et reposés. Le repas du matin devra être frugal. Il n'est pas bon de se charger l'estomac avant le combat. Finalement, que chaque combattant affûte son arme et s'assure de sa solidité.

— Merci, Drobar, tes conseils sont à nouveau à propos. D'autres commentaires avant que nous allions annoncer la mort de Pollus aux prêtres ?

Le vieux guerrier, le gobelin et le prêtre secouèrent la tête, avant de se saluer et de quitter la tente. Ramden était à la fois soulagé de constater que la braise de la vengeance qu'il avait attisée depuis plus de deux ans allait dès le lendemain s'enflammer pour consumer ceux qui avaient directement ou indirectement causé ses infirmités. Il espérait seulement que le magicien serait parmi eux pour que son triomphe soit complet.

— Même si tu n'y es pas, Feren, dit-il en s'adressant à son rival absent, je jure de te traquer et de te retrouver où que tu te terres et de te remettre au centuple les souffrances que tu m'as imposées. Korpak et moi n'aurons de répit que lorsque tu périras par nos mains.

Ramden se tourna vers son ami qui n'avait toujours pas prononcé un mot. Son regard était vide et un filet de bave glissait le long de son menton.

Toute intelligence semblait avoir quitté les yeux bruns pétillants que le nécromancien avait maintes fois croisés autrefois. Il s'approcha doucement de lui. La cicatrice noire en forme de main squelettique se découpait clairement sur son front terne et grisâtre. Ses yeux lui parurent plus enchâssés que d'habitude dans leurs orbites.

— M'entends-tu, mon ami ? demanda le magicien.

Le guerrier n'eut aucune réaction.

— Korpak, c'est moi, Ramden. Parle-moi.

Le mort-vivant releva lentement la tête et ses yeux croisèrent ceux de son ami. Ce dernier eut l'impression de regarder dans un puits sans fond où pointait une lueur de folie ou de souffrance ultime, il ne savait trop.

— Korpak, ajouta-t-il avec douceur. Où sont ta fierté et ton énergie d'antan ? Qu'avons-nous fait de toi ? Qu'ai-je fait de toi ? Je t'ai livré aux mains d'un dieu qui ne t'impose que souffrance et misère. Je te le promets, je trouverai le moyen de te dégager de l'emprise de Culcuth dès que nous aurons réalisé notre vengeance.

Une brève lueur de lucidité passa dans les pupilles noisette du guerrier.

— *Notre* vengeance ? dit-il d'une voix faible.

Ramden mit la main sur l'épaule de son ami, puis il baissa la tête, lourd de chagrin.

— Pardonne-moi, murmura-t-il.

CHAPITRE XIX

LE POUVOIR DE KORPAK

 u matin de la journée suivant le premier assaut, l'alarme fut à nouveau sonnée à Riga, alors qu'on avait à peine terminé l'inhumation des soldats tombés au combat. Une troupe de gobelins était en vue. Étrangement, les monstres, au pas de course, ne venaient pas du camp ennemi, mais plutôt de l'Est. Il ne fallut pas longtemps aux guetteurs pour s'apercevoir qu'il ne s'agissait que d'un petit contingent, une cinquantaine d'individus tout au plus.

Les gobelins ne se ruèrent pas sur les barricades de la ville, comme les gens de Riga l'avaient d'abord imaginé, mais ils bifurquèrent vers le nord afin de rejoindre le reste de l'armée. Ils couraient à vive allure malgré leurs courtes jambes, comme si leur vie en dépendait.

Des cris retentirent et un second groupe apparut. Les guetteurs observèrent une colonne de chevaux poursuivant les gobelins au trot. À droite des cavaliers couraient trois rangs de nains. Les hommes retenaient leurs chevaux pour permettre aux nains qui les accompagnaient de suivre.

Les rayons rougeâtres du soleil naissant se reflétaient sur le heaume doré du chef des cavaliers. La longue queue de cheval rouge qui y était fixée flottait au vent. Ces attributs firent en sorte que les citoyens qui s'étant massés à la barricade est surent de qui il s'agissait.

– C'est Galior et nos hommes qui sont de retour, accompagnés de nains, cria l'un des guetteurs du haut de sa tour.

– C'est Galior, reprit une autre voix, puis une troisième et une quatrième.

L'avance des gobelins était considérable. Les cavaliers auraient pu les rattraper rapidement, mais Galior leur interdisait d'aller plus vite que les nains. Ces derniers n'auraient pas toléré l'affront d'être laissés sur place au moment de confronter leurs ennemis. Galior estima rapidement leur vitesse et le terrain que ses adversaires devaient parcourir avant d'atteindre leur camp. Il réalisa que ses hommes et ceux de Gorax pourraient les rejoindre, mais trop près du camp adverse. Ils s'exposeraient à une attaque de l'armée de gobelins. Il se pencha donc sur sa selle et s'entretint avec Gorax. Le nain fit un signe de tête affirmatif, puis d'une main levée, Galior dirigea ses hommes vers la barrière nord de la ville. Les nains obéirent à l'ordre de leur chef, dans une formation serrée, leurs bottes cloutées martelant le sol dans une cadence presque parfaite.

Les habitants de Riga se massèrent près des barricades pour accueillir l'aide dont ils avaient cruellement besoin. Ils se hâtèrent d'ouvrir la barrière. Partout, on entendait scander le nom de Galior et les visages aux traits tirés par la fatigue s'éclairaient de sourires et d'espoir. Le chef des cavaliers, mal à l'aise devant une telle démonstration, devint aussi rouge que la parure de son heaume.

Lorsqu'il mit pied à terre, il réalisa combien la longue chevauchée l'avait épuisé. Son admiration face aux nains ayant fait tout le trajet à pied augmenta d'autant. Jamais ils n'avaient rechigné ou ne s'étaient plaints, même si la ville qu'ils venaient secourir leur était parfaitement étrangère. C'était leur façon de remercier Galior et les autorités de leur avoir prêté main-forte, alors qu'ils étaient dans le besoin.

Jolar accueillit avec joie les renforts qu'il conduisit au temple. On leur servit à boire et à manger. Galior et Gorax racontèrent leurs péripéties jusqu'à leur course pour rejoindre les gobelins en fuite des collines. Ils les avaient aperçus devant eux aux premières lueurs de l'aube et les avaient immédiatement pris en chasse. Gorax pestait de ne pas être parvenu à les atteindre.

Les nains et les miliciens refusèrent de se reposer quand on le leur offrit. Ils savaient qu'une prochaine attaque était imminente.

À midi, un cor retentit au loin et les guetteurs virent les forces ennemies prendre position. Quelques minutes plus tard, le cor sonna à nouveau, cette fois d'une note plus aiguë et les gobelins et les zombies marchèrent vers la ville. Les forces de Riga ne furent pas prises au dépourvu. Ils firent sortir cavaliers et fantassins qui demeurèrent près des barricades, l'air déterminé. Comme la veille, les archers se tenaient derrière. Les deux clans semblaient avoir adopté la même tactique. Chez l'ennemi, les zombies ouvraient la marche, suivis des gobelins, menés par des hommes. Seule différence, des prêtres à la robe noire se distinguaient à l'arrière.

Les champions de Libra étaient éparpillés parmi les défenseurs. Aginor se tenait aux premières lignes, encourageant ses hommes. Il avait voulu transférer ses responsabilités à Galior, qui connaissait mieux les miliciens de Riga, mais ce dernier avait refusé.

— Tu connais mieux que moi les stratégies de combat, avait-il affirmé. Je vais combattre avec mes cavaliers aux côtés de Gorax et des nains des collines.

Derek, pour sa part, avait rassemblé quelques hommes désignés comme garde du corps pour Anton, afin de le protéger lorsqu'il éliminerait les zombies. L'élu était monté sur un cheval brun et, les sourcils froncés, il observait l'avance de l'ennemi.

Dora dirigeait les quelques prêtres qui se lanceraient dans la mêlée. Derrière la barricade, Seyla plaça ses deux carquois de flèches devant elle, à portée de main, imitée par les autres archers.

Jolar grimpa sur une des tours de guet où il rejoignit Géras. De là, il pourrait avoir une vue d'ensemble et peut-être lancer quelques sorts.

Les troupes ennemies s'avançaient lentement, leurs pas faisant trembler le sol de la plaine. Aginor leva le bras, signalant à ses archers de se tenir prêts. Son ordre fut relayé jusque derrière les barricades. Encore une centaine de mètres et les gobelins seraient à portée de tir.

À la surprise des défenseurs, une autre note de cor retentit et gobelins et zombies s'immobilisèrent hors de portée des flèches. Un silence chargé s'installa, les deux armées se toisant à distance. Quelque part au sud, un oiseau de proie poussa un cri. Du mouvement au pied de la tour de guet attira l'attention de Jolar. À travers les planches empilées se faufilèrent deux chatons noirs et blancs. Le plus petit des deux attaqua son frère qui se laissa choir sur le dos. Jolar sourit devant la vivacité des petits mammifères inconscients du drame qui allait bientôt se jouer aux limites de la ville. Il en vint même à envier leur vigueur. Comme il aurait aimé posséder encore toute la force de ses vingt ans en pareil moment. Il repensa à l'offre que Feren lui avait faite, mais rapidement, il rejeta ces pensées et porta à nouveau son attention sur les lignes de monstres.

Les rangs des gobelins, puis des morts-vivants, s'ouvrirent en leur centre. Un homme de grande taille s'avança et leva les bras vers le ciel. Anton eut un étourdissement et il dut se retenir au pommeau de sa selle pour éviter la chute. Le malaise lui laissait une impression de saleté. Il ressentait le besoin d'aller se baigner pour se débarrasser de souillures invisibles. Sans pouvoir l'expliquer, il comprit que l'homme se tenant devant les lignes ennemies était la cause de son malaise. L'élu ferma les yeux et se concentra pour repousser l'attaque. Il visualisa le pouvoir de Libra, comme une étincelle en lui. Celle-ci devint une flamme blanche et vive qui repoussa la noirceur tentant de l'étouffer. Anton ouvrit les yeux et s'aperçut que Derek le dévisageait avec inquiétude.

— Est-ce que ça va ? demanda l'éclaireur.

— Maintenant, oui, répondit le jeune homme. Je ne sais pas qui est cet homme, mais j'ai senti son pouvoir corrompu jusqu'ici. Je suis parvenu à le repousser. Il nous faut le craindre, je n'ai jamais rencontré quelqu'un de qui émane un si grand pouvoir.

Devant son armée, Korpak avait évoqué Culcuth pour projeter une vague puissante en direction de ses adversaires. Son but n'était pas de les blesser. L'attaque était plus subtile. Il sentit sa vague de pouvoir passer au-delà des défenseurs et pénétrer la ville. Il eut également conscience de la présence d'Anton, qui avait légèrement affaibli son sort.

Sur la tour de guet, Jolar tressaillit. Des images se formèrent dans sa tête et un avertissement lui fut envoyé. Le grand prêtre reconnut l'effleurement délicat de l'esprit de sa déesse. En quelques secondes, il sut que devant lui se tenait la main de Culcuth et qu'il venait d'utiliser la force du dieu de la mort contre la ville. Plus inquiétant, il savait dans quel but.

Il descendit le plus rapidement possible les échelons de la tour de guet, laissant Géras intrigué, qui lui demandait où il allait, puis il appela les prêtres à proximité.

— Suivez-moi, c'est urgent, leur cria-t-il, en s'élançant vers le temple.

Les muscles de ses jambes, malgré leur rigidité, parvinrent à supporter l'effort inhabituel qu'il leur demandait. Six prêtres l'avaient rejoint. Arrivé au temple, Jolar coupa vers sa droite avant d'arriver aux portes. Ils arrivèrent bientôt au cimetière. Tout était calme.

— Tenez-vous près de moi et joignons nos mains, dit Jolar, le souffle court.

— Que se passe-t-il, grand prêtre ? demanda le plus jeune d'entre eux.

— La déesse veut que nous contrecarrions les plans de dieu de la mort visant à abattre notre temple.

J'aurai besoin de votre force et de votre piété pour y arriver.

Les prêtres formèrent une chaîne humaine, se tenant tous par la main. Le sol trembla sous leurs pieds. Les pierres tombales furent secouées.

— Concentrez-vous, ordonna Jolar.

Le grand prêtre ouvrit son esprit à Libra qu'il vénérait depuis son enfance. Une chaleur réconfortante l'envahit, soulageant ses maux, alors que le sol tremblait toujours. Il sentit la présence de ses acolytes et la ferveur de leurs oraisons. Révolté, Jolar perçut également que, sous ses pieds, la magie noire du dieu de la mort tentant d'éveiller les défunts reposant dans le cimetière, afin qu'ils combattent au cœur de la ville.

Pour la seconde fois, les deux magies divines s'affrontèrent. Ça ne serait pas la dernière fois. Les prêtres de Libra avaient les traits tendus par l'effort. La lutte fut brève. Sur cette terre consacrée, les représentants de la déesse de la justice eurent le dessus. Les secousses s'atténuèrent et cessèrent, alors que des citadins venaient s'enquérir de la cause du grondement sourd qu'ils avaient entendu.

Jolar ouvrit les yeux et poussa un soupir de soulagement. Les morts de la ville demeureraient en paix.

Sur le champ de bataille, Korpak poussa un long cri, frustré de l'échec de sa tentative sur le cimetière de Riga. Les défenseurs se trouvaient trop loin pour distinguer la lueur rouge brillant dans ses yeux. De chaque côté de lui se tenaient ses morts-vivants, alors que les gobelins, craignant son courroux, s'étaient éloignés le plus possible. Korpak regarda ses paumes où apparurent des flammes. Il les lança, comme on lance un caillou. Le feu jaillit à toute vitesse et prit de l'ampleur pour se transformer en boule de feu de plus de deux mètres de diamètre. Les soldats de l'alliance de Riga virent les flammes passer au-dessus de leur tête et s'abattre de l'autre côté de la barricade, au-delà des archers.

Une des boules de feu toucha le toit d'un commerce qui s'enflamma, alors que l'autre atterrit sur la route de pierres, parmi un groupe de citoyens. Ils furent tous immolés et il ne resta d'eux qu'un peu de cendres que balaya le vent. Le feu sur le commerce menaçait de se propager à d'autres bâtiments. Des gens se hâtèrent de tirer de l'eau des puits pour éteindre le brasier. Bientôt, un second bâtiment prit feu, puis un troisième. Un tourbillon de fumée noire s'éleva, visible du champ de bataille. Les gobelins poussèrent des cris de joie, alors que les soldats hors des barricades étaient déchirés entre maintenir leur position face à l'ennemi ou retraiter et aider les leurs à éteindre les flammes.

– Restez où vous êtes, leur ordonna Aginor qui devina leurs pensées. Gardez les rangs bien formés.

Si nous abandonnons notre position, les gobelins pénétreront dans la ville en moins d'une heure.

Les soldats de Riga n'eurent d'autre choix que de regarder, inquiet, leur ville qui brûlait, alors que devant eux, de nouvelles flammes dansaient déjà dans les paumes de Korpak.

Un messager arriva du côté est de la barricade pour livrer un message à Galior et à Gorax. Les deux champions de Libra eurent la surprise de voir un nain courir vers eux. Galior reconnut le mercenaire, avec qui il avait combattu les Noctari à Gaubourg.

— Bonjour, Galior, content de te revoir. J'apporte un message d'Aginor, chef des troupes de Riga. Il veut empêcher cet homme de lancer d'autres boules de feu sur la ville. Il a fait appeler les archers qui franchiront sous peu la barrière, puis il se lancera contre l'ennemi.

— Merci, mercenaire. Je suis heureux de constater que les gens de Gaubourg se sont ralliés à ceux de Riga.

— C'est la moindre des choses.

Le nain se tourna ensuite vers Gorax, qu'il dévisagea pendant quelques instants.

— Gorax, je suis honoré de te revoir. J'ai entendu parler de toi à plusieurs reprises ces dernières années.

— Vous vous connaissez ? demanda Galior.

Gorax fronça les sourcils, cherchant à reconnaître le nain se tenant devant lui. Ses yeux s'arrondirent lorsqu'il se rappela ces yeux profondément enchâssés, ces sourcils épais et surtout, cette cicatrice à sa mâchoire où des poils blancs avaient poussé.

— Ah ! j'aurais dû me douter que c'était toi qu'on nommait le mercenaire, dit Gorax, le mépris pointant dans son ton de voix. Hifuth est son vrai nom, ajouta-t-il à l'attention de Galior. Il a été banni du Clan de la hache noire dès qu'il est devenu adulte. Je séjournais dans le Clan quand on l'a chassé. Il aurait été surpris à vendre les secrets des forges de son clan à des hommes. Les nains de la hache noire sont des experts forgerons, que même les elfes ne peuvent égaler. On raconte qu'ensuite, Hifuth s'en est allé se battre pour qui voulait bien déposer un sac de pièces d'or devant lui, peu importe la justesse de la cause.

— Il y a un peu de vrai et beaucoup de faux dans ce que dit Gorax. Je ne viens pas ici pour me justifier ni pour laver mon honneur. Si nous remportons la victoire, c'est avec plaisir que je te raconterai mon histoire devant une bière fraîche. D'ici là, je souhaiterais me joindre à vous et combattre à vos côtés. Jérémie a confié la direction des hommes de Gaubourg à Aginor et je serais plus efficace aux côtés de mes frères nains.

— Tu as perdu le droit d'appeler les nains tes frères, lorsque tu les as trahis, grogna Gorax.

– C'est à toi de décider, Gorax, intervint Galior. Le thain a placé ses nains sous ta responsabilité. Ce que je peux te confier, c'est que si le mercenaire n'avait pas été là à Gaubourg, nous serions peut-être tous morts et la ville serait toujours sous le joug des Noctiari. Ce nain a toujours agi avec honneur et bravoure tant que je l'ai côtoyé et je serais heureux de le compter parmi mes hommes.

– Mmmh ! Je vais te donner ta chance, Hifuth, mais c'est bien parce que Galior le veut. Bats-toi avec honneur et peut-être que je m'assoirai avec toi et que j'accepterai une bière.

– C'est tout ce que je demande, conclut le mercenaire.

Devant la ville, Aginor leva le bras et signala aux troupes d'avancer. La bataille allait commencer.

CHAPITRE XX

FRÈRES CONTRE FRÈRES

e plan de Ramden avait fonctionné comme prévu. Les forces de Riga quittèrent les abords de leurs barricades pour passer à l'attaque. Leurs archers ne seraient plus à l'abri et pourraient être attaqués.

Les défenseurs ne chargèrent pas aveuglément leurs ennemis. Ils s'avancèrent d'un pas mesuré, une troupe de cavaliers sur chaque flanc ; ils étaient prêts à intervenir là où le besoin s'en ferait sentir. Le baron de Huntington menait le flanc ouest et Galior était à l'opposé. Devant, les gobelins les regardaient s'avancer en les invectivant.

Plus qu'une cinquantaine de mètres séparaient les deux groupes. La tension était palpable. Derrière, les archers encochèrent leurs flèches. Il leur fallut attendre de s'approcher davantage de façon à ce que leurs projectiles tombent parmi les gobelins, alignés derrière les morts-vivants. Parmi ces derniers, Seyla remarqua que l'homme ayant lancé des boules de feu sur la ville avait retraité derrière ses hommes. Elle ne le vit nulle part.

Anton initia les hostilités. Un rayon blanc quitta sa main et frappa l'un des zombies, qui tomba en poussière.

Aginor donna ensuite l'ordre à ses archers de faire feu. Immédiatement après, le chaos de la bataille déferla sur la plaine. Les fantassins de Riga repoussèrent les zombies, alors que les prêtres de Libra les faisaient tomber les uns après les autres. La riposte ne se fit pas attendre. Les morts-vivants tuèrent bon nombre de fantassins et quelques prêtres, et les gobelins chargèrent avec férocité. Des prêtres de Culcuth, accompagnés de gobelins, se ruèrent vers le groupe protégeant Anton. Leurs sorts immobilisèrent quelques guerriers de Riga. Avec Derek à leur tête, les gardes du corps de l'élu tinrent tête à l'ennemi. Armé de son épée courte et de son long poignard, Derek plongea sous les lances et transperça de son poignard l'abdomen d'un des gobelins. Il para ensuite de son épée un coup d'estoc lui étant destiné. Son mouvement écarta la hampe de la lance et la créature ne put ramener son arme à temps avant de subir le même sort que son compatriote.

Anton ne perdit pas de temps à s'occuper des gobelins. Il savait que la plus grande menace provenait des prêtres qui gesticulaient derrière eux, s'apprêtant à lancer leurs sorts. Se rappelant la leçon que Feren lui avait servie, il se concentra et puisa dans l'énergie divine qui l'habitait pour évoquer un essaim d'abeilles près des prêtres adverses. C'était la première fois qu'il tentait un tel sort ; l'idée lui était venue, et sans se poser de questions, il lui avait donné forme.

— Voyons s'ils peuvent demeurer concentrés, murmura le jeune homme.

Les abeilles tournèrent autour des prêtres, les harassant sans relâche et les piquant à l'occasion. Ces derniers, trop occupés à chasser les insectes, ne purent terminer leurs incantations. Pendant ce temps, Derek et ses hommes parvenaient difficilement à repousser les gobelins, supérieurs en nombre.

Soudain, une brise s'éleva qui se transforma bientôt en un fort vent. L'essaim d'Anton fut balayé par la bourrasque, libérant ainsi les prêtres. Anton aperçut un peu plus loin un homme de forte stature portant la robe noire brodée de la Faux d'or, symbole de Culcuth. Ce prêtre avait sûrement provoqué la bourrasque. L'élu se força à tourner son attention vers le plus urgent. Les prêtres de Culcuth psalmodiaient déjà pour frapper les hommes de Derek. Le pouvoir divin d'Anton lui donnait un avantage sur les prêtres. Une seule pensée suffisait à créer le sort qu'il désirait, alors que les autres devaient prier quelques secondes avant d'accéder à la magie de leur dieu. Une meute d'une demi-douzaine de loups apparut devant les ouailles de Culcuth, qu'ils attaquèrent. *Voilà qui occupera la moitié d'entre eux,* pensa Anton.

Instantanément, trois des gardes de l'élu tombèrent. Ils s'effondrèrent simplement au sol, foudroyés par un sort que le jeune ne put identifier. À l'arrière, le prêtre bedonnant s'avança.

— Derek, occupe-toi du gros prêtre, je crois que c'est leur chef. Je m'occupe des autres.

L'éclaireur acquiesça et se fraya un chemin parmi les gobelins, tranchant des tendons et des muscles sur son passage, dansant pour éviter les coups. Il parvint à l'arrière des lignes sans trop de difficultés. Les gobelins semblaient déterminés à se rendre à Anton et prêtaient peu d'attention à Derek. Six prêtres se débattaient, cloués au sol par les loups qui cherchaient à refermer leurs puissantes mâchoires sur leur gorge. Derek aperçut Labeth un peu en retrait qui s'avançait avec confiance. Il regarda le jeune homme et lui sourit. Il prononça quelques mots que Derek ne put comprendre et une faux faite de lumière dorée apparut dans ses mains.

Le jeune homme se rua sur son adversaire. Labeth leva sa faux et l'abattit de toutes ses forces. Son mouvement était lent et Derek n'eut aucune difficulté à lever son épée pour contrer l'attaque. La faux magique rencontra l'épée courte de Derek, qui ne put freiner la course de l'arme magique. La fidèle épée du champion de Libra vola en éclats et ralentit à peine la faux qui pénétra profondément dans l'épaule du jeune homme, tranchant ses muscles et lui fracassant la clavicule.

Des éclairs de douleurs emplirent la vision de Derek qui tomba à genoux, sa main gauche posée sur sa blessure pour tenter d'épancher le flot de sang.

Il était conscient de ne plus en avoir pour longtemps. Au moins une artère avait été touchée. La douleur menaçait de lui faire perdre connaissance. Déjà, sa vision se réduisait à un tunnel aux pourtours sombres et flous. La dernière image qu'il perçut était celle de Labeth, un sourire aux lèvres, qui soulevait sa faux pour porter le coup de grâce. Derek était trop faible pour esquiver le coup. La plaine se mit à tourner et il ressentit un grand froid. Il roula sur le côté et perdit connaissance, alors que l'arme s'abattait sur lui.

Les cavaliers de Galior et les nains de Gorax s'enfoncèrent dans les rangs ennemis. Même les coriaces zombies s'effondraient sous les longues lances habilement maniées ou les haches affûtées qui les réduisaient en charpie. Il était grand temps que l'aile est des défendeurs de Riga vienne porter secours à la force principale de fantassins, qui peinaient à repousser les assaillants. Avec leur aide, ils parvinrent à ancrer leurs défenses et même à forcer les gobelins à reculer.

Galior remarqua, du haut de son cheval, un homme qui s'époumonait à pousser les gobelins au combat. Le champion de Libra remarqua le croissant argenté qui retenait la cape de l'homme et la colère monta en lui. Un peu plus loin, il en distingua un autre. *Des Noctiari,* se dit-il... *encore... je croyais en avoir fini avec eux. Ils sont sûrement à l'origine de la mise sur pied de cette armée hétéroclite.*

— Les gobelins sont dirigés par des Noctiari, cria-t-il à l'attention de Gorax et du mercenaire.

Les yeux des nains étincelèrent et ils se jetèrent corps et âme dans la mêlée, suivis de leurs frères nains. Ils donnèrent de la hache avec abandon, tant et si bien que les gobelins risquaient de retraiter en débandade.

Drobar, qui se tenait un peu à l'écart, fut témoin de l'avancée des nains. Il rallia la troupe d'élite de gobelins qu'il gardait en réserve et se lança contre les Poings de pierre ; il motivait ses troupes en réveillant la haine presque héréditaire qu'éprouvaient les deux races l'une envers l'autre. Grâce à l'appui de la troupe du vieux Noctiari, les gobelins luttant déjà contre les nains reprirent courage et leurs attaques, de la vigueur.

Les nains payaient maintenant pour leur témérité, soit de s'être jetés tête baissée sur les Noctiari. Ils étaient presque encerclés quand Galior ordonna une charge. Le sang des gobelins, des hommes et des nains saturait la poussière de la plaine. Galior n'avait jamais vu de combat aussi féroce. Plusieurs têtes de gobelins volèrent sous son épée, alors qu'il tentait de rejoindre Gorax et le mercenaire qui combattaient côte à côte. Ce dernier, pressé de toute part, maniait sa grande épée avec dextérité, malgré l'espace restreint. De tous les nains présents, il était le seul à avoir choisi l'épée à deux mains comme arme de prédilection. La hache et le marteau de guerre étaient des armes plus communes chez cette race.

Gorax parvint finalement à rejoindre l'un des Noctiari avec lequel il engagea le combat. L'homme n'était pas un novice et il parvenait à parer les coups du nain. Le mercenaire, à ses côtés, tuait tous les gobelins s'approchant de lui de toutes les façons possibles. Il se servait principalement de son épée, mais son casque fractura plusieurs nez et ses coups de pieds brisèrent des genoux. Deux gobelins se jetèrent simultanément sur Hifuth. Il absorba leur charge, et d'une poussée, les rejeta plus loin, où son épée pourrait être mise à contribution. Il ne vit jamais le rusé Drobar s'avancer derrière, et lui enfoncer son épée dans les reins, juste comme il parvenait à éliminer ses opposants. Hifuth tomba à genoux.

Gorax éprouva une grande satisfaction quand il vit le Noctiari s'effondrer, victime de sa hache. Il se retourna vers le mercenaire et son sourire de satisfaction s'effaça. Il aperçut Drobar qui retirait son épée du corps du nain et retraitait plus loin dans les rangs.

— À moi, Poings de pierre, cria-t-il à pleins poumons.

Ses hommes entendirent son appel de détresse et se rallièrent à leur chef. Bientôt, un cercle, libre de gobelins, se fit autour de Gorax qui se pencha sur Hifuth. Du sang coulait déjà de la bouche du blessé. Le champion de Libra sut que l'hémorragie emporterait le nain avant qu'ils n'aient la chance de l'amener à un prêtre.

– Je dois te dire, avant de mourir, commença Hifuth dans un murmure.

– Tu n'as pas besoin de me dire quoi que ce soit, répliqua Gorax, d'un ton rassurant. Repose-toi.

– Non, fit le blessé d'une voix plus forte. Tu *dois* savoir. Personne d'autre n'est au courant et je ne veux pas emporter ce secret avec moi dans ma tombe.

Gorax leva les yeux, inquiet. Ses nains, aidés par les cavaliers de Riga, étaient parvenus à repousser les gobelins encore plus loin et Galior mettait pied à terre et accourait vers eux.

– C'est vrai, j'ai donné à des hommes quelques secrets sur les forges de la hache noire, mais les moins importants. Je le devais, ces hommes avaient enlevé ma dulcinée et menaçaient de la tuer si je ne leur dévoilais pas mes secrets.

Hifuth toussa, éclaboussant Gorax de gouttelettes rouges. Il inspira péniblement, par à-coups, avant de poursuivre.

– Ça n'a rien donné. Ils ont tué quand même ma belle Gartez. Ensuite, je suis bien devenu un merce-naire, mais toujours au service de causes que je croyais justes.

Ses paupières se fermèrent à demi.

– Je suis fatigué. Je vais me reposer quelques secondes.

– Comment se fait-il que je n'ai jamais entendu parler de Gartez ? demanda Gorax. J'étais parmi votre clan à cette époque.

Sa question demeura sans réponse. Hifuth laissa échapper une dernière respiration entrecoupée de hoquets. Avec son dernier souffle, la vie quitta le nain que tous appelaient le mercenaire.

❦

Korpak jeta un regard vide sur les alentours. La majorité de ses zombies avaient été anéantis, surtout par les prêtres de Libra. Plusieurs d'entre eux l'avaient payé de leur vie. Une dizaine de gobelins arborait avec dérision le symbole de la déesse de la justice, dérobé aux corps mutilés des prêtres. Mêlée aux dépouilles des morts-vivants, la main de Culcuth voyait des gobelins, des Noctiari, des hommes de Riga et des nains qui ne rentreraient jamais chez eux. L'ancien guerrier n'en éprouvait aucune émotion.

La lueur rouge dans ses yeux s'accentua et, les paumes tournées vers le ciel, il leva lentement ses bras musclés de chaque côté, jusqu'à ce que ses mains se rejoignent au-dessus de sa tête. Il sentit le pouvoir de Culcuth passer en lui, comme s'il était frappé par un éclair.

Partout, sur le champ de bataille, les morts se relevèrent. Une armée de zombies, beaucoup plus imposante que la première dont il disposait à leur arrivée, se leva et se lança de concert contre les défenseurs de Riga.

※

Jolar avait repris son poste auprès de Géras sur l'une des tours de guet. Il vit avec effroi les morts se dresser et attaquer les vivants. Le père tombé au combat se relevait et attaquait son fils, il voyait des hommes s'en prendre à des nains, des nains à d'autres nains. Le chaos total avait gagné la plaine. La situation devenait critique pour l'alliance de Riga. Ils étaient déjà en infériorité numérique, et maintenant, ils étaient submergés par une marée de zombies.

— Culcuth, grogna Jolar avec incrédulité, les yeux fixés sur l'horrible scène se déroulant sous ses yeux. Il se nourrit de la mort.

Le grand prêtre ressentit d'abord le dégoût, puis la colère de Libra. Il se ressaisit rapidement et ordonna à tous les prêtres d'abandonner les blessés qu'on leur avait apportés et d'effectuer une sortie.

— Sus aux marionnettes de Culcuth, cria-t-il en descendant de sa tour et en se dirigeant lui-même vers la barrière. Détruisons ces morts-vivants. Abandonnez les blessés, sans quoi, ils risquent de ne plus avoir de temple pour y chercher refuge. Les bonnes gens de Riga feront de leur mieux pour les soulager en attendant notre retour.

Géras lui cria qu'il allait s'en occuper, mais Jolar ne l'entendit pas, la colère de Libra bourdonnait à ses oreilles et son regard demeurait fixé sur le champ de bataille.

❄

Dora avait été séparée des autres prêtres. Elle éliminait les morts-vivants avec une efficacité remarquable. Le destin lui fut toutefois cruel. Il voulut qu'elle se tourne en direction de son époux, alors que la faux du prêtre de Culcuth fracassait son arme et le terrassait. Un cri de terreur s'échappa de la prêtresse qui zigzagua parmi les combattants pour porter secours à son mari. Elle sortit son couteau, mais c'était inutile. Elle se savait trop loin pour le lancer et aucun de ses sorts n'avait suffisamment de portée. Elle arriverait trop tard.

— Non, Libra, s'il vous plaît, pria-t-elle, alors que des larmes embrouillaient sa vision.

❄

Gorax poussait ses hommes à venger les leurs, tombés au combat. Galior et les siens bataillaient courageusement auprès de leurs alliés nains, mais les épées et les lances devenaient de plus en plus lourdes à mesure que perdurait le combat. Pour l'instant, l'adrénaline permettait à ses hommes de tenir bon, mais le champion de Libra savait que ce surplus d'énergie s'épuiserait sous peu.

Le chef des nains tua un autre gobelin. Un mouvement attira son attention et il se retourna juste à temps pour bloquer le coup lui étant destiné. Il remarqua que l'épée qu'il était parvenu à éviter était celle de Hifuth. Le nain s'était relevé et il s'attaquait à Gorax.

— Traître, cria le nain. Tu as feint la mort pour mieux m'attaquer dans le dos. Tes belles paroles ne servaient qu'à me donner confiance. Tu vas voir…

Le nain s'interrompit lorsqu'il discerna le regard voilé de Hifuth, et ses gestes saccadés, alors qu'auparavant, son maniement d'épée n'était que grâce et fluidité. Il remarqua alors que plusieurs frères nains tombés se relevaient et les attaquaient. Il comprit qu'une noire magie venait de les transformer en morts-vivants. Hifuth n'était plus l'ombre du combattant qu'il avait été de son vivant, sans quoi Gorax aurait eu beaucoup plus de difficultés à le battre. Au prix de grands efforts, le chef des nains parvint à abattre le mort-vivant qui ne se releva plus.

La scène se déroulant autour l'émut au plus haut point. Les nains se battaient, les morts contre les vivants, frères contre frères. Tout en éliminant petit à petit les zombies, les vivants pleuraient et se lamentaient, atterrés de devoir s'en prendre à des amis ou à des parents qu'ils connaissaient depuis tant d'années.

Le moral des troupes en prit un coup. Même Galior, habituellement aveuglément confiant dans sa déesse, en vint à douter de l'issu du combat.

※

La faux dorée descendit vers la forme prostrée de Derek, mais elle ne le toucha point et se planta en terre, à quelques centimètres de lui. Labeth leva les yeux, incrédule. L'empennage d'une flèche dépassait de son épaule. L'impact du projectile l'avait empêché d'achever le jeune homme qui se vidait rapidement de son sang. Il eut le temps de jeter un coup d'œil à la pointe acérée dépassant dans son dos, avant que la douleur ne lui coupe le souffle. Il regarda en grimaçant au loin et aperçut une elfe qui le visait d'une seconde flèche. Seyla veillait sur son ami. Labeth retraita et se cacha derrière les gobelins.

Anton parvint à se faufiler jusqu'à Derek. Ses gardes du corps se battaient farouchement pour repousser les gobelins. L'élu toucha l'éclaireur et une lueur blanche se diffusa de sa main au corps inerte. Le flot de sang se tarit. Il tâta le pouls de l'éclaireur et il sentit à peine un frémissement sous ses doigts. Le jeune homme était à l'article de la mort, son cœur remuant à peine dans sa poitrine.

Toujours penché sur son ami, Anton sentit une vague de pur mal le frapper. Il vacilla et faillit s'écrouler sur le corps de son ami. Il chassa le malaise de la même façon qu'il l'avait fait la première fois. Il leva les yeux et vit l'homme de grande stature qu'il avait remarqué au début du combat ; il se dirigeait vers lui. Il comprit qu'il était sa cible. Avec bravoure, il chassa la peur qui lui nouait les entrailles et se redressa de toute sa hauteur en signe de défi. Il adressa une rapide prière à Libra et s'apprêta à mesurer la colère de sa déesse à la fureur de Culcuth. L'élu savait que, s'il engageait le combat, il ne pourrait sauver Derek, qui devait au plus vite recevoir d'autres soins, mais avait-il le choix ?

Le sol trembla et Anton entendit le bruit de sabots marteler le sol, alors que des cavaliers, le baron de Huntington à leur tête, le dépassèrent et repoussèrent les gobelins. Ces derniers furent presque tous tués et la main de Culcuth disparut dans la cohue. Un cri de désespoir capta l'attention de l'élu qui se retourna, prêt à combattre. Dora arriva, dague à la main ; ses larmes lavaient son visage des éclaboussures du sang des ennemis ayant tenté de s'interposer entre elle et son époux. La prêtresse s'accroupit près de Derek.

— Il est vivant, affirma Anton en ne quittant pas la mêlée des yeux, s'attendant à voir surgir le héros du dieu de la mort à tout moment. Il est très faible, je ne sais pas s'il pourra survivre. Il a perdu trop de sang.

La prêtresse posa une main sur son époux et récita une prière à la déesse. Son sort de guérison ne parvint pas à améliorer sa condition.

— Je ne suis pas assez forte pour le guérir. Sa main est si froide… Anton, ne peux-tu rien pour lui ?

— Pas ici, alors que ma concentration risque d'être interrompue par une attaque. L'homme de Culcuth me cherche. Je crois qu'il vient par ici pour m'affronter.

— Je vais m'occuper de lui. Pars avec Derek, ramène-le à la ville et guéris-le. Va, il ne faut pas qu'il meure. Je t'en prie, Anton, supplia la prêtresse.

La mâchoire d'Anton se crispa. Il savait que, s'il n'affrontait pas Korpak, beaucoup de vies risquaient d'être perdues. Cet adversaire était trop puissant pour qu'aucun des hommes sur le champ de bataille ne puisse le battre. Un sanglot s'échappa de la prêtresse.

— Bien, mais tu dois me promettre une chose. Ne t'en prends pas au grand homme de Culcuth. S'il te faut absolument une cible pour assouvir ta vengeance, retrouve le prêtre qui a blessé Derek.

— Je te le promets. S'il te plaît, fais vite.

Anton saisit la bride de son cheval, courageusement demeuré près de lui. Il prit place sur la selle, puis avec l'aide de Dora, il hissa le blessé devant lui, en travers de sa monture. À contrecœur, l'esprit plein de doute, l'élu quitta les lieux du combat et retraita vers la ville où il espérait pouvoir sauver son ami. Il se retourna une fois et il vit les défenseurs se rallier à Dora, et attaquer l'ennemi sans retenue.

CHAPITRE XXI

L'ULTIME ALLIANCE

À mesure qu'un des défenseurs de Riga tombait, la magie de Korpak s'emparait du corps inerte pour le transformer en mort-vivant, dévoué à la cause de Culcuth. Les soldats parvenaient difficilement à éliminer ces créatures insensibles à la douleur. Seuls les prêtres de Libra réussissaient tant bien que mal à ralentir leur avance, soit en frappant un mort-vivant de la magie de leur déesse, soit en bénissant les corps tombés au champ de bataille pour éviter que les dépouilles ne soient utilisées par Korpak.

Les prêtres étaient trop peu nombreux pour espérer détruire tous les morts-vivants. De plus, les gobelins les harassaient sans cesse. Parmi les prêtres, aucun n'avait autant d'efficacité que le vieux Jolar. Il frappait du courroux de Libra tous les zombies à sa portée. Il n'avait pas senti un tel apport d'énergie de la part de la déesse depuis bien des années. La poignée de prêtres l'accompagnant soulagea un peu la pression faite sur les fantassins de Riga, qui luttaient avec l'énergie du désespoir, afin de freiner l'avancée de l'ennemi.

Déjà en infériorité numérique avant le début de la bataille, l'alliance de Riga devait maintenant lutter contre des troupes au moins cinq fois supérieures aux siennes. Jolar et les siens avaient beau terrasser des dizaines et des dizaines de zombies, les forces adverses repoussaient de plus en plus les lignes de défense. Le grand prêtre cherchait une solution afin de freiner l'ennemi. Sans une action rapide, ils franchiraient les barricades de la ville avant la fin de l'après-midi. Jolar n'eut pas le temps d'élaborer une solution. Un groupe de gobelins se rua sur lui, et à l'unisson, les créatures projetèrent leurs lances dans sa direction.

Dora tremblait de fatigue. Ses bras minces pendaient à ses côtés. Elle parvenait difficilement à maintenir la poigne sur sa dague, ses mains enduites du sang du prêtre de Culcuth qu'elle venait de terrasser. Elle jeta un coup d'œil sur le corps de Labeth, vaincu par l'agilité et la vitesse de l'elfe. La victoire sur l'homme ayant blessé son mari ne lui apporta pas le soulagement escompté. Tous ces cadavres… Tout ce sang… Et le combat était loin d'être terminé. Elle eut un haut-le-cœur en observant le carnage tout autour d'elle. Elle associa l'odeur du sang et de sueur à la peur et à la mort.

Elle aurait souhaité rentrer à Riga pour pendre des nouvelles de celui qu'elle aimait. Elle brûlait de savoir si Anton était parvenu à sauver Derek. Malgré la courte accalmie autour d'elle, les escarmouches se poursuivaient sur le champ de bataille.

Son cerveau enténébré par la fatigue enregistra du mouvement sur sa gauche : un gobelin se ruait sur elle. Dora se sentait comme dans un rêve tellement tout ce qui se passait autour d'elle lui paraissait irréel. Avec lassitude, elle se mit en position défensive et commença une courte prière à Libra, lui demandant de lui accorder l'énergie nécessaire pour éliminer cette nouvelle menace.

※

La plupart des chevaux apeurés fuyaient au galop, loin des combats. Parmi eux, un seul portait encore son cavalier en selle. L'homme ne remuait pas et ses bras ballottaient à ses côtés. Sa monture effectua un virage brusque afin de suivre ses congénères, désarçonnant du même coup son maître, qui chuta lourdement au sol et ne se releva pas.

Une grande tache rougeâtre imbibait son armure de cuir trouée, là où une lance l'avait mortellement atteint. Sans que son maître lui indique une direction à prendre, le cheval qui lui avait été fidèle pendant tant d'années s'était de lui-même éloigné du combat, espérant ainsi lui sauver la vie. C'était trop tard. Ayant senti la mort, le cheval avait rejoint ses semblables, fuyant sur la plaine. Par un quelconque miracle, le corps de l'homme était jusque-là demeuré en équilibre sur la selle. Maintenant, il gisait dans la poussière, loin des yeux des membres des deux camps s'affrontant devant la ville.

Le baron de Huntington ne reverrait jamais son manoir et ne chasserait plus jamais dans ses forêts qu'ils chérissaient. La plupart de ses hommes le suivirent dans la mort ce jour-là.

La situation n'était pas plus rose chez les nains. Les cadavres de plus de la moitié d'entre eux jonchaient le sol de la plaine. Malgré tout, avec Gorax à leur tête, les guerriers toujours debout se battaient avec la fougue et la détermination typique à leur race.

Auprès d'eux, les miliciens commandés par Galior durent abandonner leurs montures, presque toutes mortes ou blessées et se battre à pied, sabres au clair.

Les deux chefs multipliaient les encouragements et les exploits à l'épée et à la hache. Des monticules de gobelins s'empilaient autour d'eux. Nains et hommes toujours en état de se battre avaient formé un cercle où chacun pouvait protéger et aider les combattants sur sa gauche et sur sa droite.

Il ne restait que peu de gobelins vivants pour les affronter. Leurs assaillants se composaient surtout de zombies.

– Hardis compagnons, cria Gorax. Si nous devons mourir et nous élever vers les cieux jusqu'à nos dieux, que ce soit en gravissant une montagne d'adversaires ayant péri de nos haches.

Les nains redoublèrent d'ardeur et Galior se demanda d'où ils tiraient leur énergie inépuisable. Malgré la gravité de la situation, un sourire étira ses lèvres asséchées par le soleil et la poussière.

– Allons, mes amis, lança-t-il, le souffle court, à l'attention des siens, tout en évitant le lent mouvement de l'un des zombies et en le décapitant d'un puissant coup d'épée. Nous n'allons pas laisser les nains prendre tout le mérite. Sus à l'ennemi ! Oubliez vos bras lourds et vos jambes fatiguées. Un dernier effort pour Riga !

Les hommes tentèrent vaillamment de faire abstraction de la fatigue qui les ralentissait pour rivaliser d'ardeur avec leurs amis nains. Au centre du cercle, le jeune prêtre Olson, qui avait tenu à demeurer auprès de Galior, allait d'un guerrier à l'autre, guérissant et redonnant un peu de force à ceux qui en avaient le plus besoin. Même s'il n'avait pas eu à combattre encore, il était tout aussi fatigué que ses compatriotes, se forçant à repousser les limites de ses forces, épuisées par tous les sorts lancés.

Galior et Gorax sentirent un flux d'énergie s'insinuer en eux quand ce dernier les toucha. C'était bien peu, mais c'était tout ce que le jeune prêtre, exténué, pouvait offrir. Ils lui en furent reconnaissants.

— Jolar serait fier de toi, Olson, jeta Galior par-dessus son épaule.

Un sourire éclaira le visage du jeune homme aux paupières alourdies et aux yeux cernés.

❋

— Tout est fini, pensa Aginor en profitant d'une rare accalmie pour reprendre son souffle. Nous ne pourrons jamais venir à bout de tant de morts-vivants. Nous avons trop peu de prêtres.

C'est à ce moment que le vieux guerrier entendit le son d'une flûte. Il se retourna vers la ville et il vit la barrière de la barricade s'ouvrir. Une cinquantaine de citadins de Riga effectuaient une sortie, guidée par Jérémie Des Combes de Gaubourg, qui jouait un air entraînant pour stimuler sa troupe.

Aginor salua l'entreprise du barde, même s'il était convaincu que cette aide inattendue ne changerait rien à l'issue du combat. Les braves habitants de Riga se composaient principalement de femmes, d'adolescents au visage encore glabre et de vieillards. Ils étaient armés de couteaux de cuisine, de faux et de hache pour couper le bois. Riga jouait ses dernières cartes.

Le vieux guerrier accourut rejoindre le barde.

– Merci d'être venu à notre aide, lança-t-il.

Le barde se contenta de hocher la tête sans interrompre son jeu de flûte.

– Si vous en avez la chance, reprit le guerrier, prenez les armes que vous pourrez récupérer sur le sol. Attention aux morts-vivants, il faut dix fois plus de coups qu'aux gobelins pour les éliminer et ils ne connaissent ni souffrance ni fatigue. Dirigez-vous sur le flanc ouest, c'est là que nos forces sont le plus mal en point. Bonne chance !

Aginor prit un moment pour observer les scènes de combats se déroulant devant lui, afin de replacer ses hommes. Il grimaça en constatant qu'il n'avait pas grand ordre à donner. Les défenseurs étaient débordés partout. N'eut été de la stupidité et de l'avarice des gobelins qui prenaient le temps de piller les corps, la barrière et la barricade de la ville seraient probablement déjà tombées.

Les carquois de Seyla étaient vides depuis déjà longtemps. Une de ses dernières flèches avait atteint le prêtre ayant frappé Derek. Elle avait été témoin de la retraite d'Anton ramenant le blessé en ville. Même si elle était inquiète pour son ami d'enfance, elle ne se laissa pas détourner du combat. Armée de son couteau de chasse, elle se lança dans la mêlée.

Son arme trop courte ne lui permettait pas de rivaliser avec les lances des gobelins. Sagement, elle s'attaquait autant que possible aux ennemis armés d'épées courtes, laissant le soin à ses alliés de s'occuper des autres. Elle voyait au loin Dora se démenant comme une diablesse, terrassant ses adversaires, autant par sa dague que par la magie de sa déesse, multipliant les acrobaties pour se garder hors d'atteinte.

L'elfe d'Alianil tenta de rejoindre la prêtresse, mais les combats denses lui bloquaient le passage et elle dut se défendre avec acharnement contre les zombies et les gobelins. Elle tua même un homme à la cape noire, ornée d'un croissant d'argent, alors qu'il criait des ordres. L'elfe se glissa sans bruit derrière lui et lui planta son couteau entre les omoplates.

Il n'y avait rien d'honorable à attaquer un ennemi dans le dos, mais Seyla s'en souciait peu. L'honneur avait peu de place dans les combats qu'ils livraient devant Riga, la survie primait.

Un zombie parvint à toucher l'elfe. Ses longs ongles sales l'atteignirent au cou, lui laissant trois longues lignes sanglantes. Faisant fi de la douleur, elle parvint difficilement à prendre la mesure de son adversaire. Sa blessure brûlait, mais elle savait qu'il ne s'agissait que d'une écorchure.

L'elfe recula pour reprendre son souffle. Un coup d'œil sur les alentours lui montra la position précaire dans laquelle se trouvaient les défenseurs. Leurs forces n'étaient plus liées entre elles. Des petits îlots de résistance se formaient ici et là, mais entourés par l'ennemi, ils menaçaient de s'effondrer à tout moment.

Seyla poussa un long soupir et leva son regard vers le ciel, implorant l'aide d'Alianil, déesse des elfes de sa forêt natale. Elle éclata soudain d'un long rire. Certains des hommes risquèrent un regard vers elle, croyant que les atrocités des combats avaient eu des effets néfastes sur sa raison.

– Alliés de Riga, prenez courage, cria-t-elle à pleins poumons. Le moment de plier l'échine face à l'ennemi n'est pas encore arrivé.

Les hommes froncèrent les sourcils, puis les ennemis les forcèrent à reprendre le combat. S'ils avaient suivi le regard de Seyla toujours tourné vers le ciel, ils auraient, eux aussi, vu l'ombre noire d'une vieille corneille survolant le champ de bataille en croassant.

Un grand tumulte retentit à l'arrière des lignes de l'armée des gobelins. Leurs généraux ne s'attendaient pas à subir une telle attaque. Les elfes de la forêt d'Alianil étaient accourus pour prêter main-forte aux forces de Riga. Leur détachement, formé d'une quinzaine d'archers et de trente soldats, était dirigé par Omaril, un magicien d'expérience. Son feu magique et ses éclairs décimèrent des Noctiari et les rangs arrière de gobelins. Tels des harpistes, les archers firent chanter leurs arcs, augmentant l'émoi chez l'ennemi.

Le vieux Drobar réagit prestement. Avec l'aide de Grinash, il parvint à rallier presque le tiers des gobelins toujours en état de combattre et une douzaine de Noctiari. Il leur fit exécuter une volte-face et les lança contre les elfes afin d'éviter qu'ils n'attaquent impunément leurs arrières.

Le Noctiari chercha le magicien parmi les elfes. Il fallait éliminer cette menace qui risquait de causer d'autres importants dégâts à ses troupes. Ses yeux s'arrondirent lorsqu'il aperçut les créatures qui chargeaient, se hâtant de venir appuyer les elfes. Plus d'une vingtaine de centaures armés de lances et de grandes haches s'abattirent, telle une avalanche, sur les guerriers de Drobar. Devant galopait une créature de plus grande taille aux bras musclés et au torse recouvert de poils bruns.

— Pour les champions de Libra, criait-il avec un fort accent, sa voix résonnant comme un cor sur la plaine.

Furlaseb, chef des centaures, semait si bien la mort sur son passage qu'il en aurait rendu jaloux les prêtres de Culcuth. Avec l'aide des elfes, ses troupes repoussèrent les soldats de Drobar jusqu'à ce qu'ils se battent dos à dos avec les zombies et les soldats aux prises avec les défenseurs de Riga. Sagement, Omaril se tenait à l'arrière, faisant pleuvoir le désespoir chez l'ennemi.

L'espoir revint chez les habitants de la ville et leurs alliés. Une larme de reconnaissance coula sur la joue de Seyla, fière des siens et de leurs alliés. Prise entre le marteau et l'enclume, l'armée de gobelins allait bientôt être mise en déroute.

Le destin continua pourtant à se rire des gens de Riga et de leurs amis. L'alliance des gobelins possédait encore une arme cachée qui allait de nouveau faire basculer la balance.

À l'abri des regards, grâce à un sort d'invisibilité, Ramden avait quitté le camp et s'était approché des elfes subrepticement. Il lança son premier sort.

Sans trop comprendre ce qui se passait, Omaril sentit ses protections magiques s'évanouir. Il chercha dans la masse le magicien ou le prêtre qui en était responsable. Il ne pensa pas regarder derrière lui, où il aurait pu apercevoir Ramden, redevenu visible. Une lumière noire comme la nuit frappa l'elfe dans le dos. Il tomba à genoux, le rayon lui enlevant toutes ses forces. Le mage eut à peine suffisamment d'énergie pour tourner légèrement la tête et discerner la main difforme du magicien Noctiari s'approchant de lui. Au toucher de Ramden, il s'effondra, vidé de son énergie vitale.

Aucun elfe ni centaure ne fut témoin du drame. Le nécromancien put donc prendre son temps pour effectuer de ses doigts rigides les gestes nécessaires au sort qu'il s'apprêtait à jeter. Il grimaçait sous l'effort, tentant de forcer ses muscles raides à lui obéir.

Une nuée de dards traversa rapidement l'espace qui le séparait de ses ennemis et frappa l'arrière des lignes des elfes et des centaures. Une vingtaine de projectiles, enduits d'un violent poison, touchèrent une cible. Leurs effets ne se firent pas attendre. Les alvéoles pulmonaires des blessés s'obstruèrent, jusqu'à ce qu'aucun air ne puisse pénétrer dans leurs poumons. Quatorze elfes et six centaures périrent ainsi asphyxiés.

Au même moment, une haute silhouette apparut, se taillant un chemin jusqu'aux victimes. L'homme leva les bras et les morts se relevèrent pour combattre. Il se lança ensuite lui-même dans la mêlée, sans arme, frappant et griffant. Korpak fut transpercé de maintes épées et flèches, mais ces blessures ne l'empêchèrent pas de poursuivre son carnage, comme si de rien n'était.

L'alliance de Riga retomba dans la position précaire où elle se trouvait avant l'arrivée des centaures et des elfes. La balance de l'avantage penchait de nouveau vers l'armée de Ramden et de Korpak.

Voyant en Korpak un adversaire redoutable, Furlaseb se lança vers lui au grand galop. La main de

Culcuth ne le remarqua pas, occupé qu'il était à décimer les rangs des elfes. Le centaure le frappa de toutes ses forces, dans le dos, de sa longue hache, le projetant au sol. Le mort-vivant effectua un roulé-boulé et revint rapidement sur ses jambes. Furlaseb ne lui laissa pas le temps de récupérer. Il se cabra et le frappa à la tête de ses sabots, auxquels il avait fixé des fers armés de pics de métal, expressément conçus pour le combat.

La peau du crâne de Korpak fut déchirée où les fers l'atteignirent. Le mort-vivant encaissa le coup sans broncher. Il empoigna le centaure au cou, et de ses bras puissants, l'étrangla.

Personne ne remarqua le cavalier noir qui accourut du sud-est. Les combats faisaient rage et les forces de Riga subissaient les contrecoups des attaques jumelées de Korpak et de Ramden. La vitesse surnaturelle de la monture de Feren lui permit de rejoindre rapidement les défenseurs. Il discerna un guerrier à l'armure dorée, ternie par le sang et la poussière, et la silhouette d'un nain, petite et trapue. Il ne lui en fallait pas plus pour comprendre que Galior et Gorax se battaient côte à côte.

En s'approchant, le magicien put distinguer des zombies, des gobelins et des hommes qui s'attaquaient aux défenseurs de Riga. Les deux champions de Libra risquaient à tout moment de tomber au combat, submergés par la vague d'adversaires. Tout en galopant, le magicien toucha son bâton à tête de chouette, attaché à sa selle.

— Alianil, prononça-t-il.

La magie dont les elfes avaient imprégné son bâton se diffusa en lui, rendant sa peau aussi dure que la plus épaisse écorce des arbres de la forêt. Il lâcha les guides de son cheval noir, créé lui aussi par les sorts des elfes et entreprit de psalmodier un sort qui l'avait bien servi dans l'arène de Halder, plusieurs années auparavant.

Les nuages couvrirent rapidement le ciel, que des éclairs zébrèrent, frappant avec fracas les gobelins qui attaquaient les nains et les cavaliers de Galior, libérant un grand espace près d'eux.

— Au tour des zombies, maintenant, dit le mage, alors que son cheval parvenait à la zone de combat.

Il leva la main et invoqua ses pouvoirs de nécromancie. Normalement, tous les zombies dans un rayon d'une vingtaine de mètres auraient dû tomber au sol, réduits à nouveau à l'état de simples cadavres ; pourtant, seulement une dizaine d'entre eux s'effondrèrent. Feren n'en crut pas ses yeux.

— Le nécromancien qui a créé ces morts-vivants doit posséder un énorme pouvoir pour que ses créatures résistent ainsi à ma magie, remarqua-t-il, estomaqué.

Il récupéra les guides de sa monture et ralentit l'allure. Il parvint près de ses amis qui cherchaient le responsable du ravage causé chez l'ennemi. Ils l'avaient finalement aperçu, monté sur son superbe destrier de jais.

— Feren ! cria Gorax, beau travail. Ton aide tombe à point nommé.

Le magicien mit pied à terre et leur fit une sincère accolade.

— Tu n'as encore rien vu.

Il détacha de sa selle la hache de Goragon qu'il tendit à Gorax.

— Tu la reconnais ? demanda-t-il au nain.

— Quelle belle arme ! Je m'en souviens très bien. Le minotaure avec qui on m'avait jumelé à Halder la maniait avec dextérité.

— Cette hache est l'arme du légendaire guerrier minotaure Goragon. Je n'ai pas eu le temps de l'étudier pour en connaître les propriétés magiques, mais je suis sûr que tu pourras l'utiliser à bon escient.

— Tu parles… donne-moi-la vite, j'ai des têtes de gobelins à couper.

Feren lui tendit l'arme en souriant.

— Quand nous aurons défait l'ennemi, il te faudra la remettre à son propriétaire. Je lui ai donné ma parole. Allez, je suis prêt à combattre auprès de vous.

— Avec joie, répondit Galior, mais je crois que d'autres ont plus besoin de tes talents que nous.

— Le propriétaire de la hache de Goragon s'occupera des autres secteurs. J'espère que vous pourrez encore courir et que votre code d'honneur ne vous empêchera pas de frapper un adversaire dans le dos, alors qu'il fuit.

— Je ne comprends pas, commença Galior.

Feren se contenta de pointer le ciel, à l'est. Comme s'il n'avait attendu que ce signal, monsieur Raymond apparut ; sa forme sombre grossissait à vue d'œil. Il survola les trois compagnons, le malaise provoqué par sa présence sciait autant les jambes des défenseurs que des assaillants.

— Maître Gorax, maître Galior, je vous salue, belle journée, n'est-ce pas ? tonna le dragon en passant au-dessus d'eux, avant de gonfler ses poumons au maximum et d'expirer, projetant un jet de flamme qui incinéra d'un coup une vingtaine de zombies et de gobelins.

Galior se tourna vers Feren, souriant, le regard plein d'espoir. À nouveau, le magicien lui adressa un clin d'œil, puis entonna un chant, formulant le prochain sort qu'il destinait à ses adversaires.

uand les soldats de Riga s'aperçurent que le dragon ne s'attaquait qu'aux zombies et aux gobelins, leur peur céda progressivement le pas à la joie. Ils ne se demandèrent pas d'où il venait ni pourquoi il les aidait. Observer l'ennemi en débandade leur suffisait.

Raimonishatralavax survolait le champ de bataille, imposant ; ses écailles argentées reflétaient les rayons du soleil, comme une armure bien astiquée. Sa présence seule suffisait à terroriser les gobelins et les hommes. Même les zombies rebroussaient chemin sans se hâter, répondant à un appel qu'eux seuls pouvaient entendre.

Monsieur Raymond alla au-delà de la promesse faite à Feren et utilisa son haleine ardente pour incinérer bon nombre de morts-vivants. Les défenseurs parvinrent à se regrouper, mais trop épuisés, ils ne poursuivirent pas l'adversaire. Aginor ordonna à ses troupes de reformer les rangs et de se tenir prêts, au cas où une autre offensive serait lancée. Les prêtres purent enfin prendre soin des blessés.

Des femmes et des enfants quittèrent les barricades, les bras chargés de nourriture et d'outres d'eau, qu'ils distribuèrent aux soldats exténués.

Feren, Galior et Gorax avaient rejoint Aginor. Leurs regards suivaient la progression du dragon qui avait déjà, à lui seul, repoussé l'ennemi jusqu'à son campement. Avec inquiétude, ils virent une énorme boule de feu s'élever vers monsieur Raymond. Ce dernier tenta d'éviter d'être touché, mais il ne put éviter complètement le choc. La boule de feu le frappa à la hanche et il émit un rugissement assourdissant. Il répliqua en lançant un autre jet de flammes qui élimina quantité d'ennemis et enflamma quelques tentes du campement.

Un éclair frappa ensuite le dragon, puis une autre boule de feu. Les champions de Libra purent discerner la forme du dragon qui chuta et s'effondra au sol.

— Kilir, prononça Feren, faisant apparaître son cheval magique. Je vais aider monsieur Raymond, annonça-t-il.

Galior le retint par le bras.

— C'est inutile, tu ne pourras rien contre toute une armée et les hommes de Riga sont trop épuisés pour te suivre. Ils combattent depuis midi. Il leur faut un peu de repos.

— Nous ne pouvons l'abandonner, dit le magicien, une franche inquiétude peinte sur son visage.

— Fais-lui confiance, il saura s'en tirer, lui assura Gorax d'un ton qu'il voulait rassurant. Il n'a pas que sa force et son souffle pour armes, c'est également un magicien accompli. Tu verras, il s'en sortira.

– Nous devons profiter de ce répit pour nous replier dans la ville et tenir conseil, intervint Aginor. Je ne crois pas qu'ils attaqueront immédiatement.

– Je suis d'accord, dit Galior en poussant un soupir de résignation. Il nous faut rassembler tous nos alliés et déterminer la meilleure chose à faire pour la défense de la ville.

Les champions de Libra se dispersèrent et entraînèrent l'ensemble des forces de l'alliance de Riga à leur suite vers la ville. Seul Feren demeura sur place de longues minutes, les yeux rivés vers le nord et le campement des gobelins, où la tranquillité semblait être revenue.

Ne vous en faites pas, maître Feren, je m'en suis sorti, affirma une voix dans la tête du nécromancien. *Toutefois, je suis blessé et ne puis plus combattre. Il ne reste que peu de zombies chez l'ennemi. Ils sont tombés sous mon puissant souffle. Soyez prudent, il y a un magicien parmi eux et un homme possédant de grands pouvoirs, autant magiques que physiques. Je l'ai blessé, je crois, mais ne suis pas parvenu à le tuer. Je laisse le sort de la ville entre vos fiables mains et celles de vos amis. Je reviendrai lorsque je serai guéri. Veillez bien à ce que la hache de Goragon ne tombe pas entre les mains des gobelins, je ne saurais le supporter.*

Feren aurait aimé répondre au dragon et le remercier, mais il ne possédait pas les capacités télépathiques de ce dernier. Il poussa un long soupir et alla rejoindre ses amis qui franchissaient déjà la barrière nord de la ville.

✹

Au temple de Libra, on se réjouissait de la tournure des événements, mais dans la grande salle, l'ambiance était tendue. Les personnes qui y étaient rassemblées étaient conscientes que les décisions prises en cette fin d'après-midi risquaient d'avoir une influence cruciale sur leur avenir.

Le grand conseil était présidé par Jolar, comme il se devait. Des représentants de chaque groupe formant l'alliance de Riga y avaient été conviés. Géras représentait le conseil de la ville et se tenait à la gauche de Jolar, à la grande table de chêne. De Riga, on retrouvait aussi Galior, Aginor et Anton, ce dernier ayant insisté auprès de son père et de Jolar pour assister à cette rencontre, malgré la fatigue accablante causée par ses combats, mais surtout par la guérison des graves blessures de Derek. Le jeune éclaireur n'était pas présent, il devait absolument se reposer. Il était passé à un cheveu de la mort, et n'eut été de la puissante magie d'Anton, Dora serait devenue veuve. La petite prêtresse avait passé les quelques minutes avant le conseil au chevet de Derek.

Elle était maintenant assise à la droite de Jolar, les jambes relevées sur sa chaise, le menton posé sur ses genoux.

Gorax représentait les nains, la hache de Goragon posée sur la table, devant lui. L'arme magique s'était avérée très efficace lors des derniers combats. À son contact, les zombies s'effondraient d'un seul coup et aucun bouclier ne pouvait résister au tranchant de sa large lame. Les elfes avaient délégué un certain Tarmil, l'un des plus expérimentés guerriers elfe, de même que Seyla pour les représenter. Une des chaises avait été reculée pour que Furlaseb, le centaure, puisse se tenir prêt de la table et se servir des boissons et des victuailles qui la recouvraient. Il arborait sa position préférée, la tête haute et les bras aux muscles saillants croisés sur sa poitrine. Jérémie Des Combes de Gaubourg complétait le groupe.

— Je tiens à tous vous remercier pour votre apport à notre cause, commença Jolar. Sachez que Libra vous en est reconnaissante et que Riga n'oubliera jamais votre aide.

Géras opina de la tête, approuvant les propos du vieux prêtre.

— Ce conseil vise à décider quelles seront nos prochaines actions. Vous avez tous déjà fait beaucoup pour la ville, et si certains d'entre vous désirent se retirer des combats, il ne leur en sera absolument pas tenu rigueur. Vos sacrifices sont déjà immenses, encore merci. Ayons une bonne pensée aussi pour mon ami monsieur Raymond, sans qui l'issu des combats aurait probablement été tout autre. Il guérit présentement ses blessures à l'écart de la zone de combat. J'aimerais connaître maintenant vos opinions et vos conseils sur les mesures à prendre. La guerre est loin d'être terminée. Les forces ennemies sont encore considérables, même si leur nombre a été considérablement réduit.

— Il nous faut lancer une attaque et profiter du fait que l'ennemi est désorganisé, lança Gorax, sans préambule.

— Nos hommes sont exténués et peuvent à peine se tenir debout, s'opposa Aginor. Je recommande de nous retrancher derrière nos barricades et d'attendre au moins à demain pour voir quelle sera la réaction de l'ennemi. Peut-être décideront-ils qu'ils en ont assez et lèveront-ils le camp.

— Je suis également de cet avis, acquiesça Jolar. Nous avons beaucoup de blessés à soigner et nous avons bien besoin d'une nuit de repos.

— Si vous permettez, grand prêtre, intervint Anton. Je perçois parmi eux une force maligne qui ne cédera pas si facilement. J'ai bien peur qu'en lui accordant du temps, nous nous retrouvions submergés par une nouvelle vague de zombies que nous ne pourrons contenir.

Feren observait le jeune homme. Son calme et son assurance le surprenaient. La guerre semblait lui avoir rapidement fait prendre de la maturité.

— Culcuth, reprit Jolar d'un ton empreint de dédain. Ce sont ses prêtres, accompagnés de quelques Noctiari, qui se cachent parmi les gobelins. Il ne faut pas négliger aussi ce grand homme qui semble investi des pouvoirs du dieu de la mort. C'est lui qui crée tous ces morts-vivants.

— J'ai ressenti son pouvoir, ajouta Anton. Il est très fort.

— D'après monsieur Raymond, il n'est pas mort lors de leur affrontement. Un magicien se trouve également parmi eux, commença Feren. Ces deux personnages sont probablement les maîtres d'œuvre de cette attaque. Pour quelle raison attaquent-ils Riga ? Je l'ignore, mais j'appuie l'opinion d'Anton. Je ne crois pas qu'ils abandonneront la partie si facilement. Après tout, ils comptent encore sur une armée supérieure en nombre. Ils savent aussi probablement que monsieur Raymond n'est plus en état de combattre. Je redoute une attaque au plus tard demain matin.

— Qu'en pensent nos alliés ? demanda Jolar.

Tarmil l'elfe prit la parole.

— Nous ne connaissons pas autant que vous vos ennemis et vos forces. Je m'en remets donc entière-ment à votre jugement. Quelle que soit votre décision, nous demeurerons à vos côtés pour combattre, tant que la menace sur votre ville ne sera pas écartée. Le djadji a été clair sur ce point lorsqu'il nous a demandé de vous porter secours.

– Nous nous battrons près des amis elfes et des amis de Libra qui nous ont aidés déjà, renchérit Furlaseb de son fort accent.

– C'est la même chose en ce qui concerne mes nains, ajouta Gorax, qui ne voulait pas demeurer en reste.

– Merci à tous pour votre appui inconditionnel, dit Jolar. Je propose donc de prendre le risque d'attendre à demain et de voir si les gobelins auront levé le camp. Reposons-nous et reprenons des forces.

Anton secouait la tête.

– Je suis convaincu que je devrai éliminer l'homme de Culcuth. Libra m'a choisi pour cette occasion bien précise, j'en suis sûr. Je ne sais pas comment j'y parviendrai, mais j'ai confiance en ma déesse. Elle me montrera le chemin à suivre.

Jolar fronça les sourcils en écoutant le jeune homme, alors qu'Aginor remuait sur sa chaise.

– Tu crois que c'est la volonté de la déesse ? demanda le grand prêtre.

– Je ne le crois pas, j'en suis absolument certain, répondit Anton.

— Ne va pas te jeter inconsidérément dans la gueule du loup, observa son père d'un ton bourru. Laisse les hommes d'armes effectuer leur travail. Nous parviendrons bien à nous débarrasser de cet homme.

Anton ne répondit pas, son regard se posa sur Jolar qui tressaillit devant les images qui se formèrent dans son esprit. Les yeux du prêtre s'arrondirent. Le garçon fixa ensuite Feren, qui grimaça légèrement en ressentant l'intrusion de l'élu dans son esprit.

— C'est vrai, dit le prêtre, la voix éteinte par l'émotion d'avoir ressenti un si fort lien entre la déesse et le jeune homme. C'est la volonté de Libra que tu combattes cet homme.

— Et elle veut que je t'apporte mon aide, renchérit le magicien.

— Dans ce cas, qu'attendons-nous ? lança Gorax. Si la déesse le veut, attaquons dès maintenant, elle nous donnera la victoire.

— Doucement, Gorax, il n'y a pas que la volonté de Libra à considérer. Un autre dieu s'oppose à ses désirs et appuie notre ennemi. Nous devons être prudents, l'avertit Feren.

— Je me souviens d'une tactique qui a fort bien fonctionné à Gaubourg et que nous pourrions utiliser de nouveau, suggéra Galior, le sourire aux lèvres.

— Une diversion ? proposa Jérémie le barde.

– Et une attaque directement contre les chefs ennemis ? ajouta Dora.

Galior hocha la tête et Feren éclata d'un grand rire.

– Mon ami Galior, comme tu as changé en quelques années ! Pour le mieux, il va sans dire. Tu aurais jadis proposé d'attaquer l'ennemi de front et tu aurais rejeté du revers de la main une attaque sournoise. Je t'aurais alors probablement invectivé en te traitant de sot ou d'un autre sobriquet peu flatteur.

– On apprend de nos erreurs, remarqua Galior en riant à son tour.

– Voici ce que je propose, reprit le nécromancien en reprenant son sérieux, portant son regard tour à tour sur chacun des participants. À la nuit tombée, nous serons quelques-uns à quitter la ville en catimini et nous contournerons le camp adverse. Grâce à ma magie, nous devrions être en mesure de nous en approcher sans nous faire repérer. Pendant ce temps, les forces de Riga lanceront une attaque. Cette offensive devrait forcer l'homme de Culcuth et le magicien à se dévoiler. C'est à ce moment que nous les frapperons.

– Vous vous retrouverez alors seul parmi l'ennemi, observa Aginor.

– Si nous réussissons à éliminer leurs chefs rapidement, nous parviendrons peut-être à nous échapper. Il est fort possible que, privée de chef, l'armée adverse soit mise en déroute. Ce plan comporte d'énormes risques, je le concède, mais je ne vois pas d'autre moyen de terminer rapidement cette guerre.

Jolar, pensif, caressait sa courte barbe blanche.

— Ça me convient, dit Anton. Je dois évidemment m'intégrer au groupe afin de combattre l'homme de Culcuth.

— Dans ce cas, j'y serai aussi, ajouta Aginor.

— Et moi aussi, affirmèrent presque simultanément Dora, Seyla, Galior et Gorax.

— Bon, conclut Jolar. Tout le monde s'entend sur cette tactique ?

Aucun des membres du conseil ne s'y opposa.

— Nous ne devrions pas être plus de quatre, ajouta Feren. Ma magie ne pourra fournir le couvert que pour ce nombre, pas plus. Considérez qu'Anton et moi devrons assurément y aller. Quels seront les deux autres ?

— Moi. Personne ne me séparera de mon fils, surtout pas en une telle occasion, dit Aginor en se levant, défiant quelqu'un de le contredire.

— Mes amis, intervint Jolar. M'accordez-vous l'autorité de décider qui fera partie de cette expédition ?

Tous acceptèrent de se ranger derrière le grand prêtre, peu importe sa décision.

— Bien. Feren et Anton seront effectivement accompagnés d'Aginor. Ses talents de combattants pourront être utiles et il verra mieux que quiconque à défendre l'élu. Galior aurait aussi pu y aller, mais en l'absence d'Aginor, il se chargera de coordonner l'attaque de diversion. Même chose pour Gorax qui dirigera ses nains au combat. Dora sera l'autre membre du groupe. Il vous sera utile de compter une prêtresse parmi vous.

— Dans ce cas, c'est réglé, affirma Géras, prenant la parole pour la première fois. J'invite nos quatre amis à se restaurer et à prendre un peu de repos. Pour les autres, tentons d'élaborer le plan d'attaque que nous dirigerons.

Tous les membres du conseil acquiescèrent. Les quatre membres de l'expédition quittèrent la salle pour se préparer au combat le plus important de leur vie.

✻

Dora passa les dernières heures avant le départ auprès de Derek. Le jeune homme dormait depuis qu'Anton l'avait guéri du mieux qu'il le pouvait. Le temps et le repos feraient le reste.

La prêtresse agenouillée à côté du lit de son époux gardait la tête basse, priant Libra avec ferveur.

— Déesse, donne-moi la force de servir tes desseins. Protège-moi, ainsi que mes compagnons, et veille sur mon époux qui t'a bien servie au cours de sa courte vie. Si je devais tomber au combat, chasse la tristesse de son cœur et permets-lui de mener une vie heureuse.

Elle avait déjà demandé à son amie Seyla de s'occuper de Derek si elle ne revenait pas de sa mission.

— Dora ? demanda Derek d'une voix faible en s'éveillant.

— Je suis là, mon amour. Comment te sens-tu ?

— Pas très bien, je n'ai même pas la force d'un bébé naissant.

— C'est normal, tu as perdu beaucoup de sang. Anton dit que tu vas guérir, mais tu dois te reposer.

La prêtresse se leva et versa un peu d'eau dans une tasse de grès. Elle redressa délicatement la tête du blessé et le fit boire. Elle déposa la tasse vide par terre et appliqua une main sur son front.

— Bien, tu ne sembles pas fiévreux, c'est bon signe

— Et la bataille ? demanda Derek en fermant les yeux.

— Nous avons reçu l'aide des elfes et des centaures, mais nous aurions été perdus si Feren n'était pas accouru avec monsieur Raymond pour repousser l'ennemi.

Elle lui raconta tout ce dont elle savait de la bataille : la mort du baron et du mercenaire, l'intervention du magicien et de l'homme de Culcuth et comment Seyla lui avait sauvé la vie. Elle lui rapporta également les propos tenus lors du conseil et les décisions qui y avaient été prises. Quand le jeune homme entendit qu'elle serait du groupe tentant d'aller assassiner les têtes dirigeantes de l'adversaire, il rouvrit les yeux.

— Promets-moi d'être prudente et de me revenir, articula-t-il difficilement.

— Ne crains rien, l'assura Dora. La déesse veille sur nous. Nous triompherons.

Derek fit un signe de tête presque imperceptible.

— Prends mon collier, il pourra t'aider. Il appartenait à mon père adoptif. Il empêchera les sorts que le magicien pourrait te lancer de t'atteindre, mais attention, il n'a aucun effet contre la magie divine. C'est un objet précieux qui ne me sera d'aucune utilité sur ce lit.

La prêtresse reconnut le pragmatisme de son époux. Elle lui retira lentement le pendentif en losange, au centre duquel se dessinait un arbre d'émeraude. Ce type de collier d'origine elfique se nommait *arbre de vie*. Très peu d'elfes en possédaient, encore moins un d'une telle puissance. Elle le passa autour de son cou

— Merci, dit simplement Dora, les larmes aux yeux. Je te le redonnerai après.

Elle se pencha et déposa un doux baiser sur le front de son bien-aimé. Il ne réagit pas, le sommeil l'avait à nouveau entraîné dans ses brumes régénératrices.

CHAPITRE XXIII

LA JUSTICE OU LA MORT

Feren remercia la providence qui leur fournit un épais couvert nuageux, occultant la lumière de la lune sur la plaine où les compagnons se déplaçaient. Montés sur de rapides coursiers, ils avaient effectué un long demi-cercle pour éviter d'être aperçus par les guetteurs ennemis. Ils laissèrent leurs montures bien avant d'arriver en vue du camp des gobelins et les renvoyèrent vers la ville d'une claque sur la croupe.

Ils s'avancèrent furtivement jusqu'à qu'ils aperçoivent les flammes des torches et des feux de camp qui éclairaient les silhouettes difformes des sentinelles zombies. Feren signala aux autres de s'approcher.

– Je vais créer une illusion permettant de nous dissimuler, chuchota-t-il, en nous donnant l'apparence de zombies. N'oubliez pas de demeurer le plus immobile possible, et si vous avez à bouger, que ce soit par gestes saccadés.

Le magicien décrivit de grands cercles avec ses bras, alors qu'il prononçait des paroles que les autres ne comprirent pas. L'apparence des quatre conspirateurs ne fut que peu altérée. Leur teint devint pâle et grisâtre, de fausses blessures suintantes apparurent çà et là où leurs vêtements étaient déchirés. L'illusion dissimulait complètement leurs armes, seul l'éclat de leurs yeux aurait pu les trahir.

Ils se dirigèrent en claudiquant vers le camp adverse, tentant d'imiter les mouvements erratiques des zombies. En s'approchant, ils constatèrent que les morts-vivants formaient un cercle serré en périphérie du camp. Feren se concentra et leva la main, orientant ses pouvoirs sur les gardes. À son grand désarroi, il ne se passa rien. Un seul zombie avait soulevé l'une de ses jambes et l'avait rabaissée aussitôt.

Le magicien lança à ses amis un regard inquiet, puis il se concentra derechef, fermant les yeux. Il sentit le lien étroit qui joignait les morts-vivants à l'homme de Culcuth. Patiemment, Feren sonda ce lien et il y superposa le sien. Telle une chenille grugeant une feuille, ses pouvoirs entreprirent de sectionner très lentement le lien de l'ennemi. Il ne laissa qu'un mince filet, de façon à ce que la rupture ne puisse être détectée. Son lien devint dominant et il put finalement imposer sa volonté à une demi-douzaine de zombies. Ces derniers s'écartèrent vers la gauche et la droite, laissant un espace libre entre eux. À la suite de ces efforts, Feren sentait la sueur perler sur son front et couler dans son dos. Il pointa le cercle à ses compagnons, et quelques secondes après, quatre nouveaux zombies montaient la garde.

Subtilement, le magicien modifia son illusion. Alors que ses trois amis et lui demeuraient tournés face à l'intérieur du camp pour y observer ce qui s'y passait, l'image qu'ils projetaient était celle de morts-vivants orientés comme leurs congénères, face à l'extérieur. Il ne leur restait plus qu'à attendre. Au sud, une cloche sonna.

En prenant sa place, Anton sentit le pouvoir de l'homme de Culcuth émanant du centre du camp. Un frisson lui parcourut l'échine. Il ne réalisa pas que, s'il pouvait sentir son influence, il en était de même pour son ennemi.

La cloche de bronze du temple retentit, annonçant la sortie des forces de Riga. Plusieurs des soldats portaient des torches enflammées. Galior étendit les rangs des défenseurs autant que possible vers l'est et l'ouest, espérant qu'avec l'aide de la nuit, l'ennemi croirait à des troupes plus imposantes qu'elles n'étaient en réalité. Pour la réussite de leur plan, ils devaient attirer au maximum l'attention sur eux.

Tout près de Galior, Gorax se cracha dans les mains, puis empoigna fermement la hache de Goragon. Ses nains entonnèrent un chant de guerre dont les paroles parlaient de crânes de gobelins fendus et d'os broyés. Jérémie Des Combes les accompagna à la flûte.

Les archers elfes avaient rejoint Seyla et les autres archers de Riga, alors que les prêtres, dirigés par Jolar, s'étaient éparpillés parmi les rangs qui avançaient rapidement vers le nord. L'alliance de Riga jetait l'ensemble de ses ressources dans la mêlée.

Au camp des gobelins, Ramden avala une gorgée de vin. De son fauteuil, il observait du coin de l'œil son ami Korpak qui se tenait debout près de la table. La main de Culcuth gardait la tête baissée, immobile. Le nécromancien remarqua qu'il ressemblait de plus en plus aux zombies qu'il animait. Il se demanda si toute humanité n'avait pas entièrement quitté son ami, rongé par la puissante magie du dieu de la mort. Peut-être redeviendrait-il ce qu'il était quand la guérison de Culcuth serait complétée.

Kopak ne ressemblait plus beaucoup à un humain. Sa peau pendait en lambeaux, la magie du dieu de la mort n'était pas encore parvenue à guérir les blessures que lui avait d'abord causées le centaure. Il aurait facilement étranglé ce dernier, n'eut été de l'attaque du dragon. Le combat qui s'en suivit avait été féroce. Korpak et Ramden l'avaient frappé de leurs sorts, et quand l'énorme bête s'était écrasée au sol, un peu vers l'ouest, Korpak s'était rué vers elle. Le nécromancien n'avait pu le suivre, il avait dû reprendre le contrôle de la situation, la panique s'étant installée parmi les siens. Le guerrier était revenu plusieurs minutes plus tard, titubant et affichant de nombreuses blessures. Ramden lui avait demandé ce qui s'était passé, mais il n'avait pas répondu. Depuis ce temps, malgré les efforts du magicien, il n'avait prononcé aucune parole et n'avait toujours pas bougé.

Ramden prit une autre gorgée de vin, ses pensées bifurquant vers le prochain assaut qu'il planifiait. Même si ses muscles raidis le faisaient souffrir, le sommeil le gagna peu à peu. La journée avait été rude. Il s'éveilla en sursaut au son d'une cloche sonnée dans le lointain. Korpak redressa vivement la tête, ses pupilles s'illuminant de rouge. Il émit un grognement et retroussa les lèvres, comme un loup menaçant. Le guerrier quitta la tente, Ramden sur ses talons.

Ils furent rejoints par Drobar et Grinash. Korpak se traîna les pieds vers l'est.

— Riga attaque, dit le vieux Noctiari. Ils semblent jeter toutes leurs forces dans la mêlée. Ils croient probablement que nous sommes désorganisés et ils y voient la seule chance de nous vaincre.

— Rassemblez les hommes et formez les rangs. Je reviens dans quelques minutes, ordonna Ramden au vieux Noctiari, tout en s'élançant pour rattraper Korpak qu'il rejoignit en quelques enjambées. Korpak, attend, on nous attaque, il faut envoyer les zombies au combat.

Le guerrier ne sembla pas entendre son ami. Il poursuivit sa route en clopinant.

— Korpak ! cria Ramden. Au nom de Culcuth, je t'ordonne de t'arrêter.

Le magicien n'espérait pas de réaction à son cri, pourtant, son ami s'arrêta et se tourna vers lui, gardant toujours le silence.

— Où vas-tu, Korpak ? Riga attaque, nous devons vite envoyer les zombies aux premiers rangs.

Le mort-vivant leva une main, et aussitôt, tous les zombies se dirigèrent vers le sud et prirent place devant les lignes de gobelins commandées par Grinash. Avec la mort de Labeth, Drobar menait également les prêtres de Culcuth, en plus des Noctiari.

— Bien, Korpak, dit Ramden sur le ton qu'on prend pour parler à un enfant. Maintenant, suis-moi. Nous devons aller nous placer derrière et aider nos hommes à nous débarrasser de cette armée le plus vite possible.

Korpak se contenta de secouer la tête, puis il reprit son déplacement vers l'est, attiré par le pouvoir de Libra qui émanait d'Anton. Ramden, en colère, le regarda s'éloigner. Que pouvait-il faire ? Il jeta un coup d'œil vers le sud, où Drobar finissait de disposer ses forces, puis vers son ami. Devait-il supporter le vieux Noctiari où rejoindre Korpak et tenter de le convaincre de revenir ? Ses doigts crochus grattèrent son crâne presque chauve. Il entendait de plus en plus près le chant des nains. Il crut même discerner le son d'une flûte. Soudainement, chants et musique furent enterrés sous les cris des défenseurs de Riga se lançant à l'attaque. Ramden jeta un dernier regard vers Drobar qui dégainait sa longue épée, puis il leva les bras en signe d'exaspération et se lança à la suite de Korpak.

— Il arrive, murmura Anton, je le sens.

Les amis n'eurent pas à deviner de qui il parlait. Ils ne le savaient que trop. Ils furent par contre très surpris de voir le cercle des gardes zombies se dissoudre.

— Ils vont défendre le camp contre l'attaque des nôtres, comprit Feren. Préparez-vous.

Dora récita une prière à Libra, puis elle toucha les membres du groupe, augmentant leur force et leur résistance en prévision du combat à venir. Heureusement, tous les membres de l'armée devant eux s'étaient dirigés vers le sud pour répondre à l'attaque des gens de Riga. Anton demeurait les bras tendus le long de son corps, les poings serrés, le regard fixé devant lui, vers la haute silhouette qui se profilait dans la nuit.

— Alianil, murmura Feren, invoquant à nouveau la magie de son bâton.

Les amis entendirent la voix d'une personne se dirigeant vers eux.

— Korpak, attend, nous avons besoin de toi au combat.

Feren fronça les sourcils lorsque le feu des torches entourant le camp illumina le visage difforme de l'homme en robes. Pendant une seconde, il se demanda s'il connaissait cet homme, puis, devinant qu'il s'agissait du magicien adverse, il entreprit de psalmodier un sort. Le mage les avait aperçus, mais il ne leur prêtait pas attention. Feren se souvint que son illusion était toujours en place et qu'ils devaient encore apparaître comme des zombies à ses yeux.

Un éclair jaillit de la main droite de Feren et s'élança vers le magicien, et son illusion s'estompa. D'un mouvement d'une rapidité impossible, l'homme de haute stature s'interposa et encaissa le choc de l'éclair destiné à son ami. Les yeux de Ramden s'arrondirent lorsqu'il reconnut l'homme devant lui.

— Toi ! dit-il. J'attends ce moment depuis des années ! Tu vas payer pour ce que tu m'as fait.

Au moment où il prononçait ces paroles, Korpak se rua sur Anton. Aginor avait prévu cette attaque et sa longue épée vint bloquer le chemin vers son fils. Le mort-vivant saisit la lame de l'épée à main nue, sans se soucier de la profonde entaille qu'elle lui infligea, et l'arracha avec facilité des mains d'Aginor. Anton ne se contenta pas d'un rôle de spectateur. Une lumière blanche, comme celle qu'il utilisait pour détruire les zombies, quitta sa paume et frappa son adversaire en pleine poitrine. Ce dernier recula de deux pas sous l'impact, mais il revint à la charge, une blessure fumante au torse. Aginor s'interposa derechef. Il planta une dague dans les côtes de Korpak. Le Noctiari baissa les yeux vers l'arme enfoncée jusqu'à la garde et le puissant bras qui le tenait encore. Il saisit le poignet d'Aginor et le força lentement à lâcher prise, puis, d'un mouvement brusque, il rejeta le bras de côté. Anton entendit le bruit de l'articulation de l'épaule de son père qui se disloquait. Un autre rayon frappa Korpak, au même endroit que le précédent. Cette fois, le mort-vivant encaissa le choc sans reculer et effectua deux pas de plus vers Anton. Il n'était plus qu'à trois mètres de lui. L'élu cherchait fiévreusement une solution, lorsqu'une colonne de feu enveloppa son adversaire, le dissimulant à la vue des défenseurs. Dora venait de lancer son sort le plus puissant. Elle s'était auparavant occupée du magicien, lui retirant toutes ses protections magiques.

Aginor se força à oublier la douleur dans son épaule droite. Son bras pendait, inutile le long de son corps. Il ramassa son épée de sa main gauche et frappa à l'horizontale de toute sa force considérable, au cœur du brasier généré par la prêtresse. Il sentit avec satisfaction son épée frapper solidement son adversaire. Il tenta de la retirer pour porter un autre coup, mais en vain. Son arme s'était coincée dans les côtes de l'ennemi. Ce dernier émergea du pilier de flammes. Sa peau noircie tombait en lambeaux, mais il ne paraissait nullement souffrir. Il reprit sa lente progression, les yeux écarlates fixés sur sa cible.

Le père de l'élu se refusait à abandonner. Cette bête ne devait pas atteindre son fils. Ne parvenant pas à libérer son épée d'une seule main, il se recula et appuya le pommeau de son arme contre sa poitrine. Le vieux guerrier transféra son poids vers l'avant, ses jambes fermement ancrées au sol. Poussant de toutes ses forces, il força son arme à pénétrer plus profondément, espérant ainsi causer des dommages irréparables à Korpak.

Ce dernier ne pouvait être tué d'une simple lame, tant que la magie du dieu de la mort battait dans sa poitrine, l'animant et lui apportant force et guérison. Les interventions d'Aginor le contrariaient, tout au plus, comme une mouche tournant au tour de sa tête. Nonchalamment, il pointa le guerrier, et un rayon noir, l'antithèse des jets de lumière d'Anton, l'atteignit en pleine figure. Le vieux guerrier s'écroula et ne bougea plus.

— Non ! cria Anton à pleins poumons.

Feren fit stoïquement face à son adversaire, nécromancien contre nécromancien. Il ne perdit pas de temps à répondre lorsque l'autre l'apostropha. Ses doigts agiles et le contrôle de son art lui permirent de frapper le premier. Il lança un projectile, pareil à une flèche, qui atteignit sa cible. Avec un bruit assourdissant, la flèche explosa. Sous l'impact, Ramden faillit perdre l'équilibre, mais il ne subit aucun dommage. En magicien d'expérience, il quittait rarement sa tente sans s'être préalablement protégé d'une multitude de sorts. Déjà, il gesticulait lentement, maudissant ses doigts gourds, se hâtant de riposter. L'incantation qu'il choisit était simple, mais efficace. Elle avait déjà causé beaucoup de tort chez les elfes. Une volée de dards empoisonnés apparurent et vinrent se ficher dans la peau de Feren. Il ne s'en soucia pas. La magie de son bâton, qu'il avait évoqué plus tôt, empêcha les dards de pénétrer au-delà de son épiderme, trop en surface pour que le poison agisse.

C'est alors que Ramden expérimenta la sensation que le magicien elfe avait ressentie plus tôt dans la journée, lorsqu'il s'aperçut qu'on le dépouillait de ses protections. Dans son aveuglement à en découdre avec Feren, il avait négligé ses compagnons. La prêtresse de Libra lui sourit, puis elle tourna son attention vers Korpak, psalmodiant un autre charme. Feren achevait déjà son sort lorsque son rival pointa l'une de ses bagues dans sa direction. Un rayon le frappa, sapant ses forces et annulant ce qu'il s'apprêtait à lui lancer. Ses genoux fléchirent. La tête lui tournait. Il se sentait au bord de l'évanouissement. La magie de son bâton n'avait pu empêcher le rayon de le frapper aux côtes. Un magicien moins costaud n'aurait pu résister et serait tombé. Le travail harassant qu'avait imposé à Feren son beau-père lorsqu'il était jeune avait eu au moins l'avantage de tonifier ses muscles et de lui donner beaucoup de résistance. Le sort de Dora, lancé avant le combat, contribua à atténuer les effets de l'attaque. À l'étonnement de son adversaire, il parvint à demeurer debout.

Un cri attira l'attention de Feren. Toujours étourdi, il jeta un regard sur le côté. Il constata qu'Aginor gisait au sol, alors que Korpak levait l'un de ses énormes poings pour frapper Anton. Le magicien savait ce qui lui en coûterait d'intervenir, que son adversaire prendrait l'initiative du combat, mais il n'avait pas le choix. Il envoya un nouveau sort. L'air semblait se replier sur lui-même entre Feren et Korpak ; c'était causé par l'onde de choc que le champion de Libra venait d'émettre. Elle frappa le mort-vivant et le projeta plusieurs mètres plus loin. Deux énormes chiens apparurent près de lui et l'attaquèrent, gracieuseté de Dora. Anton bombardait son adversaire, toujours au sol, de ses rayons de lumière opalescents.

Une douleur incroyable envahit Feren et il s'écroula, déjà affaibli par l'attaque précédente. Un de ses doigts remua une seule fois, puis il demeura inerte. Ramden s'approcha précautionneusement et lui décocha un vicieux coup de pied à la tête. Feren ne réagit pas. Le Noctiari se pencha et tâta le pouls de son adversaire. Rien. Son éclair venait de terrasser le magicien pour de bon. Il s'esclaffa comme un dément, puis apostropha Dora qui observait Korpak se relever en titubant.

– Le magicien est mort. C'est maintenant ton tour, marionnette de Libra.

Il pointa de nouveau sa bague, libérant sa magie. Dora était agile, même selon les standards des elfes. Elle exécuta un flip arrière et parvint à éviter l'attaque. Elle ne put toutefois rien contre la suivante, qui la frappa de plein fouet. Avec étonnement, elle ne ressentit rien, puis elle se souvint. Elle revit Derek qui lui offrait son collier pour la protéger. Confortée par cette pensée, elle courut vers le magicien, la dague au poing. Ce dernier ne parvenait pas à comprendre pourquoi sa magie n'avait pas affecté la prêtresse. Il pointa cette fois la baguette dont il s'était servi pour éliminer Feren et fit feu. L'éclair se dissipa avant de frapper Dora. Elle lança son arme en pleine course. Il s'enfonça dans l'abdomen de Ramden, qui se courba de douleur.

– Ne le tue pas, dit une voix faible.

Feren, toujours au sol, agrippa la cheville du nécromancien qui se tenait au-dessus de lui.

– Mais tu es mort, ton cœur ne battait plus, protesta Ramden, incrédule, les mains plaquées contre son ventre sanguinolent, tentant de libérer sa jambe.

– Je savais que mon sort qui ralentit mes fonctions vitales me servirait un jour, songea Feren. Tu m'as blessé et tu vas me rendre ma santé, que tu le veuilles ou non, ajouta-t-il à voix haute à l'attention du magicien.

Le champion de Libra activa ses pouvoirs de nécromancien et Ramden goûta à la médecine qu'il avait tant de fois infligée à des innocents. Il sentit ses forces vitales le quitter à mesure qu'elles se transféraient dans le corps meurtri de Feren. À son tour, il croula au sol. Sans pitié, Feren souffla de sa magie l'étincelle de vie de son rival.

Dora n'eut pas le loisir d'apporter son aide à Feren. Un peu plus loin, Korpak s'approchait de nouveau d'Anton. Un de ses rayons noirs quitta ses doigts, mais l'élu, les joues luisantes de larmes, leva une main nimbée d'une aura blanche qui bloqua l'attaque. Korpak grogna et son rayon pressa Anton, qui recula d'un pas.

– Tu as tué mon père, cria Anton.

Comme lorsqu'il avait découvert ses capacités surnaturelles, les fortes émotions qu'il ressentait concentrèrent ses forces et sa lumière repoussa lentement la noirceur profonde de Korpak. À mi-chemin, sa progression s'arrêta. La dichotomie parfaite, lumière contre obscurité, mort contre justice. Les forces s'égalaient. Dans la poitrine de Korpak, perforée par les attaques du jeune homme, l'œil de Culcuth battait furieusement.

Dora chercha un sort pouvant venir en aide à Anton. Elle adressa une prière à sa déesse et lorsqu'elle termina, une autre colonne de feu enveloppa la main de Culcuth. Feren la dépassa en titubant vers le combat.

— Feren, cria la prêtresse, tu n'es pas assez fort.

Elle s'élança à sa poursuite en constatant que son feu divin n'avait aucunement affaibli son adversaire, qui repoussait maintenant peu à peu la lumière blanche d'Anton. Le garçon ne possédait pas la résistance du mort-vivant, il tremblait sous l'effort.

Feren vint se placer derrière Anton, les mains sur ses épaules. Korpak ne s'occupa pas de lui, toute son attention étant fixée sur l'élu. Dora imita son ami magicien et elle transmit ses ondes de guérison à Feren. Ce dernier prit une grande respiration, soulagé de ses douleurs.

— Je suis là, Anton, murmura le magicien à son oreille d'un ton étonnamment calme. Nous sommes là, corrigea-t-il. Tu ne seras jamais seul.

Feren ne sut pas si ce furent ses mots d'encouragement ou sa propre énergie qu'il déversait qui parvinrent à revigorer Anton. À nouveau, la lumière blanche commença à regagner du terrain. Le magicien était surpris de ne pas s'affaiblir plus rapidement, alors que son énergie vitale se déversait toujours dans Anton. Il perçut la respiration saccadée de Dora derrière lui. Il comprit alors qu'à mesure que son énergie se déversait dans le jeune homme, sa magie puisait dans la prêtresse ses forces perdues.

De la main droite, Feren retira la main de Dora toujours posée sur son épaule. L'elfe s'effondra. Feren aurait aimé s'assurer qu'il ne venait pas de la tuer, mais il n'en avait pas le loisir. Il était coupé de l'énergie de la prêtresse et ses forces l'abandonnèrent rapidement. Tout devint noir et ses mains glissèrent des épaules d'Anton, comme si le magicien offrait une ultime caresse d'appui à son apprenti.

Anton se retrouva seul, croyant son père mort, ne sachant pas s'il en était de même pour Feren et Dora. Le découragement faillit s'emparer de lui. Il entendit alors une voix, celle de la déesse lui répétant les dernières paroles du nécromancien.

Tu ne seras jamais seul.

Au prix d'un effort considérable, il se concentra comme Feren le lui avait enseigné et jeta ses dernières réserves d'énergie, se souciant peu des conséquences. Korpak hurla au moment où la magie de Libra l'atteignit. Une lumière d'albâtre l'enveloppa et le consuma. Ses muscles fondirent et il ne resta plus de lui qu'un cadavre gisant dans la plaine, tel qu'il était quand les hommes de Ramden l'avaient extrait de sa tombe. L'œil de Culcuth battait encore, mais faiblement. Anton pouvait l'apercevoir à travers la cage thoracique de la dépouille de Korpak.

Il te faut détruire cet objet du mal, sans quoi la menace ne sera jamais écartée, lui intima Libra.

— Comment dois-je faire ? demanda Anton, épuisé.

Le prix sera lourd, mais nous n'avons pas le choix. Souviens-toi que, quoiqu'il advienne, je t'aime, et que tu occuperas toujours une place spéciale dans mes pensées. Prends l'objet et fais-moi confiance.

Le jeune homme, ému par les propos de la déesse, se pencha en grimaçant ; il glissa la main sous le sternum du cadavre pour y saisir l'objet, semblable à un gros rubis. Il sentit la magie de Libra s'infiltrer en lui, comme si la déesse le pénétrait de sa présence par tous ses pores. Sa fatigue s'évapora, remplacée par un bien-être qu'il n'avait jamais ressenti jusque-là. La lueur rouge de la pierre prit de la vigueur, ultime tentative de résistance de Culcuth. Le joyau s'éteignit ensuite et perdit de son lustre. Anton l'observa tourner au bourgogne, puis au noir. Des fissures apparurent en son centre et se dispersèrent sur toute sa surface. La pierre s'égraina et s'écoula comme du sable entre les mains d'Anton.

Quand j'ouvris les paupières, au petit matin, je ne reconnus pas immédiatement l'endroit où je me trouvais. La pièce était minuscule. Je reposais sur une paillasse confortable et immaculée. Je remarquai alors les murs de plâtre blanc, ornés d'une tapisserie montrant l'arrivée, au quai, d'un grand navire. Je restai là, sans bouger, observant la danse des particules de poussière, illuminées par les rayons du soleil qui provenaient de la petite fenêtre perçant le mur à ma droite. Une petite table en bois toute simple, sur laquelle avait été déposé un pot de grès, complétait le mobilier rudimentaire de la pièce. À voir l'eau qui perlait sur les parois du pot, j'en déduis qu'il était rempli d'eau fraîche.

Plusieurs images se bousculaient dans ma tête et je m'interrogeais à savoir lesquelles faisaient partie du monde des rêves et lesquelles étaient réelles. Il me fallut quelques instants pour mettre de l'ordre dans tout ça. Mes souvenirs me revinrent peu à peu, et je réalisai que je ne rêvais pas.

Oui, nous y étions arrivés, mais à quel prix ! J'avais l'impression que la même scène vécue plusieurs années auparavant se déroulait à nouveau, alors que je m'étais éveillé dans une cabane de bûcheron, désorientée, l'âme profondément meurtrie par la perte d'un être cher.

Je crois que la guigne s'acharne sur moi. Il n'est pas bon de me fréquenter. Il semble que les personnes que j'aime, d'amour ou d'amitié, sont vouées à périr à mes côtés. D'abord Vanciesse, l'élue de mon cœur, puis Kélian, il y a maintenant près de trois ans, et finalement, récemment, Aginor, membre des premiers champions de Libra, tombé au combat en tentant de protéger son fils. Ce cercle macabre n'aura-t-il donc jamais de fin ?

Nous sommes au matin du deuxième jour suivant la bataille et je n'ai presque pas vu Anton. Pauvre garçon, il aura perdu beaucoup dans cette aventure ; premièrement son père, puis, le lien spécial qui le liait à Libra. Il m'a raconté qu'à la suite de la destruction de l'œil de Culcuth, il avait ressenti un grand vide. La déesse avait puisé la moindre parcelle d'énergie qu'elle lui avait insufflée pour détruire l'artéfact de Culcuth. Malgré les paroles réconfortantes de Libra, le jeune homme s'était senti comme amputé d'un membre. Il devra apprendre à vivre en se passant du pouvoir qui résidait en lui depuis sa naissance et sans l'appui de son père, le seul parent qu'il lui restait. Je lui ai offert de revenir avec moi à ma tour. Je pourrai encore lui enseigner la magie, je pense qu'il possède les qualités nécessaires pour maîtriser cet art. Il m'a assuré qu'il y songerait. C'est tout ce que j'ai pu tirer de lui. Je sais que Jolar lui a aussi offert une place au temple. Il ne pense pas que la déesse l'ait abandonné et il croit qu'il pourra rétablir le lien avec elle. Pas de la même façon qu'auparavant, mais comme n'importe quel prêtre. Il doit être plutôt confus en ce moment. Je le comprends, je suis un peu passé par là, ce qu'il lui faut, avant tout, c'est du temps.

Au moins, des jours plus roses attendent les habitants de Riga. Deux jours après notre victoire, les festivités se poursuivent toujours. Les centaures, les nains et les elfes ont été reçus avec tout l'honneur et la reconnaissance qu'ils méritent. D'après les conversations que j'ai pu capter ici et là, des émissaires de Riga se rendront rencontrer le thain pour lui offrir des remerciements et, si possible, jeter les ponts pour d'éventuelles relations commerciales. Je parie que mon ami Galior sera l'un de ceux qui feront partie de la délégation.

Hier soir, Derek s'est levé pour la première fois. Il est sur le chemin de la guérison et ne devrait pas ressentir de séquelles de sa blessure. Dora est constamment à ses côtés, toujours pleine de vie, d'enthousiasme et d'humour. Elle s'est très vite remise des effets de mon sort.

J'ai aussi eu la chance de m'entretenir avec Furlaseb. Il n'a pas changé depuis la première fois où je l'ai rencontré. Toujours aussi taciturne, mais sympathique et vrai. Les centaures repartiront aujourd'hui avec les elfes vers la forêt d'Alianil. Il est bon de retrouver ces deux races de nouveau côte à côte. Je m'étonne de la rapidité avec laquelle leurs tensions se sont résorbées. Certains hommes devraient s'en inspirer.

De mon côté, je retournerai à ma tour sous peu. La paix et la tranquillité me manquent. J'espère n'avoir plus jamais à utiliser ma magie pour tuer. Chaque fois que je dois avoir recours à mes talents pour éliminer un ennemi, je me sens souillé. J'ai le sentiment que la magie n'a pas été créée à cette fin. Toutefois, je me réconforte en observant les gens de Riga qui pourront continuer à vivre dans leur ville, abritée sous le clocher du temple de la Déesse.

Je me considère tout de même choyé. J'ai une richesse hors du commun. Malgré toutes les épreuves traversées, il me reste une poignée d'amis sincères sur qui je peux compter et avec qui je garderai toujours contact : Gorax et Galior, qui sont devenus inséparables, Derek, Dora, Anton et le vieux Jolar, ainsi que monsieur Raymond, qui m'a à nouveau mentionné qu'il attendait avec impatience que nous lui rendions visite. Je lui ai promis de passer à sa galerie avant l'hiver.

Le dernier combat a cependant laissé des traces. J'ai été guéri de toutes mes blessures, mais je dois subir les séquelles du transfert de mon énergie vitale à Anton. Quelques pattes d'oie se sont dessinées au coin de mes yeux et mes muscles ont perdu de leur tonus. C'est comme si j'avais pris dix ans d'un seul coup. Il faudra que j'exerce un peu plus mon corps et un peu moins mon esprit pour demeurer en santé.

Malheureusement, je ne peux espérer aucune aide, ni des dieux ni de la nécromancie, pour me redonner les années que mon sort m'a volées.

Je ne fais pas beaucoup de plans pour l'avenir, si ce n'est que de poursuivre mes recherches en nécromancie, d'effectuer une petite visite à mon ami le dragon, et peut-être retourner à la belle forêt d'Alianil. Furlaseb m'y a convié, de même que Seyla à quelques reprises. Jack, la vieille corneille, quitte rarement son épaule ou celle de Derek. La belle elfe et moi nous sommes fréquemment entretenus depuis la fin des combats. Elle semble intriguée par ma magie, si différente de celle des siens, et me questionne sans cesse à ce sujet. Elle fait montre d'une curiosité sans limites et il me faudrait bien une éternité pour parvenir à répondre à ses questions.

Dora m'a pris à part hier. Elle m'a confié qu'elle verrait d'un bon œil que je visite Seyla. Elle a laissé sous-entendre que l'intérêt de la jeune elfe ne se limitait pas à ma magie. Je ne l'ai pas crue. Toutefois, je vais probablement me laisser tenter par son invitation. J'aurai le loisir de lui en apprendre plus. Peut-être souhaitera-t-elle ensuite entrer en apprentissage chez l'un des mages elfe ou même avec moi. Je dois avouer que cette dernière idée ne me déplaît pas du tout.

TABLE DES MATIÈRES

Achevé d'imprimer
au mois de février
de l'an 2008
sur les presses
des Imprimeries Transcontinental (Métrolitho)
à Sherbrooke (Québec)